U0443414

佳期如梦之海上繁花

匪我思存 著

九州出版社
JIUZHOUPRESS

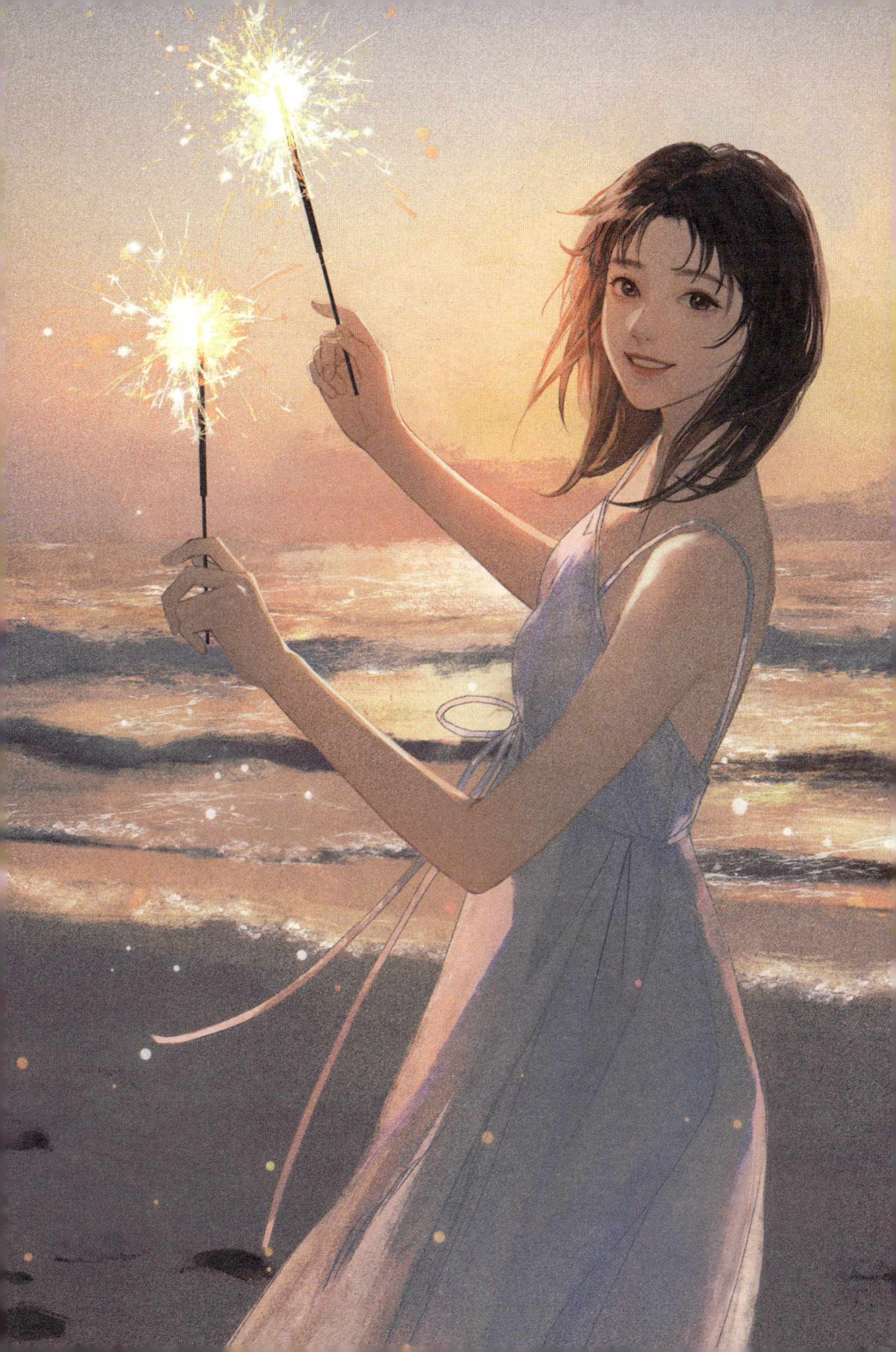

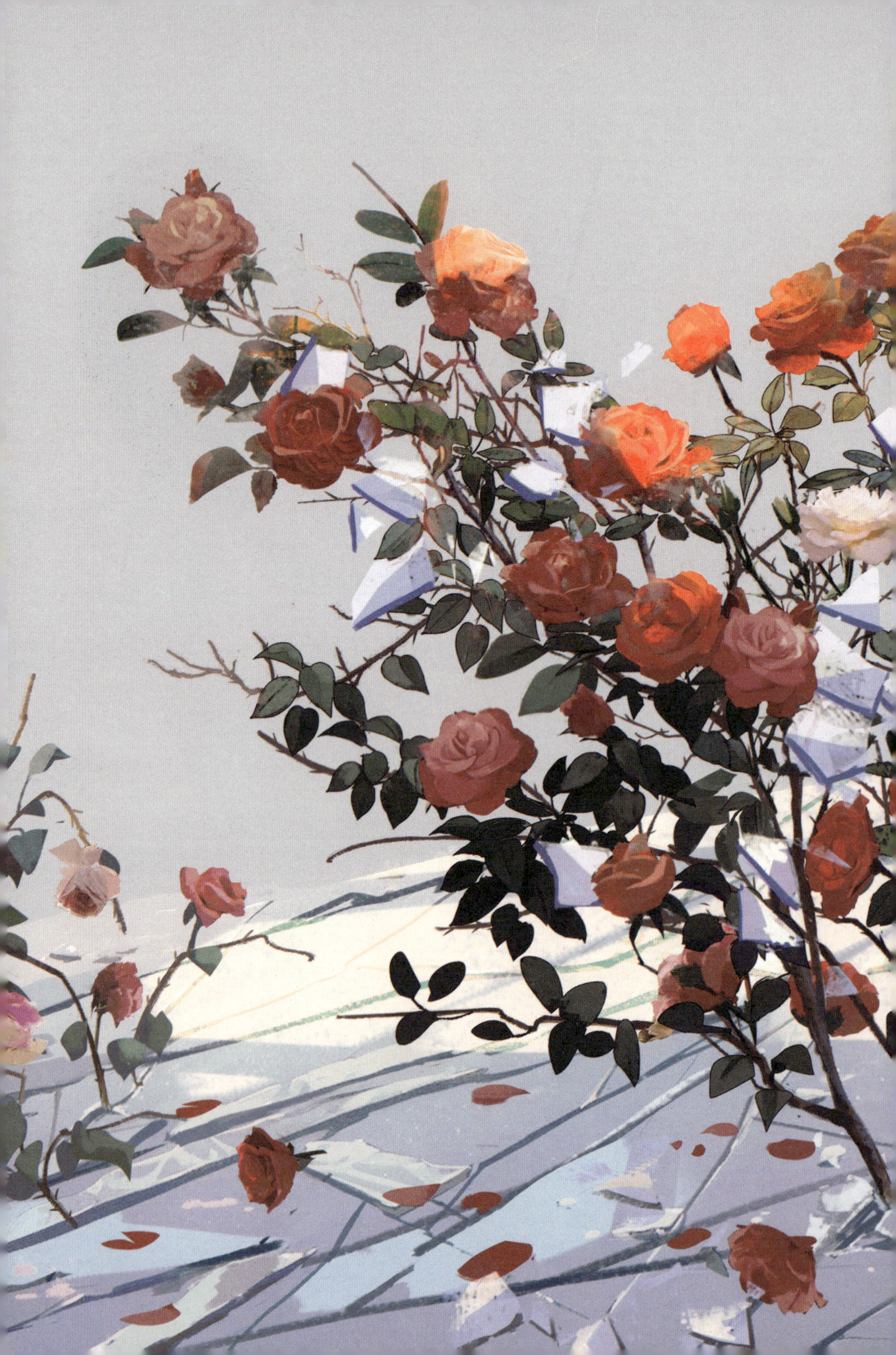

目 录

第一章 情不知所起 001

第二章 不要留我在原地 089

第三章 如果回到起点 125

第四章 有一些话只有听的人记得 201

尾　声 繁花一梦 289

第一章　情不知所起

【一】

刚入行那会儿,杜晓苏曾经听老莫说:"干咱们这行,起得比周扒皮还早,睡得比猫头鹰还晚,吃得比猪还差,干得比驴还累,在外时间比在家还多,眼圈比熊猫还黑,头发比鸡窝还乱,态度比孙子还好,看起来比谁都好,挣得其实特别少。"

当时听得杜晓苏"哧"一声笑出来,如今谁再说这样老生常谈的笑话,她是没力气笑了——跑了四天的电影节专题,她连给自己泡杯方便面的力气都没有了。回到家里痛快地洗了个热水澡,拎起电吹风开了开关,结果半天没动静,看来是坏了。她实在没劲研究电吹风为什么罢工,也不顾头发还是湿的,倒在床上就睡着了。

这一觉睡得香甜无比,来电铃声不知道唱了多少遍才把她吵醒,拿起手机人还是迷糊的。结果是老莫,火烧火燎地冲她吼:"你在哪里?对面那家拿到了头条你知不知道?"

她蒙了一下才反应过来:"莫副,我调到娱乐版了。"

老莫口齿清晰地告诉她:"我知道你调到娱乐版了,就是娱乐出了头条，颜靖靖出了车祸。"

杜晓苏脑子里"嗡"地一响，爬起来一边穿衣服一边夹着手机不依不饶地问："是那个红得发紫的颜靖靖？"

老莫没好气："哪还有第二个颜靖靖？"

杜晓苏素来害怕进医院，尤其是晚上。灯火通明的急诊中心兵荒马乱，她硬着头皮冲进去，发现已经有十几个抢先埋伏到位的同行，包括对面那家死对头《新报》的娱记老毕。娱记老毕长着圆滚滚胖乎乎的一张脸，一笑竟然还有酒窝，此刻他正冲着杜晓苏微笑，笑得小酒窝忽隐忽现，笑得杜晓苏心里火苗子腾一下子全蹿起来了。

"老毕，"她言不由衷笑得比老毕更虚伪，"这次你们动作真快。"

"哪里哪里。"老毕都快笑成一尊弥勒佛，语气十分谦逊，"运气好，我正巧跟在颜靖靖车后头，谁知竟然拍到车祸现场，还是我打120叫来救护车。这次真走运，没想到天上掉下个独家来，嘿嘿，嘿嘿……"

说起车祸来都这样兴高采烈没半分同情心，杜晓苏转过脸去问另一位同行："人怎么样？伤势要不要紧？"

"不知道，进了手术室到现在还没出来。"

一帮娱记都等得心浮气躁，有人不停地给报社打电话，有人拿着采访机走来走去，不断有同行接到消息赶来医院，加入等待的队伍。杜晓苏则争分夺秒在长椅上打了个盹儿，刚眯了一小会儿，颜靖靖的经纪人赵石已经飞车赶到，场面顿时一片骚乱，闪光灯此起彼伏，医院方面终于忍无可忍地开始赶人："请大家出去，不要妨碍到我们的

正常工作。"

老毕嬉皮笑脸："护士小姐，我不是来采访的，我是来看病的。"说着炫耀似的扬了扬手中的挂号单。

急诊中心的护士长面无表情："你是病人？那好，跟我来。"

"干什么？"这下轮到老毕发怵了。

"看病啊，"护士长冷冷地说，"我一看就知道你有病。"

众人哄堂大笑，一帮娱记终于被轰出了急诊中心。瑟瑟寒风中饥寒交迫，杜晓苏饿得胃疼，实在撑不下去，于是到医院外面寻了家小餐馆。已经晚上十一点，小店里竟然还坐得满满的，老板动作慢吞吞的，杜晓苏等了好久才等到自己的一碗鳝丝面。热气腾腾放在她面前，闻着倒是挺香的，待挑起来一尝，鲜！鲜得她几乎连舌头都吞了下去。

竟然有这样好吃的面，也许是饿了，她吃得连连嘘气，烫也不怕。

吃到一半时电话响了，抓起来接，果然是老莫："怎么样，搞到有价值的东西没有？"

"还没有。"她囫囵吞面，口齿不清地说，"人还在手术室里没出来。"

"那赵石呢，他怎么说？"

"一大堆人围着，他一句话也没说，医院就把我们全轰出来了。"

老莫气得七窍生烟："他不说你就不会想点办法啊，美人计啊，还用我教你？"

杜晓苏自顾自吃面,十分干脆:"好,回头我就去牺牲色相。"

老莫拿她没办法,"嗒"地将电话就挂了。

杜晓苏随手将手机撂在桌上,继续埋头大吃。这样的角度只能瞥见对面食客的暗蓝色毛衣,这种暗蓝深得像夜色一样,她最喜欢,于是从筷子挑起的面条窄窄的间隙中瞄过去,看到格子毛衣领上的脖子,再抬高点,看到下巴,还有微微上扬的嘴角,仿佛是在笑。

是啊,半夜三更对着手机说牺牲色相,旁人不误会才怪。

她才没工夫管旁人怎么想,于是垂下眼帘,十分贪婪地喝面汤。鲜香醇美,一定是用鸡汤吊出来的,这么好吃的面,可惜这么快就吃完了。

刚刚快步走出小店,忽然身后有人叫:"等一等。"

声调低沉悦耳,是字正腔圆的普通话,一定是北方人。回头一看,暗蓝色毛衣,在晦暗的路灯光下更像是深海的颜色,是刚刚坐在自己对面的那个人,他伸出手来,正是自己的手机。

该死!这记性!

她连忙道谢,他只说:"不用谢。"

正好身后马路上有车经过,车灯瞬间一亮,照得他眉眼分明。咦,真真是剑眉星目,十分好看。

杜晓苏对帅哥总有一种莫名的好感,好友邹思琦问她为什么要改行当娱记,她眉飞色舞:"成天都可以看到帅哥,还可以名正言顺地要求访问拍照,多好!"

邹思琦嗤之以鼻："花痴！"

其实邹思琦比她更花痴。

在医院差不多熬了大半夜，回报社打着呵欠赶稿子，全靠咖啡提神，再花痴也没劲头。老莫还跟催命一样："下午去医院，一定要拍到颜靖靖的照片。"

杜晓苏抗议："医院滴水不漏，怎么可能让我们拍到照片。"

老莫压根不理会："你自己想办法。"

"喵"的万恶的资本家。

骂归骂，还是要想办法。没有独家就没有奖金，没有奖金就没有房租、水电、一日三餐、年假旅游、温泉SPA……

邹思琦说得对，这世上最难收集的藏品就是钱。

医院果然滴水不漏，保安们尽忠职守，前台也查不到颜靖靖的病房号，护士小姐非常警惕："我们这里是医院，病人不希望被打扰。"

可是公众的好奇心，还有知情权，还有她的奖金怎么办？

红得发紫、紫得都快发黑的颜靖靖车祸入院，几乎是所有娱乐报纸的头条，老毕的独家照片功不可没，据说《新报》头条的车祸现场照片，令得不少"颜色"痛哭失声，销量一时飙翻。

什么时候让她逮到一次独家就发达了。

在医院耗了差不多一个下午，仍旧不得其门而入，正怏怏地打算收工回家，结果看到老毕。

他鬼鬼祟祟冲她招手。

不知道他想干吗，杜晓苏刚走过去，就被他拖到角落里，笑得很奸诈："晓苏，我们合作好不好？"

叫得这么亲热，杜晓苏起了一身鸡皮疙瘩。老毕说："我知道颜靖靖眼下在哪间病房，而且我有法子让你混进去，但拍到照片后，我们一人一份。"

杜晓苏心生警惕："你为什么自己不去？"

老毕忍不住长吁短叹："我也想啊，可惜我是男人啊。"说着打开手中的袋子，露出里面的一套护士服。

杜晓苏觉得很搞笑，在洗手间换了护士制服，然后又戴上帽子，最后才是口罩，对着镜子一看，只有一双眼睛露在外头，心里很佩服老毕，连这种招都想得出来。

医院很大，医护人员来来往往，谁也没有注意她，很顺利就摸到了二楼急诊中心。老毕说手术后颜靖靖人还在急诊ICU，并没有转到住院部去。

结果别说ICU了，走廊里就有娱乐公司的人，两尊铁塔似的守在那里，盯着来往医护人员的一举一动。瞧那个样子，一夫当关万夫莫开，别说拍照，估计连只苍蝇也飞不过去。

真是道高一尺魔高一丈，杜晓苏认命地拖着不甘心的步子往外走，突然脑中灵光一现，掏出老毕画的草图端详了半晌——是真的草图，就在巴掌大的一张皱皱巴巴的纸上用铅笔勾出来的示意图，歪歪斜斜的线条像蚯蚓，用潦草的字迹注明着方位，看得杜晓苏差点抓狂,但就是这么一张图,也令她看懂了。

消防通道正好紧邻着颜靖靖目前所在的ICU病房。

她从消防通道出去,运气真好,ICU的落地玻璃正对着室外消防楼梯。她爬到楼梯上掏出相机,可惜角度不行,没敢带庞然大物似的长焦镜头进来,靠相机本身的变焦,根本拍不到。

真是功亏一篑。她不甘心,看到墙角长长的水管,突然灵机一动。

大太阳下水管摸起来并不冰冷,只是有点滑,也许是她手心里流了太多的汗。她艰难地一脚踩在了管道的扣环上,一手勾住管道,这样扭曲的姿势竟然还可以忍受——终于腾出一只手来举起相机。

角度十分不错,耐心地等待对焦,模糊的镜头里影像终于清晰。她忽然倒吸了口气,那样深邃的眼睛,剑眉飞扬英气,只能看到口罩没有遮住的半张脸,可这半张脸俊美得不可思议。他穿着医生的白袍,就站在那里,高且瘦,却令她想到芝兰玉树,深秋的阳光透入明亮的玻璃,淡淡的金色光斑仿佛蝴蝶,停栖在他乌黑的发际。杜晓苏刹那间有点儿恍惚,仿佛是被艳阳晒得眩晕,连快门都忘了按。而他定定地透过镜头与她对视,她只听到自己的心跳,"怦、怦、怦、怦、怦……"一声比一声更响,在一瞬间她突然认出他来,是昨天在小面馆遇见的暗蓝毛衣,而耳朵里有微微的轰鸣,仿佛是血管不胜重负,从心脏开始蔓延膨胀。

很奇异的感觉,仿佛是过了整整一个世纪,她才回过神来。而他已经大步冲到了窗边,她胡乱地举着相机拼命地按着快门,然后飞快

— 008 —

地爬回消防楼梯，但还是迟了，他迅速地出现在楼梯间，正好将她堵在了楼梯上。

杜晓苏无法可想，只好微笑。

他看起来似乎很生气："你在干什么？"

杜晓苏一眼瞥见他胸前挂的牌子——"神经外科邵振嵘"。

神经外科？那是什么医生？难道是治疗精神病患者的？杜晓苏急中生智还记得满脸堆笑胡说八道："邵医生，我暗恋你很久了，所以偷偷拍两张你的照片，你不介意吧？"

"你是哪个科室的？"他摘下口罩，露出整张脸，果然就是昨天还给她手机的那个暗蓝毛衣。只是他根本没有认出她来，唇角微沉，语气十分严厉："竟然爬到水管上，这样危险的动作，如果摔下去会是什么后果你知道吗？"

她很欠扁很好奇："摔下去会是什么后果？"

"如果运气好，或者只是软组织挫伤乃至骨折，如果运气不好，这么高摔下去，足以导致内脏破裂出血，或者脊椎骨折，高位截瘫甚至植物人。"他的神色依旧严厉，"这不是儿戏！还有，为什么不佩戴胸卡？你们护士长是谁？你到底哪个科室的？"

她一个问题也答不上来，只好睁大了一双眼睛看着他。有风吹过两人耳畔，带着秋季特有的清凉，吹起他白袍的下摆，她忽然想到朗朗晴空下鸽子的羽翼，明亮而愉悦，他忽然伸出手来。

他的手指微凉，她好像中了邪，竟然站在那里没有动弹，就那样傻乎乎地任由他取下了自己的口罩。他也似乎怔了一下，过了几秒钟才说："是你？"

难得他竟然还认得她，有几分疑惑地望着她："你到底是什么人？"

真是一言难尽，于是她痛快地说了实话："娱记，俗称狗仔队。"

不知道为什么，她觉得他不会叫保安来把她轰出去。果然，他只是眉头微皱："娱记？"

"病房里的人是不是颜靖靖？"她的职业本能正在迅速恢复，"她伤势怎么样？你是不是她的主治医生？昨天的手术成功吗？会不会留下后遗症？具体情况是什么样子，还有后期的治疗方案，可不可以详细谈一谈？"

"我不会告诉你。"

"邵医生我请你吃饭。"她谄笑，"透露一点点嘛，行不行？"

邵振嵘的眼底隐约有愠怒，只是因为修养好，并不表露出来："对不起，我不可以透露病人的情况。你这样冒充医护人员来偷拍，非常不道德，而且你刚才的行为十分危险。请你立刻离开医院，否则我要通知保安了。"

终究还是被轰了出来。

老毕远远地在马路那头等她，她非常沮丧："什么也没拍到就被发现了。"

老毕半信半疑："你不会想独吞吧？你可别没良心，甩了我搞独家。"

杜晓苏气坏了:"小人!"

其实也不是什么都没拍到,慌慌张张悬在半空按快门,拍下了不少邵振嵘。

杜晓苏用专业的软件打开那些照片来看,这男人长得真好看,尤其是眼睛,深邃得仿佛是海,秋天清澈的阳光里,整个人仿佛乔木,高大挺拔。

因为太帅太养眼,她随手选了一张当桌面,结果有天被邹思琦看到,顿时哇哇大叫:"这是谁?是哪个新人?穿医生袍好帅啊!有没有联络方式?有没有签约?有没有兴趣替我们公司拍平面?"

"没有!没有!没有!"杜晓苏拿手轰她,"快让开,我还要干活呢!"

邹思琦扒着显示器死也不松手:"把照片copy给我,否则打死我也不让开。"

杜晓苏不肯,她要留着独享。

邹思琦骂她:"重色轻友,没良心!"

杜晓苏骂回去:"你倒是比我有良心,你很有良心地骗我去替你相亲!"

一提到这个,邹思琦就软了,满脸堆笑:"嘿嘿……晓苏……我们不是朋友吗?朋友就是拿来出卖的呀。再说人家也是身家清白一表人才,怎么也不算委屈你对不对?对了,后来人家还真跟我要过你的电话呢。"

杜晓苏眼风如飞刀"嗖嗖"地射过去："你给他了？"

"没有没有！"邹思琦指天发誓，"我真没有，我敢吗我？我要真给了，你还不得剥了我的皮。"

"算你知趣。"

"晓苏……"

"什么？"

"晓苏啊，遇到合适的真可以考虑一下。"邹思琦语重心长地说道，"大好的青春，不谈恋爱多浪费。"

"你怎么跟你妈似的，你不最讨厌相亲吗？你妈替你安排一次相亲，你都骗我替你去了，己所不欲勿施于人啊，怎么突然有兴趣当媒婆了？"

"晓苏，"邹思琦迟疑了一下，还是告诉她了，"我前阵子去北京出差，遇到林向远了。"

【二】

杜晓苏要想一想,才能明白过来,林向远。

这三个字,她差不多真的忘记了,非常成功地忘记了。连同那段手足无措的青春,连同大段懵懂未明的岁月,连同校园里的一切清澈美好,她都已经忘记了。毕业不过三年,换掉一份工作,从一个城市到另一个城市,已经满面尘灰烟火色,仿佛老去十年。听到这三个字,竟然波澜不兴,要想一想才明白,这个名字,这个人,那个模糊而遥远的容貌,才能渐渐从记忆里浮起来。

她问:"哦,他怎么样?"

邹思琦瞥了她一眼:"好得不得了,跟他太太在一起,挺恩爱的。"

杜晓苏怔了几秒钟才张牙舞爪地扑过去掐邹思琦的脖子:"你竟然还故意往我伤口上撒盐,你这坏蛋我今天非掐死你不可。"

邹思琦一边咳嗽一边笑:"得了得了,我请你吃饭,我赔罪。"

杜晓苏拖她去伊藤家,两个人吃掉刺身拼盘与双份的烤鳗鱼,还有烤牛舌与牛小排,买单的时候邹思琦哀叹:"杜晓苏你也太狠了,我不过提了一下林向远,你就这样狠宰我啊。"

杜晓苏白她:"谁叫你戳我伤疤。"

"什么伤疤都两年了还不好啊?那林向远不过长得帅一点,值得你念念不忘两年吗?"

"你不知道人是有贱性的吗?因为得不到所以才念念不忘,我要是跟他到现在,没准早就成怨偶了。"

"这倒也是。"邹思琦无限同意地点头,"所以快点开始一段新恋情最重要。"

"一天到晚忙得要死,哪有工夫新恋情。"

"哎,就你那桌面俊男就不错呀,比林向远可帅多了。别犹豫了,就是他,搞定后记得请我吃饭,让我也近距离欣赏一下极品美男。"

"什么呀,都不认识。"杜晓苏仿佛无限唏嘘,"这辈子不知道还能不能再碰见,没戏。"

杜晓苏没想到竟然这么快又见到了邵振嵘,说来也很好笑,她贼心不死去医院盯颜靖靖的伤势情况,结果却遇到了一场特大交通意外。一辆公交车与校车追尾,很多学生受伤,就近送到医院来。急诊室中顿时兵荒马乱,所有的医护人员忙得人仰马翻,从住院部抽调了不少医生过来帮忙。于是她很没良心地想趁乱去偷拍颜靖靖,结果听到护士长一脸焦急地大喊:"有个孩子是AB血型RH阴性,血库说没这种血了,怎么办?"

杜晓苏不由得停住脚步,看看急得满头大汗的急救医生还有满走廊受伤的学生,以及忙得晕头转向的护士长。她转身就走到护士长面前:"我是AB-RH阴性,抽我的血吧。"

护士长高兴得直握她的手:"谢谢,谢谢!谢谢你!请到这边来,我们先替你做个化验。"

抽掉400CC的鲜血后,她的腿有点儿发软,大约因为早晨没有吃早餐。应该去外面买袋鲜奶喝,填一填空荡荡的胃也好。

所有的护士都在忙碌着,她不出声地溜之大吉,结果刚走到走廊里,就觉得两眼发黑,只隐约听到身边人一声惊呼,突然就栽倒下去。

醒来全身发凉,似乎出了一身冷汗,好一会儿意识才渐渐恢复,知道自己是平躺在长椅上,有医生正微微俯下身子,观察她的瞳孔。

他手指微凉,按在她的眼皮上,而他身上有淡淡的消毒水味道。她第一次觉得消毒水的味道还不错,而且这样子刚好可以看清那医生胸前的牌子——"神经外科邵振嵘"。

她有点想笑,这么巧。

他十分温和地问:"你有什么不舒服,头晕吗?头疼吗?"

她摇了摇头:"邵医生……"

"什么?"

她终于问出疑惑已久的问题:"神经外科是什么科?我……我脑子是不是摔出了什么毛病?"

他淡淡地瞥了她一眼:"看来你脑子没什么毛病,估计就是有点贫血。"

走廊里来来往往都是人,他说:"出了特大交通事故,急诊病床全满了,所以只能让你在这儿休息一下。"

她说:"不要紧,我没事。"

一名小护士突然急匆匆走过来,递给她一支打开的葡萄糖:"护士长叫我给你的,叫你献完血先休息一会儿,你偏偏就跑了,这下好,晕了吧?"

她有点讪讪地笑。那名小护士见到邵振嵘,顿时笑眯眯:"邵医生,她应该没事,刚替一个学生献了血,估计是有点晕血。"

邵振嵘点了点头,走廊那头有医生叫他:"邵医生,有个学生颅外伤!"

他对她说:"把葡萄糖喝掉,休息一下再走。"转身急匆匆就走掉了。

她看着他的背影,又看看手中的葡萄糖,忽然就觉得很是高兴,一仰脖子就把那支葡萄糖喝完了。

后来她仍旧天天跑医院,偶尔也会遇见邵振嵘,因为他是颜靖靖的主治医生,她死缠烂打想从他口中套出点新闻来,虽然他对她的态度不像起初那般反感,只不过仍旧淡淡的:"杜小姐,你实在是太敬业了。"

她只管眉开眼笑:"谢谢,谢谢,其实我只指望打动你啊。"

这样厚颜无耻,他也拿她没辙。后来渐渐习惯了,每天见到她还主动打招呼:"杜记者来了?"

"来了,唉……邵医生,我今天有没有打动你?你就从了我吧!"

旁边的人都笑:"邵医生!邵医生!"而她蹙着眉长吁短叹,仿佛再无奈不过。这女孩子,大约跟娱乐圈混得太近,演技真是不错,他只是笑笑,而后走开。

颜靖靖已经转到一般病房,身体渐渐复原,不少娱记都不大来了,连老毕都撤了,只有她还隔三岔五跑医院,跟一帮小护士厮混得熟得不能再熟。最常遇见她的地方是医院食堂,中午吃最简单的盖浇饭或者辣肉面,她吃得津津有味,身边永远围着一大堆小护士。而她端着纸碗眉飞色舞夸夸其谈,不知道在讲什么,引得那群小护士们阵阵惊叹。看到自己从身边经过,她满嘴食物百忙中还仰起脸来,含含糊糊跟他打招呼:"邵医生,我今天有没有打动你?"

旁边的小护士哄然大笑,七嘴八舌帮她起哄:"邵医生,你就从了杜记者吧。"

见他匆匆走开,远远还听得到她朗朗笑声:"人生最大的乐趣就是调戏帅哥啊,哈哈……"

他觉得这笑声真耳熟,就是想不起来在哪里听到过。

因为她常常来,混得天时地利人和,有次她在护士站逗留,结果正好遇见教授查房。老教授是院士,又是博导,带着好多学生,查房时自然是前呼后拥,后头医生跟着一大批,巧不巧正好撞个正着。他心想,老教授一定会发话把她轰走,从此再不准她来,谁知满头白发的老教授竟然对她笑着点了点头。而她笑靥如花，还偷偷摇手指冲跟在后头人堆里的他打招呼，邵振嵘一时觉得纳闷。

过了几天，老教授突然想起来问他："小邵啊，这几天怎么没看到你女朋友来等你下班？"

"我女朋友？"

"是啊，就是那个眼睛大大、头发长长的女孩子，挺活泼的，她不是你女朋友？"

他想了半天，才想出老教授原来是指杜晓苏，这样误会，怪不得没轰她走。

这天在食堂里又看到杜晓苏，照例围着一圈人。他从旁边走过去，刻意放慢了步子，原来杜晓苏在讲她去横店探班的经历："那蚊子啊，跟轰炸机似的，成片成片地往人身上撞。荒山野岭啊，荒无人烟啊，真是杀人越货的好地方……"

有小护士倒抽凉气："哦哟，为什么偏要到那种地方去拍戏的呀？"

"不是拍古装吗？古装外景要找个没房子、没公路、没电线杆的地方，不然长镜头一拉，就露馅了，所以剧组才爱找那种荒山野岭……我在那里蹲了三天，那蚊子毒的，咬得我浑身上下都是包包，一抓就流水，回来后变成过敏，差点被毁容啊……"

邵振嵘看她举手在自己脸上比画，心想，她年纪轻轻一个女孩子，干这行也怪辛苦。像这次只为了几张照片，跑医院跑这么久，隔几天总要来一趟，换作其他人，也许早没了耐性吧。

杜晓苏并不觉得，她只觉得自己运气不错，守了这么久，终于守到了机会——这天查房过后，娱乐公司的两个人一时疏忽，先后都走开了，她偷偷隔着病房窗口拍下一组颜靖靖的照片。

这下子发达了，颜靖靖动过开颅手术，头发已经全部剃掉，这次的光头照片一定是独家。

转过身，她满脸的笑容不由得僵在脸上，邵振嵘！

他静静地站在她身后，伸出手："相机给我。"

"不！"她抱紧了相机。

"那么把照片删掉。"

她紧紧抿起嘴角："不！"

他说："不然我叫保安来，你的照片一样会被删除。"

他固执地伸出手，她僵在那里，他下了最后通牒："给我！"

她斜跨出一步，似乎想逃跑。他伸手拦住她，终于从她手中拿过了相机，一张张地按着删除。

她沉默地站在那里，他的手指突然停下来，他抬起头来看了她一眼，而她低垂着眼帘，仿佛一个沮丧的孩子。

颜靖靖的照片已经全部删除完了，而后面的照片全是他。

他不知道她是什么时候拍的，各种角度的都有，有几张他看出来就是今天上午，自己陪着教授查房，侧着脸与德高望重的老教授说话，走廊里一堆的人，谁也不曾留意会有人拍照。一张张翻下去，有他走过走廊的模糊背影，有他与护士交谈时的侧面，有他刚从手术室下来时的疲倦，有他追着急诊推床大步而去的匆忙，可是每一张都十分生动，抓拍得很好，显见是用足了心思。他不知道她拍了多久，也许一个星期，也许两个星期，也许从一开始，她就在偷偷拍他。

他终于将相机还给她，她沉默地接过去。

他说："对不起，医院有规定，我们必须保护病人的隐私。"

她笑了一笑："没有关系。"顿了一顿，"我以后不会来了，邵医生你放心吧。"

她转身往外走，肩微微塌下，身影显得有些单薄。而他站在那里，看她慢慢消失在走廊尽头。

她从此果然再没出现，护士站里几个年轻护士十分怀念："唉，杜记者都不来了，她那张嘴啊，讲起明星八卦来真是引人入胜。"

另一个护士说："对啊，她笑起来像樱桃小丸子，很可爱的。"

樱桃小丸子！原来是樱桃小丸子，恍然大悟，怪不得自己总觉得她的笑声好熟悉，原来是樱桃小丸子。

"邵医生？"

他突然回过神来，小护士笑嘻嘻地问："邵医生你想到什么高兴事，一直在笑？"

是吗？他从锃亮的玻璃上看到自己的脸，唇角上扬，果然是在笑。于是连忙收敛了心神，走开去替病人写出院小结。

忙了一整天，两台手术做下来，累得几乎没力气说话。终于等到病人情况稳定，上夜班的同事来接了班，他拖着步子搭电梯下楼，一时只想抄近道，从急诊部出去。

谁知在走廊里看到一个熟悉的身影，不由得一怔。

终于走过去，果然是她，坐在长椅上微垂着头，似乎就要睡着了。

他突然有些心慌，正要转身走开，她却突然抬起头来，四目相对。急诊室里那样嘈杂不堪，但就像一下子都安静下来，只看到她一双又黑又亮的眼睛，乌溜溜地望着他。

"咻！"她突然一笑。她笑起来很好看，眼睛弯弯像月牙，仿佛有点孩子气。

他也不由得笑了："你在这里干什么？"

"我来献血。"她问，"邵医生你下班了？"

他点了点头，却问她："离上次献血还不到两个月，你怎么可以再献？"

她说："没办法，我这血型太稀罕了。接到医院电话我就先过来了，我怕另外几个捐献者联络不上，耽搁了救人就不好了。"

天气已经这样冷，她只穿了一件短外套，衣领袖口上都缀着茸茸的毛边，脖子里却绕着一条精致的真丝围巾。她穿衣服素来这样乱搭配，不像别的女孩子那样讲究。只是穿着这样一件茸茸的外套，两只手交握着，看起来倒像是个洋娃娃。

大约因为冷，她的脸色有些苍白，眼睛红红的，好像没睡好。

急诊部的护士长已经是老熟人了，出来跟她打招呼："杜记者，你快回去吧，另外两个捐献者已经赶过来了。"又跟邵振嵘打招呼，

"邵医生下班了?"

"嗯,下班了。"他看杜晓苏拿起包包站起来,于是说,"我有车,我送你吧。"

"啊,好啊。"她很大方地说,"顺便请我吃饭吧,我跑外勤刚回来,饿惨了。"

她估计是真的饿惨了,在附近的餐厅里随意点了几个菜,吃得很香,十分贪婪地大口喝汤,明明是最寻常的蛤蜊冬瓜汤,见她吃得那样香,他都忍不住想要舀一碗尝尝。

她最后终于心满意足放下碗:"唉,人生最大的乐趣就是吃饱喝足啊。"

他脱口反问:"人生最大的乐趣不是调戏帅哥吗?"

她一愣,旋即大笑。

他很少看到女孩子笑得那样放肆,但真的很好看,眉眼弯弯,露出一口洁白的细牙,仿佛给牙膏公司做广告,笑得那样没心没肺。

她住得很远,他将她送到小区门口,她下了车,突然又想起什么来,重新拉开车门,从包里掏出一个信封递给他:"给你的。"

他抽开来看,是自己的照片,厚厚的一叠,他想了一想,还给她:"我送给你。"

路灯的光是温暖的橙色,车内的光是淡淡的乳黄,交错映在她脸上,直映得一双眸子流光溢彩。

她不作声接过照片去,嘴角却弯弯的,忍俊不禁的笑意。

他禁不住抱怨:"你笑什么?"

她反问:"那你在笑什么?"

他转眼看到后视镜中的自己,唇角上扬,可不是也在笑?

但就是忍不住,只觉得忍不住,有一种新鲜的喜悦,如同春天和风中青草的香味,如同夏季绿叶上清凉的雨气,无声无息,浸润心田。

【三】

过了几天,要做一个明星减肥与健康的专题,杜晓苏一下子就想到了邵振嵘。她立马联络了邵振嵘所在的医院,婉转地说明想请有关专家对健康减肥做个阐述,批判当前的减肥误区,最好深入到节食对大脑以及神经的影响,以达到振聋发聩的警世效果。医院方面很积极也很配合:"行,我们让神经内科的卢副主任帮你们写篇短文。"

杜晓苏觉得很郁闷,一个神经科,竟然还分神经内科神经外科,自己想假公济私一下都不行。

邹思琦替她出主意:"要不你去挂个号,找邵帅哥看病得了。"

杜晓苏白了她一眼:"你有点常识好不好?他是神经外科耶,除了什么脑子长瘤、开颅手术,一般病人谁找他?你少咒我。"

邹思琦"哇"了一声,一脸的景仰:"听起来就好帅……是不是像《白色巨塔》?我想到那白色的医生袍就觉得好帅。啊啊!杜晓苏,你一定要搞定他,然后让他介绍个超级英俊的同事给我认识!"

杜晓苏没好气:"把口水擦擦!"

不过让杜晓苏没料到的是,隔了几天竟然会接到邵振嵘的电话:"晚上有时间吗,能不能请你吃饭?"

她顿时觉得心花怒放,慌忙答:"有时间有时间。"

他似乎在电话那端笑了一声,杜晓苏能想象得到他笑起来的样子,眉眼飞扬,嘴角微抿,就像她现在的桌面一样。她换了一张电脑桌面,却仍然是他。教授查房,被一堆白袍医生簇拥着,在人群中他仍是那般翩翩抢眼,或许是因为身材挺拔。转过脸来突然看到她,先是惊诧,然后眼底一点点微蕴的笑意,便如春冰初融,而绿意方生。

约在医院附近的一家餐厅,他在路边等到她,有点歉意:"让你跑这么远,其实我年初才回国,只对医院附近熟悉一点,这里菜不错,所以想请你尝尝看。"

是正宗的本帮私房菜,老式的洋房,窄窄的楼梯很昏暗,但服务生微笑动人,轻言细语,音乐又十分好听。坐在小小的包厢里,大约是这房子旧时的亭子间,但改造得很好,虽然小,却并不觉得局促,而且两个人吃饭,气氛越发亲密。

杜晓苏爱煞招牌菜虾蟹夹饼,只觉得鲜,而他吃得比较少,她一吃得高兴就把所有的事都忘到了九霄云外。一直等到最后店家赠送的甜点上来,是茉莉花茶布丁,她照例三口两口吃完,才想起来问他:"对了,为什么请我吃饭?"

小小的茉莉花茶布丁,颤软软卧在精致的碟子里,灯光下看去精致得似半透明的琥珀,他将自己那份布丁轻轻推过去给她:"生

日快乐！"

她倒吸了口气，"啊"了一声，又惊又喜，过了半晌才笑着说："我自己都忘了，你怎么知道的？"

"上次你献血的表格，上面有身份证号。"

还有礼物，装在很大一只盒子里，事先就藏在了包厢里，此时从一旁拿出来。原来今晚的一切他早有预谋。她拆开盒子扯出来一看，竟是只软软的小猪抱枕，粉嫩嫩的颜色，翘翘的鼻子，非常可爱。

"我觉得很像你。"他笑眯眯地说，"所以就买下来了。"

什么啊？

不过她还是很高兴，因为这礼物并不贵，可是她非常喜欢。

吃完饭他坚持送她回家，虽然要穿过几乎半个市区，而他又没有开车出来。两个人去搭轻轨，不是交通高峰，车厢里很空，两个人并排坐着。她抱着那只软软的小猪，只觉得很暖和。本来她是很爱说话的人，可是今天晚上偏偏很安静，只乖乖坐在他身边。他也并没有多说话，从轻轨站出来下电梯时，他很自然地牵住了她的手，他的掌心温暖，她听到自己的心"扑通扑通"地跳，而他一直没有放开她的手。

小区离轻轨站不远，两个人走得很慢，可是走得再慢也有走到的时候，进了小区站在公寓楼下，她说："到了。"

他这才放开她的手，微笑："你上去吧，明天我给你打电话。"

"好。"

"注意饮食,工作再忙也得吃饭,别饿出胃病来。"

"哎哎,邵医生,你怎么三句话不离本行?"

他笑起来,对她说:"那我明天给你打电话。"

杜晓苏只是笑。

"晓苏?"暗处有人叫了一声,杜晓苏转脸一看,只觉得又惊又喜:"爸!妈!你们怎么来了?"

杜妈妈含笑打量着女儿,转过脸又打量邵振嵘:"你爸爸过来开会,我想到今天是你生日,所以跟他一起来了。"杜晓苏像个小孩子,抱住杜茂开的胳膊直嚷嚷:"爸爸你都不事先打个电话来。"

杜茂开笑着说:"不是想给你个惊喜嘛,结果你不在家,害我跟你妈妈一直在这里等。"目光炯炯,也已经在打量邵振嵘。

杜晓苏在父母面前显得有点儿窘,不像平常张牙舞爪的样子:"这是邵振嵘,他送我回来。"然后又向邵振嵘介绍,"这是我爸爸妈妈。"

"都上去吧,这里怪冷的。"杜妈妈笑眯眯地说,"小邵你也来,喝杯热茶。"

杜晓苏觉得怪不好意思的,头一次跟邵振嵘约会就被父母撞见,八字还没一撇呢,不知道他会怎么想。而他却很大方地答应了:"谢谢阿姨。"

四个人一起上楼去,杜晓苏的公寓是租来的,并不大,略显凌乱,但布置得很舒服。她去厨房泡茶,就听到父亲问邵振嵘:"小邵

是在哪里工作啊？"

邵振嵘回答了，杜茂开"哦"了一声："你们医院的神经外科是全国数一数二的，我们单位原来有位老领导，就曾经在你们那里动过手术。年轻人有这么好的平台，前途无量啊。"

邵振嵘说："其实我也刚到医院，现在还跟着教授们在学习，要学的东西很多。"

杜晓苏心里高兴，端着茶出来。

杜妈妈又问："小邵，听口音你不是本地人？"

杜晓苏嗔怪："妈，你怎么跟查户口似的！"

邵振嵘笑了一笑，十分坦诚地说："不要紧。叔叔，阿姨，我不是本地人，我爸爸妈妈都在北京，我本科读的是复旦医学院，后来去了英国爱丁堡大学医学院，在那里修完硕士，今年年初刚回国。我认识晓苏时间并不长，甚至今天是我第一次正式约她出去，但我觉得她率真可爱，正是我想要追寻的那个人。所以我恳请两位长辈，同意我和晓苏交往。"

这番话说得杜晓苏都呆住了，最后杜茂开朗朗一笑："不错，不错，小邵，真不错！晓苏遇见你真是她的运气。"拍了拍他的肩，"加油！"

杜妈妈笑盈盈地说："其实我们家晓苏很好追的，她心肠软，你只要稍稍勤快一点，盯得紧一点，她就一定跑不了。"

杜晓苏只想仰天长叹，这是什么父母啊……不过短短几分钟就倒戈了。难道邵振嵘就真的这么青年才俊？

送邵振嵘下楼的时候，她说："我爸爸妈妈比较紧张我，所以才会这样子。"

他笑笑："我知道，因为我妈妈也是这样的，天底下的父母，我想其实都差不多。"然后伸手牵住她的手，停了一停，才说，"晓苏，我今天晚上真高兴。"

她的脸颊有点发热，她一直认为自己脸皮厚得不会脸红了，可是大约因为他的手心滚烫，仿佛一只小熨斗，可以熨平每一道细密心事。她有很多话想说，但又觉得无从说起，最后只是说："我也是。"

回到家里，看到父母都笑眯眯看着自己，她倒觉得有点不好意思，于是撒娇："爸，妈，你们两个好像怕我嫁不出去似的，替人家说话了。"

杜茂开态度却十分认真："晓苏，小邵这人真不错。工作、学历什么其实都是次要的，重要的是，他品行好，人也稳重。"

杜晓苏心里高兴，嘴上却故意反驳："短短一面就能看出品行来啊？"

"那当然。"杜茂开说，"很多细小的地方，都能看出一个人的品行来。爸爸什么时候看走眼过？这孩子家教很好，非常懂礼貌，待人很真诚。如果你真能跟他走到一块儿，是你的运气。"

杜晓苏嘀咕："你女儿也没那么差吧？"

杜茂开拧了拧她的脸，哈哈大笑："我女儿当然不差，不然小邵

干吗这么着急,对着我们当场表明心迹?"

杜茂开在这里开了两天会,杜晓苏跟同事换了班,特意陪母亲去逛街。邵振嵘下班后也赶过来,陪杜家夫妇吃饭。他素来细心周到,对杜晓苏和杜妈妈都非常照顾,最后离开的时候,连杜妈妈都非常满意,对杜晓苏说:"这下我和你爸爸就放心了。"

"妈!"

"你这孩子啊,脾气太犟了,性子又浮躁,好好的工作辞职跑到这里来,记者这行又这么辛苦。一个人在外面,爸爸妈妈真的担心你。"

想起当初的任性,杜晓苏有点愧疚,低低叫了声:"妈妈。"

"虽说一朝被蛇咬,十年怕井绳。但那林向远,不值得你连工作都放弃,孤身一人跑到这里来。"杜妈妈说,"不过你年轻,在外头体验一下也好,反正我们是永远支持你的。"

杜晓苏眼眶发热,伸手抱住母亲,久久不说话。

隔了两年,母亲第一次在她面前提到林向远。其实自己并没有想象中的那么在意,当时只是年轻气盛,输不起,所以才远走他乡。她或许是爱过他的,毕竟那时的校园,那时的法国梧桐,那时的林荫大道,还有那时的青春……她有点怅然地想,或许自己并没有爱过林向远,只不过是爱着那段纯粹而明亮的岁月而已。

自从分手后,她独自来到这千里之外的城市,选择了一份跟专业截然不同的工作,起初只是不想与过去再有任何交集,总想着从头再来，看自己到底能不能闯出一番天地。而后来渐渐觉得工作很有挑战性，只是非常辛苦，反倒令人成长。

邹思琦说："你这娱记也当得太敬业了，你看你跟邵医生都常常见不着，我要有这么好的男朋友，早就回家嫁人了。"

杜晓苏随口道："见不着是因为他比我还忙啊，再说，我还想为了全国人民的娱乐事业奋斗终生呢！"

这天她难得收工早，可是邵振嵘还有个手术，她只好约了邹思琦吃饭。正在路上，接到老莫的电话："在哪儿呢？"

"已经收工了啊，准备去吃晚饭呢。"

"收什么工啊，咸阳那边有线报，许优六点多的飞机马上到，你赶紧去机场，一准是独家。"

"啊，她不正跟剧组在西安拍外景吗，怎么突然跑咱这儿来了？"

"所以我才叫你去盯着啊，这里头一定有文章。"

挂了电话，杜晓苏只好先给邹思琦打电话："我临时有事，得去机场。"邹思琦向来不放过这种八卦，追问："谁来了？"

"许优，不声不响地突然跑来，一定有问题。"杜晓苏边讲电话边抬腕看表，"要不你别等我了，我们下次再约。"

邹思琦说："没事没事，我等你来听新鲜八卦，赶紧的啊！为了全国人民的娱乐事业，动作快点！"

逗得杜晓苏"哧哧"笑。但真的来不及了，因为是周末，她怕堵车，搭地铁然后换磁悬浮，紧赶慢赶，终于赶到机场，天刚刚黑下来。

杜晓苏当机立断一路小跑到贵宾通道口，正好看到一个风姿绰约的女人走出来。大墨镜，一条丝巾围遮去了大半张脸孔，独自拖只小小的行李箱，一个人走出来。杜晓苏有点拿不准，因为这种女明星通常排场很大，不带助理不带保姆，单枪匹马杀出机场的情形实在太罕见了。

她不动声色，掏出手机装作发短信，低着头慢慢晃过去。那女人走出来并没有左右张望，杜晓苏这才留意到车道上停着一部银灰色捷豹，那女人一直走到车边，司机下来替她打开车门。那女人终于取下墨镜弯下腰去，露出盈盈一个笑意，看到这个招牌笑容，杜晓苏这才确定真的是许优。

见许优亲昵俯身亲吻车后座的男子，杜晓苏赶紧连连按键，手机拍出来效果也许并不好，但也顾不得了。许优很快上了车，司机替她关上车门，银灰捷豹扬长而去。杜晓苏想想，自己拦的士也追不上，况且照片已经拍了，于是心安理得地收工，去跟邹思琦吃饭。

到餐厅见到邹思琦，只觉得肚子饿。邹思琦早已点好了菜，有她最喜欢的铁板海瓜子，于是二话不说埋头大吃。

邹思琦说："唉，没拍到许优也别这样自暴自弃啊，八卦天天有，独家跑不了。"

杜晓苏吐着海瓜子的壳，含含糊糊地答："谁说没拍到。"将手机掏出来交给邹思琦。

邹思琦说:"拍到了你还郁闷啥?"

杜晓苏辣得直吸气,说:"我不是郁闷,我是饿了。"

邹思琦只觉得好笑:"我以为你又化悲痛为食量呢。"接过手机调了照片出来看,不由得吹了声口哨,"好皮相!这男人是谁?"

杜晓苏听她这样说,这才伸头望了手机屏幕一眼。有一张很清晰,几乎拍到大半张脸,男人微侧着头与许优说话,神色并不见亲昵,亦不见笑容,深灰色大衣衬着眉目分明,很是冷峻夺目,确实是好皮相。她仔细端详:"怎么有点眼熟?"

邹思琦来了精神:"是不是名人啊?名人加影星,多劲爆!"

杜晓苏看了半天,最后终于松了口气:"嗨!我说呢,原来有点像邵振嵘。"

邹思琦"哧"地一笑:"人家是情人眼里出西施,你是情人眼里处处皆情人,见着个五官端正的男人,你就觉得像你们家邵医生。"

杜晓苏白了她一眼:"我知道你嫉妒。"

邹思琦十分夸张地做捧心状:"是啊,我嫉妒得都快死掉了。"又一本正经地说,"快帮我查查这男人是谁,到时我奋不顾身也得泡上他,免得我天天嫉妒你。"

杜晓苏对邹思琦说:"老莫有熟人,到时帮忙一查车主就知道是谁了。唔,这次拿到独家,过几天奖金下来,请你吃饭。"

邹思琦仔细研究着照片,忽然说:"不是我打击你啊,我看你的奖金有点儿玄,这照片,说不定最后又要被'淹'了。"

杜晓苏茫然不解："为什么啊？"

邹思琦指指照片中那件大衣："Anne Valerie Hash今季新款，非成衣，仅接受定制。穿这种大衣的男人，不仅有钱，而且还得有时间有雅兴上巴黎试身，一定非富则贵，搞不好大有来头。"

【四】

杜晓苏半信半疑:"你怎么知道?"

"我是时尚女魔头啊。"邹思琦不以为然,"谁像你似的,成天跟着大明星,还只知道阿曼尼。"

杜晓苏说:"嗨,有钱人多了,就算他是李嘉诚,该独家独家,该头条头条。"又恨恨盯了邹思琦一眼,"我要是万一真拿不到奖金,就怪你这个乌鸦嘴。"

没想到真被邹思琦那个乌鸦嘴给说着了,照片交上去,结果老莫把她叫到自己的办公室,说:"晓苏啊,辛苦你了,不过这照片不能发,许优也别盯着了,收工吧。"

杜晓苏问:"车主是谁?这么快就查到了?"

老莫摇了摇头:"不用查了,干我们这行,要胆大心细。你入行的时候,我不是教过你吗,我们这行有'四不拍',其中有一条就是特牌不拍,你怎么给忘得一干二净了?"

杜晓苏倒没防到这个,把照片看了半晌,也没看出什么蹊跷来:

"FE……这也不算什么好车牌啊,6字打头,号段也不小了。"

老莫慢条斯理地说:"多学着点儿吧,别小瞧这车牌,搞不好比好些A8都牛。"

虽然没拿到奖金,杜晓苏也没沮丧多久,要不是那天邵振嵘问她,她早把这事忘了。

难得周日的下午两个人都没事,一起窝在她的小公寓里。公寓虽然小,却有地暖。当初杜晓苏租下来就是相中这点,因为她是北方人,习惯了冬天有暖气。屋子里暖洋洋的,而她趴在厚实绵软的地毯上,用笔记本看动漫,时不时"呵呵"笑两声。邵振嵘在一旁用他的笔记本查些学术资料,也不知过了多久,只觉得没听到她笑了,心里奇怪,回头一看,原来不知什么时候,她已经趴在那里睡着了。胳膊下的小猪软枕被她压得扁扁的,粉色的猪鼻子正好抵在她的脸颊上,有点滑稽可笑。

冬天的斜阳透过白色的帘纱映进来,淡淡的一点痕迹,仿佛时光,脚步轻巧。而她脸上红扑扑的,嘴角还有一点亮晶晶的口水。他在心里想,真没睡相啊,跟她搂着的那只小猪还真像。可是心里某个地方在松动,像是枯燥的海绵突然吸饱了水,变得柔软得不可思议。

他去卧室找到一床毯子,轻轻替她搭上。她丝毫没有被惊动,依旧睡得很酣,额发微微凌乱,像小孩子。他俯下身亲吻她,她的气息干净而温暖,只有沐浴露的淡淡香气。他在她身旁坐了好久,恍惚想到许多事情,又恍惚什么都没有想,最后终于起身继续去查自己的资料。手指在触摸板上移动,心里有一种异样的感受,因为屋子里只听得到她的呼吸，轻浅规律，宁静而安详。

或许这就是幸福吧。

大学时代他曾有过一个女朋友，其实那时候两个人都太年轻，都不懂事，为着各自的骄傲与自尊，总是一次次吵架、一次次分手，最后又一次次和好。那时执意地互相伤害，那时骄傲的眼底有隐约晶莹的泪光，到了最后，他终于明白那并不是爱情，才彻底地分手。

原来爱情如此简单，又如此平凡。只不过是想要她一辈子都这样无忧无虑，睡在自己的身边而已。

她睡到天黑才醒，爬起来揉揉眼睛，第一句话就是："啊，天都黑了。"

他只开了一盏落地灯，橙色的光线温暖且明亮，他的笔记本屏幕上正晃动着屏保，一行醒目的大字——"邵振嵘喜欢杜小猪"。她看到差点跳起来，因为这屏保是她替他设定的，本来是"邵振嵘喜欢杜晓苏"，谁知道他竟然敢改掉。她大叫一声扑过去，他不让改，她跟他抢。两个人笑得差点滚到地毯上去，到底被她抢到了，立刻改过来。她的手指纤细修长，按在他电脑黑色的键盘上，衬出圆圆的指端，仿佛温润如玉，令他忍不住想要去握住。而她发丝微乱，垂在肩头，微微仰起脸，黑曜石一般的眸子映着灯光，仿佛那是世上最美的光。他用双臂环抱住她，亲吻她。

他的吻有杏仁的芳香，她"哎"了一声，含糊地问："你偷吃我杏仁了？"

他微微移开唇："什么叫偷吃，你的就是我的。"

她冰箱里塞满了零食，她又不忌嘴，有什么吃什么，却丝毫不见长胖。纯粹是因为忙的，成日在外头东奔西跑，即使吃得再多，也养不出二两肉来。

她问他："饿了吧？想吃什么啊，我给你做去。"

他只觉得受宠若惊："你还会做饭啊？"

"那当然，"她扬扬得意，"现代女性，哪个敢不上得厅堂下得厨房？"

事实证明她纯粹是吹牛，只炒个蛋炒饭，她就大动干戈，将厨房弄得一塌糊涂，不仅烧煳了油锅，还差点失手打翻蛋碗。最后他认命了："把围裙给我，你出去。"

这次轮到她受宠若惊了："你会做饭？"

"那当然，"他淡淡地答，"现代男性，哪个敢不上得厅堂下得厨房？"

真小气，拿她的话来噎她。她被他轰到客厅去，心不在焉地玩了一会儿宠物连连看，到底不放心，走到厨房一看，哇！

震撼啊！

其实冰箱里可以利用的材料实在有限，除了大堆的零食和方便食品，就只有几个鸡蛋，还有两根她打算用来做面膜的黄瓜。而这男人竟然做出了两菜一汤。

她好奇地打量："紫菜鸡蛋汤……你在哪里找到的紫菜？"

他头也没抬地答:"我拆了你一包海苔。"

哇喔,这样也行?

菜被端上餐桌,非常有卖相,于是她随手用手机拍下来。邵振嵘在一旁做大厨状,其实围裙上还绣着卡通小熊,他难得显得这样稚气可爱。他一边解围裙一边笑:"不行!把照片删了。"

"不要嘛,到时打印出来做成册子,一定很有趣。"

他和她凑到一起看照片,她一张张往后翻,忽然翻到那天在机场外拍到的许优,邵振嵘"咦"了一声,问:"这人是谁?"

"不知道,老莫不让发,也不晓得什么来头。唉,可惜我的奖金啊。"

"我是说这女的。"

"许优你都不知道?演《美好不再》的那个。"邵振嵘很少看电视,对娱乐新闻更是从不关心,但杜晓苏突然吃醋,"你问她干什么?觉得她很漂亮?"

邵振嵘非常严肃地想了半天:"嗯……比你漂亮很多。"

她伶牙俐齿地还了一句:"那当然,人家旁边的帅哥也比你英俊很多。"

他一脸的受伤:"真的吗?"

杜晓苏笑嘻嘻地伸手在他脸颊上拧了一记:"不过看在你上得厅堂下得厨房的分上,给你加分!"

他的手艺真是没得说,也许是因为她饿了,但这两菜一汤吃得她眉开眼笑，心满意足放下筷子："邵振嵘，我嫁给你好不好？"

他望了她一眼。

她问："好不好吗？"

他问："为什么？"

"哎呀，你一表人才，名校海归，又在数一数二的知名医院工作，一颗冉冉升起的神经外科新星……竟然还会做饭……"她摇晃着他的手臂，"不行，我一定要先下手为强，免得你被别的女人抢走了，那样我一定后悔一辈子……我嫁给你好不好？好不好？"

"好。"

这下轮到她发愣了，过了一会儿才问："啊，你答应了？为什么啊？"

他嘴角微扬："我一表人才，名校海归，又在数一数二的知名医院工作，一颗冉冉升起的神经外科新星……竟然还会做饭……我这样的人答应了你的求婚，你竟然还问为什么？"他做了一个夸张的表情，"我好受伤……"

杜晓苏笑出声来，将脸一扬，正好让他逮到她的唇，柔软芳香，让人沉溺。

他们吃过饭后出去看电影，正好影院上线的是泽塔·琼斯的复出之作《美味情缘》。电影温馨浪漫，一道道大餐更是诱人，杜晓苏虽然刚吃过饭不久，仍然觉得馋，只好"咔嚓咔嚓"吃爆米花。可是爆米花这种东西吃在嘴里，只觉得更馋。过了一会儿，邵振嵘低声对她说:"我出去一会儿。"

她以为他是去洗手间,谁知不久后他回来,变戏法似的变出一只纸盒。黑暗中她闻到扑鼻的香气,是她最喜欢的章鱼烧,新鲜滚烫,木鱼花吃到嘴里,只觉得香。杜晓苏怕吵到左右邻座,压低了声音:"唔,你怎么知道我饿了?"

"我听到你吞口水了。"

有这么明显吗?她白了他一眼,也不管黑漆漆的影院里他看得到看不到。不过章鱼烧捧在手心里,暖暖的,令人觉得快乐安逸,她一只只吃完,然后把最后一只留给他。他不习惯在外头吃东西,她喂到他嘴边,他犹豫了一下,还是吃掉了。杜晓苏觉得很高兴,她喜欢破坏他的习惯,有一种恶作剧的快乐。挽着他的手看Aaron Eckhart在大厨房里引吭高歌,而两情相悦那样美,好比提拉米苏的细腻柔滑,甜到不可思议。

外衣兜里的手机震动起来,她掏出来看,竟然是老孙。

她压低了嗓门刚刚"喂"了一声,老孙已经在电话那头直嚷:"晓苏!我老婆要生了!我马上要去医院,你能不能来顶班帮我盯下萧璋?拜托!拜托!"

邵振嵘问她:"怎么了?"

她还是告诉他了:"我同事临时有急事,叫我去替他顶班。"

他说:"那我送你去。"

没有看完电影,她觉得有点沮丧。车窗外的夜色正是繁华绮丽到纸醉金迷的时刻，霓虹绚烂，车灯如河，蜿蜒静静流淌。一路上一直遇到红灯，车子停停走走，其实邵振嵘开车的时候特别专注，她一直在猜测，他在手术台上的时候，是不是也是这种表情。他专心的样子很好看，眉峰微蹙，目光凝聚，好似全神贯注。

她到底有点歉疚："一起看场电影都不行。"

又是红灯，车子徐徐地停下来，他说："其实我只是想你坐在我身边，看不看电影倒是其次。"

她心口微微一暖，仿佛有什么东西被撞动，不知不觉微笑："哎，邵振嵘，我突然好想亲你耶。"

他仿佛被吓了一跳，回头看了她一眼，不知为什么连耳郭都红了。她觉得他脸红得真可爱，于是揪住他的衣领，俯过去亲吻他。

空调的暖风呼呼地吹在脸上，吹得她极细的几根头发拂在他的脸上，邵振嵘仿佛有点透不过气来，她的脸也很烫。他终于放开她，说："以后只准我亲你，不准你亲我。"

"为什么啊？"

"不准就是不准！"他从来没有这样凶巴巴过，"没有为什么。"

老孙见到杜晓苏如同见到救星："啊呀晓苏，多谢你！啊，邵医生，你也来了？真不好意思，真不好意思。"他连声抱歉，杜晓苏只说："你快去医院吧，嫂子和孩子要紧！"

老孙拦了部的士就走了。这里不让停车，邵振嵘把车子停到酒店的地下车库去，然后走回来陪她。初冬的夜风，已经颇有几分刺骨的寒意,他看她鼻尖已经冻得红红的,不由得问:"冷不冷?"她很老实地答:"有点冷。"

他握着她的手,一起放到自己的口袋里取暖。他的手很大,掌心有着暖暖的温度,指端一点点温暖起来,她的心也觉得暖暖的。因为手插在他的衣袋里,所以两个人站得很近,他几乎将她圈在怀中,身后是酒店高大的建筑,投灯、射灯、景映灯交织勾勒出华丽剔透的轮廓。两个人沉默地伫立着,五光十色的灯光照进她的眼睛,仿佛宝石一样,熠熠生辉。她只微仰着脸,望着他。

他说:"晓苏,我以前不知道,你们这行这样辛苦。"

"有苦也有乐啊。"她说,"其实我觉得值得的——因为要不是干这行,我就不会认识你了。"

提到这个他就算旧账:"还说呢!一个女孩子爬上爬下的,万一那管子要是断了呢?"

"怎么会断?那是进口PVC材质下水管,按本市建筑验收合格规定,管壁厚度应达到0.85厘米以上,所以截面承重可达65公斤,我体重不过51公斤,再说我站上去的是有拉力的斜角,所以它是绝不会断的。"

邵振嵘有点意外:"你怎么知道这些?"

杜晓苏得意非凡的样子像个刚得到老师表扬的好学生:"我是T大建工系毕业的,我学的就是这个。"

邵振嵘真有点没想到,因为这所大学的这个专业是金字招牌,几乎是国内首屈一指,与清华的相关专业号称南北并峙。于是问她:"那为什么后来又当娱记?"

她说:"以前不懂事,在大学里谈了一场恋爱,结果伤筋动骨。后来换了工作,从头再来。原来在财经版混了段日子,后来我发现还是娱乐版最适合自己,又有帅哥,又有八卦,多好。"

他吁了口气,将她拉得离自己更近。他身上有干净的气息,还有淡淡的消毒水的味道,她一直很喜欢,所以贪婪地深深吸了口气,才说:"你先回去吧,我还得好几个小时才收工呢。"

他说:"我陪你。"

她说:"不用了,你明天还得上白班呢。"

他声音低低的,就在她的头顶上方,仿佛是一种震动:"晓苏,也许我有点自私,如果可以,你能不能考虑换份工作?"

她沉默了很长时间,他担心她生气:"晓苏……"

杜晓苏"哧"地一笑:"你吃醋啦?"

他很老实地点头:"我吃醋。"

他是真的很吃醋,因为不知道是个什么样的男人,会让她放弃一切逃开。

可是她又如此坦然地跟他讲起,便知道她其实早已经不在意。

果然,杜晓苏笑眯眯地说:"好吧,那我就换份工作吧。"

邹思琦听说她有意换工作,啧啧称奇:"爱情的力量真伟大啊,某人都不为全国人民的娱乐事业奋斗终生了。"

辞职的时候老莫万分惋惜,因为杜晓苏一直很勤快,又是他带出道的。不过老莫很爽快地说:"有时间常回来看看。"

杜晓苏也有点舍不得,告别了旧同事。虽然在网上发了几份简历,却差不多全石沉大海了。如今工作并不好找,她学历又只是本科,好不容易有家公司通知她去面试,HR问:"杜小姐,虽然你是相关专业毕业,但只有不到一年的设计工作经历,为什么放弃这个职业长达两年之久?"

她老实地答:"我想尝试一下新的挑战。"

看到HR的表情就知道没戏,不过那个HR还是很客气地对她说:"谢谢杜小姐前来面试,请等待我们的电话通知。"

这一等就没了下文。

碰的钉子多了,她干脆改弦易张,改投广告文案之类的职位。由于有新闻从业经验,倒颇有几家公司对她感兴趣,大多相中她有传媒关系,但她其实不过是一个小娱记,面试后仍旧没戏。但她也不太着急,邵振嵘更不急,他说:"结婚吧,我养你。"

她觉得有点上了他的当:"结婚就结婚,为什么要你养啊?"

他说:"我把你养得白白胖胖,这样你就不会跑掉了。"

她不由得得意扬扬:"原来你这么没有安全感啊。"

他摸着鼻子笑:"反正是你向我求婚的,这辈子我都记得。"

她恼羞成怒:"邵医生你很烦耶,等我找份体面工作,马上喜新厌旧休了你。"

【五】

邵振嵘呵呵笑,但总是非常细心地替她整理招聘信息,用表格列出一项项地址、名称及公司的主要信息,帮她发电子邮件。

她非常感慨:"如今找工作真是大海捞针。"

他说:"没有关系,只要耐心,一定能找到那根针。"

最后接到博远的面试通知,她非常意外,因为她都不太记得自己曾向这家公司投过简历,或许是邵振嵘帮她投的。她没抱多大希望,因为是业内知名公司,又是设计职位,不知为何竟然肯给她面试机会,但八成又是希望而去,失望而返。

杜晓苏按着约好的时间前去,公司位于黄金地段的写字楼,外观已然不俗,大堂更是美轮美奂,出入的男女尽皆衣冠楚楚,乘电梯上楼,更觉得视野开阔,一种沉静之感油然而生。站在这样高的地方,仿佛可以气吞山河。

接待室的设计也一丝不苟,装潢简洁流畅,落地玻璃幕对着高楼林立的城市中心,放眼望去,皆是繁华的尖顶,真正的现代建筑巅峰。

她喜欢上这个地方，纯粹出于对建筑的喜欢。

HR问过她数个常见问题，最后仍旧问她："杜小姐，你是T大建工系，为何放弃专业两年？"

她灵机一动，答："我想通过这两年时间，来更好地提高自己。"

不知道回答得对不对路，因为HR仍旧请她回去等待通知。

她本来不抱多大希望，谁知三天后真的接到电话，通知她去二面。

这下她态度认真起来，做足了功课，结果人力资源部经理相当满意，后面的三面也顺利过关。

接到最后的offer，她非常高兴，得意扬扬地给邵振嵘打电话："博远录用我了。"

邵振嵘也很高兴："晚上庆祝庆祝。"

结果他临时有手术，匆忙给她打电话："我马上要进手术室，你先吃饭吧，我下班后去接你。"

杜晓苏答应了，晚上却独自搭了地铁去医院，然后在医院外等了差不多三个小时才等到他。他十分心疼："这么远怎么跑来了，不是叫你先吃饭？饿了吧？"

"我不饿。"她只是看着他，因为戴过帽子，他头发软软的有些塌，看起来并不邋遢，反倒像小孩子。在手术台边显微镜前一站五六个小时，脸色疲惫得像是打过一场硬仗。

外科很辛苦，尤其是神外，开颅手术不比别的，都是人命关天的

大事。他说:"是个颅底肿瘤的小孩,手术很成功,出来后看到小孩子的妈妈,见着我们又哭又笑,觉得再辛苦也值得。"

他最近瘦了一点点,眼圈下有淡淡的黑影,也许是冬天穿衣服多,显得脸尖了些。她觉得心里软软的,也许是心疼,也许是骄傲,但只是看着他,所以他开玩笑:"怎么这样看着我,今天晚上我很帅?"

"是啊!"她挽住他的手,"救死扶伤的邵医生最帅!"

吃饭的时候她告诉他:"其实我小时候就希望自己嫁给医生,或者建筑师,因为觉得这两个职业都好伟大,一个治病救人,另一个可以建造世界。不过后来自己学了建筑,倒有点失望。"

他最喜欢听她说这些话,所以问她:"为什么觉得失望?"

"嗯,也许是觉得跟想象的不一样,神秘感消失了,功课很重,作业很多,尤其是制图。那时候我很娇气啊,常常画图画到要哭。"

他想象不出来她娇气的样子,因为她一直都很执着很坚强,哪怕是做个小娱记,为拍张照片都会冒险爬到水管上去。

杜晓苏很快进入了工作状态,她虽然是新人,可是很勤快,又肯学。设计部年轻人居多,很多人是从国外回来的,工作气氛轻松而活泼,她与同事相处融洽,渐渐觉得工作得心应手。没有多久便参与了一个重要的个案设计,老总再三嘱咐:"新晟是我们的大客户,林总这个人对细节要求很高,所以大家一定要注意。宁维诚,晓苏她是新人,你要多看着点儿。"

宁维诚是设计部的副主管，美国C大海归，才华横溢，工作非常出色，老总素来重视。这次由他带整队人马去见新晟的副总。

只是杜晓苏没想到那个林总会是林向远。

"这是我们设计部的杜晓苏。"

听得宁维诚这样介绍，他向她伸出手来："幸会。"

她也从容微笑："幸会。"

宁维诚负责展示PPT，林向远听得很认真。开完会后已经是下班时分，林向远顺理成章对宁维诚说："已经快六点了，大家都辛苦了，我请大家吃饭吧。"

新晟与博远有多年的合作关系，两家公司的团队亦是驾轻就熟，仿佛都是自己人。杜晓苏不想显得太小气，所以没有找借口独自先走。

其实新晟的企划部大都也是年轻人，气氛活络而热闹。大家在席间说起来，突然有人发现："咦！林总也是T大建工系毕业，跟我们公司杜晓苏是校友啊。"

林向远沉默了片刻，才说："是啊。"

这下引起了所有人的注意，起哄说："那杜小姐应该敬林总一杯，算起来林总是杜小姐的师兄啊。"杜晓苏很大方地端着杯子站起来："林总年轻有为，有这样的师兄，是我这师妹的荣幸。"

林向远笑了笑，说："谢谢。"与她干杯。

吃完饭后出来，杜晓苏跟同事都不顺路，于是独自走。一部车从

后头慢慢超过来停下,正是林向远的座车,他下车来对她说:"我送你吧。"

杜晓苏说:"不用了,前面就是轻轨站了。"

林向远说:"就算是校友,送送你也是应该的。"

"真的不用,我两站就到了,连换乘都不必。"

他终于问:"没人来接你吗?"

"不是,他今天加班,再说他住的地方跟我住的地方比较远,没必要为接我让他跑来跑去。"

她的语气轻松坦然,仿佛真的只是面对一位长久未见面的老同学,而他怅然若失。

她已经这样不在意,他曾经数次想过两人的重逢,也许她会恨他,也许她会掉头就走——当年她的脾气其实很倔强,骄傲得眼中容不得半点沙子,不然也不会分手后就消失得无影无踪。可他真的没有想到,原来她已经不在乎了。

从容地,轻松地,把过去的一切都忘掉了。

她连恨他都不肯,令他怀疑,当年她是不是真的爱过自己。

他竟然有种不甘心的感觉,而她礼貌地向他道别,他站在那里,看着她走进灯火通明的轻轨站。司机在后面提醒他:"林总,这里不让停车……"

他沉默地上了车,说:"走吧。"

杜晓苏压根没将这次重逢放在心上,隔了好久跟邹思琦一块儿吃饭，才想起来告诉她。

邹思琦听得直摇头："你竟然还跟他吃饭？这种男人，换了我，立马掉头就走。"

杜晓苏说："唉，没必要。其实想想，我也不怎么恨他。"

邹思琦提起来就气愤："杜晓苏，当初这男人一边跟你谈恋爱一边爬墙，最后奉子成婚前才告诉你要跟你分手，整个儿一陈世美！他把你当傻子啊，你都不恨他？"

杜晓苏说："他当初也真心地爱过我，至于后来的事，只能说人各有志。"

邹思琦直翻白眼："杜晓苏，你真是没得救了，当初他在学校里追你，谁知是不是相中你爸爸是行长？毕业后认识那个更有钱有势的女人，立马就把你甩了，你还说他曾经真的爱过你？"

杜晓苏做万般郁闷状："邹思琦，留点美好的回忆给我行不行啊？你非要说得这么丑陋，初恋耶，我的初恋耶！"

邹思琦"哧"地一笑："算了算了，你不在乎最好，这种男人不值得。"

杜晓苏想了一想，说："他虽然骗了我，但回头看看，这种经历其实是一件好事，不然我也许至今还浑浑噩噩，躲在父母羽翼下混日子。"

邹思琦说："那你确实得感谢他，他要不跟你分手，你哪有缘分遇到邵医生？"

一提到邵振嵘，杜晓苏就眉开眼笑："是啊，所以说命运总是公平的。"

"公平个头啊！"邹思琦好生郁闷，"为什么我就遇不上像邵医生这种极品？"

"哎，对了。"杜晓苏突然想起来，"我们公司最近替一品名城的开发商做设计，可以用内部价申购他们的一套房子，你不是说想买一品名城，要不我帮你申请一套？"

邹思琦非常高兴："那当然好。"

杜晓苏填了申购的报名表，事情很顺利，很快一品名城那边就通知她去挑房号下定金，她跟邹思琦一块儿去看房。

正是楼市最火热的年代，一品名城位置极佳，又是准现房，看房现场人潮汹涌。一打听，原来今天是一期摇号，好多有意向的人都雇了民工来帮忙排队，声势浩大非凡。售楼小姐见她俩有号单，单独引到VIP室去，坐定倒了茶，才微笑着说："两位是内部申购吧？我们内部申购预留的都是二期，全板式小高层，朝向非常好，南北通透，全部户型都送入户花园，非常超值划算。不知道两位想看什么楼层什么面积？"

邹思琦问："二期是什么时候交房？"

售楼小姐仍旧微笑："二期跟一期是同一时间交房，其实也是准现房，不过一期先卖。"

杜晓苏恍然大悟，原来所谓二期就是变相捂盘。

售楼小姐带她们去看房子，房型设计非常合理，朝向楼层皆好，连杜晓苏看了都觉得心动，邹思琦更不用说了。谁知最后一问价，两人都不由得倒吸一口凉气。售楼小姐说："内部申购非常划算了，要便宜十来万呢。"

回去路上邹思琦蔫蔫的："唉，一年薪水买不到一个洗手间。"

杜晓苏也说："楼市真是疯了，怪不得我们业绩节节攀升，做图做到手软。"

邹思琦说："一定还会涨，从去年到今年一直在涨，这个楼盘位置又好，没想到我竟然连首付都付不起，还害得你白忙一场。"

杜晓苏安慰她："不要紧，过两年再买也一样。"

邹思琦非常惋惜："过两年它又涨了，我还是买不起。"忽然说，"晓苏，要不你买吧，你反正要和邵医生结婚，晚买不如早买，这房子真的不错。"

杜晓苏心里一动，犹豫了一下。

回去后告诉了邵振嵘，谁知他也说："反正迟早要买的，要不就买下来吧。"

杜晓苏说："虽然地段好，房型也不错，但是好贵啊。"她现在有点后悔自己平常大手大脚，虽然略有积蓄，但真是杯水车薪。

邵振嵘说："不要紧，在国外的时候我有一点钱，都买了股票放在伦敦股市里，套现出来就是了，应该够付房款。"停了一停，他伸手握住她的手，"晓苏，我想有一个我们俩的家。"

他们两个人的家,杜晓苏一想就觉得胸口发暖。这两年一直租房住,虽然也算舒适,但家具也不好多添一样,在这偌大的城市里,茫茫人海,总归有点漂泊的感觉。他这句话令她觉得踏实安逸,他们两个人的家,多诱人!她也下了决心,买!

邵振嵘太忙,好不容易抽空跟她去看了一次房子。

房子并不大,但足够用了,两间卧室都朝南,有很大的飘窗,对着这城市的蓝天白云。若俯身低头,正好可以看见底下的小小园林。

售楼小姐笑眯眯地说:"现在这间书房,将来可以做婴儿室,这个户型最适合年轻夫妇了。"

邵振嵘对杜晓苏说:"要不先刷净白的墙面,然后放上书架,等改成婴儿室的时候,再换成颜色柔和一点的墙纸?"杜晓苏有点好笑,真有点傻啊,这么早就想到这些。而他拉着她的手,两个人在房子里转来转去,其实四面还只是空阔的墙,抹着粗糙的水泥,风浩浩地从客厅窗子里吹进来。杜晓苏觉得自己也挺傻,因为她也想着搬进来一定要换上抽纱窗帘,然后看着日光一点点晒到地板上,映出那细纱上小小的花纹。

她和他的家,两个人都情不自禁抿起唇角微笑。

回到售楼部,基本都满意。但总价这样高,杜晓苏看着那个数字,忍不住问他:"我们要不要再想想?"

"不用了,你喜欢就行了,再说我也很喜欢啊。"

因为是内部申购,不仅单价有所优惠,而且邵振嵘准备一次性付清，痛快得令售楼小姐都眉开眼笑，杜晓苏还记得还价，于是售楼小姐请示经理又给他们打了一个折。杜晓苏生平第一次花这么多钱，看邵振嵘刷卡，有大叠的文件要签署，两人坐在VIP室内一份份地签，房间里很安静，杜晓苏看邵振嵘低头认真地填写表格，写上两个人的名字，非常流畅的笔迹：杜晓苏，邵振嵘……

售楼小姐拿了他们两人的身份证和户口簿去复印，过了好久还没有回来。邵振嵘填完了那些表格，转过脸来望着她笑："我们俩的名字，第一次被写在一块儿呢。"

他没有问过她，就将房主写成她的名字。

杜晓苏从后头搂着他的脖子，看他签名，只问："你不怕我骗财骗色然后跑掉了？"

他亲昵地捏捏她脸颊："我呀，就是想用这房子把你套着，看你还能往哪儿跑？"

难得的春节大假，连医院都可以休息，因为邵振嵘家不在本市，所以科室特别照顾他没有给他排值班。他陪杜晓苏一起回家，春运高峰，又遇上雪灾，机票不仅全价而且紧俏，机场都人山人海。邵振嵘第一次去杜家，杜茂开夫妇特意去机场接他们。

回到父母身边，杜晓苏就像小孩子，叽叽喳喳说个不停："邵振嵘他真厉害，买的股票涨了两倍，要不然房子也交不了全款。"

杜妈妈只是埋怨："在电话里我就说，爸爸妈妈帮你们一点儿，你死活都不肯。"

"妈妈！"杜晓苏揽住母亲的腰，"我们有钱，振嵘付房款，我手头的钱正好装修买家具电器，你别替我们担心。他呀，挣得不少，再说我也挣得不少啊。"

杜妈妈亲昵地呵斥："尾巴都翘天上去了，就你那大手大脚，挣再多也不够你花的。"

杜晓苏无所谓："邵振嵘说他会养我的。"

如此理直气壮，只因爱他，所以坦然。

杜家的房子很宽敞，杜妈妈提早几天就亲自收拾出客房来，对邵振嵘更是无微不至，吃什么用什么，样样都惹得杜晓苏叫："妈妈你偏心！"

其实最偏心邵振嵘的是她自己。

她把从小到大所有的影集相册都搬出来给他看，他笑着说："原来你从小就这么爱显摆。"她的照片很多很多，父母如此宠爱她，所以从小到大，给她拍了无数照片，大的小的长的方的相册摆了整整一床。

从小小的婴儿，到牙牙学语，到扎着小辫子穿着海军裙，幼儿园里表演节目，小学时的"六·一"活动，中学参加歌咏比赛……

成长的痕迹，一帧一帧，他非常喜欢，看了又看。

她一张张讲给他听，这张是自己什么时候拍的，那张又是什么年纪。两个人凑在一块儿，像小孩子，盘膝肩并肩坐着，四周全是照片，一摞一摞。他听她娓娓说着话，只觉得喜欢，这样好，过去的时光，过去的她，一点一点，都讲给他听。而他知道，今后的她，会一直一直在他身旁。

最后她抛下相册，笑着问他："这么多，看烦了吧？"他将她圈进自己怀里，对她说："没有，我还嫌少呢。晓苏，等我们将来有了孩子，每天给他拍一张。"

她咔咔地笑："那得拍多少张啊？"

他说："一年三百六十五张，也不算多了啊。"

杜妈妈敲门，叫他们出去吃水果，她早就洗好了葡萄，又切好了哈密瓜，把阳桃片成一片片五星，放在果盘里，她笑眯眯地看着两个年轻人吃。杜晓苏看到果盘里有梨，知道邵振嵘喜欢，所以拿起来替他削一个。

只有梨，这么多年来在家里，杜妈妈一直不会事先切好，家里人要吃的时候，才会自己削。

"因为要永不分离啊。"杜晓苏亮晶晶的眼眸看着邵振嵘，告诉他这句话。

【六】

过了两天,两人要一起回北京,去见邵振嵘的父母。

杜妈妈替杜晓苏收拾行李,准备礼物,叮嘱女儿:"要懂事一点,小邵他爱你,所以你更要尊重敬爱他的父母,要让他们觉得放心,让他们喜欢你。"

杜晓苏觉得有点小紧张:"妈,要是万一他们不喜欢我怎么办?"

"不会的,小邵家教很好,说明他父母都是非常有修养的人,只要你是真心爱小邵,他们怎么会不喜欢你?"

杜晓苏却有点忐忑,因为这是她头一次要面对所爱的人的家人,一直到了机场,等待登机的工夫还抓着邵振嵘问:"叔叔阿姨喜欢什么啊?还有,他们不喜欢什么啊?你给我列个注意事项好不好?"

邵振嵘笑着刮了刮她的鼻子:"他们最喜欢我,所以啊,他们也一定会喜欢你。"

长假结束上班后,邹思琦知道她去过北京了,于是问:"怎么样?第一次见公婆是什么感受?"

杜晓苏怔了一下，才说："刚开始有点紧张，后来……"

邹思琦直发笑："你还会紧张啊？你不是常常吹牛说自己脸皮比铜墙铁壁还厚？"

杜晓苏有点神思恍惚的样子，邹思琦只觉得好笑："头一次见公婆是这样的啦，我跟初恋男友去福建的时候，在火车上，那心啊，扑通扑通跳了一整夜。对了，他们家怎么样？不过看小邵就知道他父母一定不错，是通情达理的那种人，一定对你很好吧？"

杜晓苏"嗯"了一声，说："是对我挺好的。"

其实在机场候机的时候他一直欲言又止，她瞧出他有点不对来，最后他终于开口："晓苏，我有事跟你说。"他握住她的手，"只是，你不要生气。"

她咬了咬唇："你在北京有老婆？"

他一怔，旋即忍不住笑起来："你想到哪儿去了？"

她十分委屈地瞥了他一眼："那你干吗这种表情？"

他说："我爸爸是……"犹豫了一会儿，他说了一个名字。

杜晓苏愣了好一会儿，抱着最后一丝希望问："同名同姓？"

他说："不是。"

她说："我才不信呢，你姓邵，怎么会是他的儿子？再说你在医院上班，才开一部别克君威。"她有点好笑的样子，"反正你骗我的对不对？"

他说："晓苏，不是你想的那个样子，我姓邵是跟我妈妈姓，我

爸爸妈妈非常开明，我们家就和别人家一样。"

"怎么会一样呢？"她脸颊发红，眼睛也发红，"你为什么不早告诉我？我从来没有想过你会骗我。"

"晓苏，"他低声说，"我不是想骗你，你别这样说。"

两个人僵在那里，广播通知开始登机，他说："晓苏，对不起，一开始我没有告诉你，只是怕你对我有成见，那样的话我们连交往的机会都没有了。后来我没有告诉你，是觉得你并不看重那些，如果你生气，骂我好不好？"

杜晓苏顿足："我骂你干什么呀，但你怎么可以这样骗我？"

他说："晓苏，你说过你爱我，不管我是什么人，你都爱我对不对？你也没有告诉过我你爸爸是行长，因为你觉得你爸爸的职务根本跟我俩的交往没关系。因为我爱的是你，不是你的父母，同样的，你爱的是我，不是我的父母，你顾忌什么？"

她不知道，她脑中一片混乱，全成了糨糊，她什么都不知道。

他牵着她的手向登机口走去，她急得快要哭了："我们可不可以不去？"

"不行。"他紧紧握着她的手，"晓苏，你好好想想，他们只是我的父母而已，你从来没有问过我的家庭环境，正如你从来不炫耀你自己的家庭环境。你也并不看重这些。你只是爱我，我们两个人跟其他的那些都没关系。"

广播在催促登机，所有的人都提着行李从他们身边经过，还有人好奇地望着他俩,只当是一对闹了别扭的情侣。

她终于慢慢镇定下来,因为他的手心干燥温暖,而他的目光坚定不移。她渐渐觉得心安,因为他其实比她更紧张更在乎,他只担心她不肯接受,只反反复复说:"晓苏,对不起。"

她心一横,不怕,因为她爱他。

两个小时的飞行,在飞机上她仍是浑浑噩噩,总觉得自己一定是没睡醒,所以做了个好笑的梦,要不然就是邵振嵘在跟她开玩笑。但他的样子很严肃,而且目光中隐隐约约有点担心,一直紧紧握着她的手,似乎怕她跑掉。

她真的有点想跑掉,如果不是在飞机上。

结果见到邵振嵘的父母,她真的松了口气。因为两位长辈很和蔼,很平易近人,看得出来是真心喜欢她,接纳她,因为邵振嵘爱她。他们是他的父母,跟天底下所有的父母一样,只希望自己的孩子幸福。

"见过了家长,这可算定下来了。"邹思琦拖长了声音问,"有没有打算什么时候结婚?"

她垂下眼帘:"他哥哥……"她有点发怔,不由得停住了。

邹思琦很意外:"他还有哥哥啊?"

"嗯,他是家里的老三。"

邹思琦"哟"了一声,说:"那他们家挺复杂的呀,你将来应付得了一大家子吗?"

其实邵振嵘告诉她："大哥大嫂都在外地，工作忙，很少回来，二哥也不常回来。"

他也把自己小时候的照片相册都拿出来给她看，但他的照片并没有她的多，寥寥几本，跟父母的合影也很少。他说："他们工作都挺忙，我从小是保姆赵妈妈带大的。"

有一张两个孩子的合影，差不多大的小孩子，两人都吃了一脸的冰淇淋，笑得像两朵太阳花。高的那个小男孩应该是他，另一个小女孩比他矮一点，穿着条花裙子，像男孩子一样的短短头发，有双和他一模一样的眼睛，笑起来唇角有酒窝。

她知道他没有妹妹，于是问："这是你和你表妹？"

他挠了挠头发："不是，这是我二哥。"然后有点尴尬地指了指穿花裙子的那一个，"这是我。"

她不由得"哧"地一笑，他悻悻地说："我们家三个男孩，我二哥一直想要个小妹妹，所以硬把我打扮成女孩子。他比我大啊，从小我就黏他，听他的话。"

他们兄弟关系非常好，只不见长大后的照片，他说："大哥二哥长大后都不爱拍照，所以跟我的合影很少。"

"我小时候身体不好，成天打针吃药，院子里的孩子都不爱跟我玩，叫我病秧子。我二哥那时可威风了，是大院的孩子王，往砖堆上一站，说：'你们谁不跟振嵘玩，我就不跟他玩。'"他含笑回忆起童年的那些时光，"我二哥只比我大两岁，可处处都维护我。高考填志愿那会儿我要学医,还报外地的学校,我爸爸坚决反对,发了脾气,我妈劝都没用。我跟家里赌气,闹了好多天,最后我二哥回来,跟爸爸谈,放我去复旦。我们三个都是赵妈妈一手带大的,赵妈妈说,在我们家里,最疼我的不是我爸爸妈妈,是我二哥。大哥大嫂这次有事不能回来,明天你就能见着我二哥了。"

第二天他带她一起去看望赵妈妈。赵妈妈住在胡同深处一间四合院里。院子并不大,但很幽静,天井里种着两棵枣树,夏天的时候一定是绿荫遍地。杜晓苏很少见到这样的房子,裱糊得很干净,旧家具也显得漆色温润,仿佛有时光的印记。赵妈妈的两个孩子如今都在国外,只有老两口住,所以赵妈妈见到她和邵振嵘,乐得合不拢嘴,拉着她的手不肯放。杜晓苏心里觉得暖洋洋的,因为赵妈妈将邵振嵘当成自己的儿子一样,所以才这样喜欢她。

"你坐,振嵘你陪晓苏坐,吃吃点心,我下厨房做菜去。你二哥说过会儿就来,今天赵妈妈做你们最喜欢吃的菜。晓苏,我替你炖了一锅好鸡汤,你太瘦了,得好好补补。"

屋子里暖气很足,晓苏脱了大衣,只穿了一件毛衣,还觉得有点热,于是走到墙边去看墙上挂的照片。都是老式的镜框,有些甚至是黑白照,有一张照片是赵妈妈带着三个小孩子跟另两位老人的合影,她觉得眼熟,看了半天,不太确认,于是回头叫了声"振嵘"。

他走过来跟她一起看照片,她有点好奇地问:"这是……"

邵振嵘"哦"了一声,解释说:"这是我的姥爷姥姥,赵妈妈从

小就带着我们，小时候我们经常在姥爷那边住。"

于是她又很没心没肺地快乐起来："哎哎，有没有八卦可以讲啊？挖掘一下名人秘史嘛！"

他笑出声来，揽住她的肩："就你会胡思乱想，回头见着我哥，可不准胡说八道。"

邵振嵘的二哥同他一样高大挺拔，样子很年轻，但气质沉稳而内敛，却不失锋芒。其实他们兄弟两个有一点像，尤其是眼睛，痕迹很深的双眼皮，目光深邃如星光下的水面。

他与她握手，声音低沉："杜小姐是吧？我是雷宇峥，振嵘的二哥。"

他的手很冷，仿佛一条寒冷的冰线，顺着指尖一直冻到人的心脏去，冻得人心里隐隐发寒。她很小声地叫了一声："二哥。"

邵振嵘以为她害羞，搂着她的肩只是呵呵笑。

而他眉目依旧清俊，连微笑都淡得若有似无。杜晓苏心跳得很急很快，有点拿不太准，仿佛下楼时一脚踏空了，只觉得发怔。她心里像沸起了一锅粥，这样子面对面才认出来，上次在机场外，她都没有想起，而自己手机里还存着许优的那些照片。原来他是邵振嵘的哥哥，怪不得那天邵振嵘看到会追问。这些都是旁枝末节，可是最要紧的事情，她拼命地想，却总觉得心里空荡荡的，什么都抓不住。

两个男人都脱掉了西服外套，围桌而坐，顿时都好似大男孩，乖乖等开饭的样子。雷宇峥是真的很疼爱这个弟弟，跟他说一些琐事，问他的工作情况，亦并不冷落杜晓苏，偶尔若无其事地回过头来，与她说说邵振嵘小时候的笑话。杜晓苏本来很喜欢这种气氛，仿佛是回家，但今天晚上总有点坐立不安。赵妈妈手艺很好，做的菜很好吃，泡了很好的梅子酒，雷宇峥与邵振嵘都掛上了酒。赵妈妈摩挲着她的头发，呵呵地笑："晓苏，多吃点菜，以后回北京，都叫振嵘带你来吃饭。"

雷宇峥这才抬起头来，问："杜小姐不喝一杯？"

邵振嵘说："她不会喝酒。"

雷宇峥笑了笑："是吗？"

赵妈妈替杜晓苏夹了个鱼饺，然后又嗔怪雷宇峥和邵振嵘："少喝酒，多吃菜，回头还要开车呢。"

雷宇峥说："没事，司机来接我，顺便送振嵘跟杜小姐好了。"

这顿饭吃到很晚，走出屋子时天早已经黑透了。站在小小的天井里，可以看到一方蓝墨似的天空，她不由得仰起脸。天空的四角都隐隐发红，也许是因为光污染的缘故，可是竟然可以看到星星，一点点，细碎得几乎看不见。杜晓苏没有喝酒，但也觉得脸颊滚烫。刚才在屋子里赵妈妈塞给她一枚金戒指，很精致漂亮，容不得她推辞，赵妈妈说："振嵘跟我自己的孩子一样，所以我一定要给你。宇涛第一次带你们大嫂来的时候，我给过她一个。将来宇峥带女朋友来，我也有一个送给她。你们三个人人都有，是赵妈妈的一点心意。"

本应该是喜欢，可她只觉得那戒指捏在指间滚烫，仿佛烫手。夜晚的空气清冽，吸入肺中似乎隐隐生疼。因为冷，她的鼻尖已经冻得红红的，邵振嵘忍住想要刮她鼻子的冲动，只是牵起她的手，很意外地问她："你的手怎么这么冷？"

她胡乱摇了摇头，雷宇峥已经走出来了，三个人一起跟赵妈妈告别。

司机和车都已经来了，静静地停在门外。并不是杜晓苏在机场外见过的银灰捷豹，而是部黑色的玛莎拉蒂，这车倒是跟主人气质挺像的，内敛却不失锋芒。而她只觉得一颗心沉下去，直沉到万丈深渊。

雷宇峥说："走吧，我送你们。"又问，"你们是回景山？"

邵振嵘点头。

他很客气，让邵振嵘和杜晓苏坐后座，自己则坐了副驾驶的位置。司机将车开得很平稳，而车内空调很暖。杜晓苏低头数着自己的手指，她一向没有这样安静过，所以邵振嵘问她："累了吧？"她摇头，有几茎碎发茸茸的，落在后颈窝里，他替她掠上去。他的手指温暖，可是不晓得为什么，她心里只是隐隐发寒。

车子快到了，雷宇峥这才转过脸来："你们明天的飞机？可惜时间太仓促了，振嵘你也不带杜小姐到处玩玩？"

邵振嵘笑着说："她在北京待过一年呢，再说大冷天的，有什么好玩的。"见他并没有下车的意思，停了一停，终于忍不住，"哥，你有多久没回家了？"

雷宇峥仿佛露出点笑意，嘴角微微上扬，只说："别替我操心，你顾好你自己就成。"想了一想，却递给邵振嵘一只黑色盒子，说，"这是给你们的。"

邵振嵘只笑着说："谢谢二哥。"接过去，却转手交给杜晓苏，"打开看看，喜不喜欢？"

杜晓苏听话地打开，原来是一对NHC Ottica腕表，低调又经典，造型独特而大方，更没有明晃晃的镶钻。在刹那间她的脸唰一下子就白了，邵振嵘倒是挺高兴的，对她说："二哥就喜欢腕表，他竟然有一块矫大羽手制Tourbillon，晓苏，他这人最奢侈了。"

杜晓苏关上盒盖，努力微笑，只怕邵振嵘会看出什么来。

一直回到酒店，她才开始发抖，只觉得冷。其实房间里暖气充足，而她没有脱大衣，就那样坐在床上，也不知道在想些什么，脑中反倒一片空白，直到电话铃声突兀地响起来。

是房间的电话，急促的铃声把她吓了一跳，她的心怦怦跳着，越跳越响，仿佛那响着的不是电话，而是自己的心跳。她看着那部乳白色的电话，就像看着一个不认识的东西，它响了许久，终于突然静默了。她紧紧抓着自己的衣襟，像攥着最后一根救命稻草，不自觉出了一头的冷汗。

可是没等她松口气，电话再次响起来，不屈不挠。她像是梦游一样，明知道再也躲不过去，慢慢站起来，拿起听筒。

他的声音低沉："我想我们有必要谈一谈。"

她沉默。

"我在车上等你。""嗒"一声他就将电话挂断了,她仍旧像是梦游一样,半晌也不知道将听筒放回去。耳边一直回响着那种空洞的忙音,她恍惚地站在那里,就像失去了意识一般。

【七】

邹思琦总觉得杜晓苏从北京回来后有点变化,可是到底哪里变了呢,邹思琦又说不上来,只是觉得不太对头。从前杜晓苏很活泼好动,精力充沛,加班通宵还能神清气爽拉着她去吃红宝石的小方,一张嘴更是不闲着,可以从娱乐圈最新的八卦说到隔壁大妈遛狗时的笑话。现在虽然也有说有笑,但笑着笑着,经常会神思恍惚,仿佛思维瞬间已经飘到了远处,就像突然有只无形的大手,一下子将笑容从她脸上抹得干干净净。

邹思琦忍不住:"杜晓苏,你怎么这么蔫啊?跟邵医生吵架了?"

杜晓苏说:"没有。"

"那是你这回去他们家,他父母不待见?上次你不是说他父母对你挺好的?"

杜晓苏低垂着眼,邹思琦只看到她长长的睫毛覆下去。她们坐在靠窗的位置上,初春的阳光正好,她整个人都在逆光里,周身是一层模模糊糊的光晕的毛边。邹思琦突然觉得有点震动,因为她整个人看上去都有点发虚，仿佛并不真实，脸颊上原本的一点红润的婴儿肥也不见了，一张脸瘦成了真正的瓜子脸。她不由得握住杜晓苏的手："晓苏，你到底怎么了？遇上什么事了？说出来大家想想办法啊！"

杜晓苏愣了半天，才说："他爸爸是……"停了一下，说了个名字。

邹思琦一时半会儿没听太清楚："是谁？"杜晓苏却没搭腔。邹思琦挖起蛋糕往嘴里塞，吃着吃着突然一口蛋糕噎在嗓子眼里，噎得她直翻白眼，半晌才缓过一口气："同名同姓？"

杜晓苏想起在机场里，自己也曾傻乎乎地问过这句话，是真的有点傻吧，当时邵振嵘真的有点紧张，因为在意着她。她心酸得想要掉眼泪，只轻轻摇了摇头。

邹思琦不由得咬牙切齿："呸！我当什么事呢！搞了半天你是在为嫁入豪门发愁？这种金龟都让你钓到了手，你还愁什么？"说着在她脑门子上一戳，"极品怎么就让你遇上了？真妒忌死我了。哎哟，真看不出来，邵医生平常挺简朴的，人品也好，一点也不像公子哥。你啊，别胡思乱想了，只要邵医生对你好，你还怕什么？"

杜晓苏有点仓促地抬起眼睛，她的神色又陷入了那种恍惚之中，只是断续地、有点乏力地说："我真的不知道他是——其实我都不太认得他……"

邹思琦听不明白，摇了摇她的手："晓苏，你在说什么？"

杜晓苏仿佛猛一下回过神来，她脸色十分苍白，嘴角无力地沉下

-070-

去，只很小的声音说:"没什么。"

邹思琦想想还是不放心，到家之后给邵振嵘打了个电话。他正在忙，接到她的电话很意外，邹思琦很直接地问:"邵医生，你跟晓苏没吵架吧?"

他有点疑惑，亦有点着急:"晓苏怎么了？我回来后手术挺多的，她也挺忙的，都有一星期没见面了。她怎么了？是不是病了？"

邹思琦听出他声音里的关切，顿时放下心来，调侃地说:"邵医生，事业要紧，爱情也重要，有空多陪陪女朋友。"

邵振嵘好脾气地笑:"我知道，我知道。"

其实他每天晚上都会给杜晓苏打电话，但她总是在加班，在电话里都可以听出她声音中的疲倦，所以他总是很心疼地叫她早些睡。

于是周末，他特意跟同事换了班，早早去接杜晓苏下班。

黄昏时分人流汹涌，他没等多久就看到了杜晓苏从台阶上走下来，她瘦了一点点，夕阳下看得见她微低着头，步子慢吞吞的。他很少看到她穿这样中规中矩的套装，也很少看到她这样子，心里觉得有点异样。因为她从来都是神采飞扬，这样的落寞，仿佛变了一个人，或许是太累了。

"晓苏。"

她猝然抬起头来，睁大了眼睛有点定定地看着他，仿佛受了什么惊吓，不过几秒钟她已经嘴角上弯，仿佛是笑了:"你怎么来了?"

"今天没什么事。"他顺手接过她的包包。正是下班的时候，从写字楼里出来的有不少杜晓苏的同事,有人侧目,也难怪,邵振嵘与杜晓苏站在一起,怎么看都是赏心悦目、非常抢眼的一对。

"晚上想吃什么?"

她想了想:"我要吃面,鳝丝面。"

她想吃医院附近那家小店的鳝丝面。周末,堵车堵得一塌糊涂。他随手放了一张CD,旋律很美,一个男人沙沙的声音,如同吟哦般低唱:"Thank you for loving me ...Thank you for loving me ...I never knew I had a dream ...Until that dream was you ..."

这城市最拥挤的黄昏,他们的车夹在车流中间,缓慢而执着地向前去,一直向前驶去,直到遇到红灯,才停下来。

前后左右都是车子,动弹不得等着绿灯。杜晓苏突然叫了他一声:"邵振嵘!"

她喜欢连名带姓地叫他,有一种蛮横的亲近。他不禁转过脸来微笑:"什么?"

她的声音温柔得可怜:"我可不可以亲你?"

他耳根子唰一下红了,他说:"不行!"说完却突然俯过身亲吻她。她紧紧抱着他,好久都不肯松手。信号灯早已经变过来,后面的车不耐烦,开始按喇叭,他说:"晓苏。"

她不愿意放手,好像这一放手,他就会消失一样。

他又叫了她一声:"晓苏。"

她的眼泪突然涌出来,他吓了一跳:"晓苏,你怎么了?"

她没有回答,固执地流着眼泪。

"晓苏……出了什么事情?你别哭,你告诉我,你别这样,晓苏……"

他的声音近在她的耳畔,唤着她的名字,焦虑不安地揽着她。后面的车在拼命地按喇叭,已经有交警朝他们这边走过来。

"邵振嵘,我们分手吧。"

他的身子微微一震,眼底还有一抹惊愕,根本没有反应过来她说了什么。她几近麻木地又重复了一遍,他才仿佛慢慢地明白过来。

这一句话,她日日夜夜地在心里想,仿佛一锅油,煎了又煎,熬了又熬,把自己的五脏六腑都熬成了灰,熬成了渣,熬到她自己再也不觉得痛,没想到出口的那一刹那,仍旧锥心刺骨。

他眼底渐渐泛起一种难以置信:"晓苏,你说什么?"

她的语气平静而决绝,已经不带一丝痛楚:"我不想再说一遍。"

他问:"为什么?"

外头交警在敲他们的车窗,做手势示意。而他连眼睛都红了,又问了一遍:"为什么?"

"我不愿意跟你在一起,我不爱你了。"

他抓着她的手腕,那样用力,她从没见过这样子的他。他温文尔雅,他风度翩翩,而这一刻他几乎是狰狞的,额头上暴起细小的青筋,手背上也有,他的声音沙哑:"你胡说!"

交警加重了敲车顶的力道,他不得不回头,趁这机会她推开车门下了车,如果再不走,她怕自己会做出更可怕的事情来。她头也没回,就从堵着的车夹缝里急急地往前走,像是一条侥幸漏网的鱼,匆忙地想要回到海里。四面都是车,而她跌跌撞撞,跑起来。

邵振嵘急了,推开车门要去追,但被交警拦住。他什么都顾不上,掏出驾照钱包全往交警手里一塞,车也不顾了,就去追杜晓苏。

他追过了两个路口才赶上她。她穿着高跟鞋可是跑得飞快,像一只小鹿,匆忙得几近盲目地逃着,当他最后狠狠抓住她的时候,两个人都在大口大口地喘气。

她的脸白得吓人,脸上有晶莹的汗,仍旧想要挣脱他的手,挣不开,最后终于有点虚弱地安静下来。

"晓苏,"他尽量使自己声音平和下来,"你到底怎么了?我做错了什么?"

她垂下眼帘:"你没有错,是我错了。"

"有什么问题你坦白说出来行不行?我哪里做得不好,你可以提出来,我都可以改。"

他的额发被汗濡湿,有几缕贴在了额头上,而他的眼睛紧紧盯着她,仿佛细碎星空下墨色的海,纯净得令她觉得心碎。

她要怎么说?

不管要怎么说,都无法启齿。

"晓苏,"他紧紧攥着她的手,"我不知道出了什么事,但感情的事不是负气,有什么问题你可以坦白说出来,我们一起想办法,好不好？"

他的眼底有痛楚，她越发觉得心如刀割，如果长痛不如短痛，那么挥刀一斩，总胜过千刀万剐。

"邵振嵘，我以前做过一件错事，错到无法挽回。"她几近于哀求，"错到我没有办法再爱你。我们分手好吗？我求你好不好？我真的没有办法了。"

她那样骄傲，从来不曾这样低声下气，他只觉得心痛，无所适从："晓苏，没有人从不犯错，过去的事情都已经过去，我并不在乎你那个前男友，我在英国也曾经有过女朋友。我们相遇相爱是在现在，我只在乎现在。"

"不是这样。"她几乎心力交瘁，只机械而麻木地重复，"不是这样。"

她的脸上仍旧没有半分血色，她慢慢地说："我当年是真的爱林向远，很爱很爱。我那时候根本没遇过任何挫折，父母疼爱，名牌大学，还有个优秀的博士男友，我一直以为我毕业就会嫁给他，从此幸福一辈子。可是不是那样，他去了北京，我一毕业也去了北京，但他没过多久就跟别的人结婚了……"她的声音低下去，仿佛支离破碎，"我没有办法忘记他，直到再次见到他，我才知道我没办法忘记他……所以，我们分手吧……"

"晓苏，我不相信你说的话。"他仿佛慢慢镇定下来，虽然他的手指仍在微微发颤，但他的声音中透着不可置疑的坚定，"晓苏，把这一切都忘了。你再不要提这件事情了,就当它没有发生过。"

可是她没有办法。

她艰难地开口,眼里饱含着热泪,只要一触,就要滚落下来:"我一直以为我忘记了,可是如今我没有办法了,就算你现在叫我忘记,我也没有办法了。我根本没有办法面对你……"

"你说的我不相信。"他平静而坚定地说,"我不相信你不爱我。"

如果可以,她宁可这一刹那死去。可是她没有办法,她的嘴唇颤抖着:"振嵘……我是真的,我以为我爱你,可现在才知道,你不过是我能抓到的一根浮木,我对不起你……"

他的脸色发青,仿佛隐约预见了什么,突然,他粗暴地打断她:"够了!我们今天不要再谈这件事情了,我送你回家,你冷静一下好不好?"他那样用力地拉扯她,仿佛想阻止什么,可不过是徒劳。

"邵振嵘,"那句话终于还是从杜晓苏的齿缝间挤了出来,"请你不要逃避,我真的没有喜欢过你,请你不要再纠缠我。"

整个世界仿佛一下子静止下来,那样喧嚣的闹市,身后车道上洪水般的车流,人行道上的人来人往,车声人声,那样嘈杂,却仿佛一下子失了声,只余了自己的心跳,"咚!咚!咚……"

非常缓慢,非常沉重,一下一下,然后才是痛楚,很细微却很清晰,慢慢顺着血脉蜿蜒,一直到心脏。原来古人说到心痛,是真的痛,痛不可抑,痛到连气都透不过来。

他有点茫然地看着她,就像不认识她,或者不曾见过她。要不然这是个梦，只要醒来，一切都安然无恙。可是没有办法再自欺欺人，她的眼泪渐渐干了，脸上绷得发疼，眼睛几乎睁不开。

四周的天色慢慢黑下来，路灯亮了，车灯也亮了，夜色如此绮丽，仿佛是一种毒。而她陷在九重地狱里，永世不得超生。

"振嵘，"她的声音几乎已经平静，"我们分手吧，我没有办法跟你在一起。"

他终于松开手，眼中没有任何光彩，仿佛就此一下子，整个人突然黯淡得像个影子。他并没有说话，慢慢地转身。

他起初走得很慢，但后来走得越来越快，不一会儿就消失在街角。而她像傻子一样站在那里，只眼睁睁看着他渐行渐远。

她不知在那里站了多久才拦了出租车回家。

到家后她放水洗澡，水正哗哗地响着，她有点发愣，有单调的声音一直在响，她想了半晌才记起来是电话，仿佛脑子已经发了僵。一直响，她想，电话响自己应该怎么办呢？电话响了应该怎么办呢？终于想起来应该去接电话。

她跌跌撞撞走出来，被地毯上的小猪抱枕绊倒，猛一下子磕在茶几上，顿时疼得连眼泪都快涌出来，只看到来电显示，顾不得了，连忙抓起听筒。

"晓苏？今天天气预报说有寒流降温，你厚外套还没有收起来吧，明天多穿一点，春捂秋冻，别贪漂亮不肯穿衣服。"

"我知道。"

"你声音怎么了？"

"有点感冒。"

杜妈妈顿时絮絮叨叨："你怎么这样不小心？吃药了没有？不行打个电话给小邵，看看需不需要打针？"

"妈，我煤气上炖着汤，要漫了，我挂了啊。"

"嗐！这孩子做事，着三不着四的！快去快去！"

她把电话挂上，才发现刚才那一下子，摔得手肘上蹭破了整块皮，露出赤红的血与肉，原来并不疼。她满不在乎地想，原来并不疼。

洗完了澡她又开始发怔，头发湿淋淋的，应该怎么办？她有点费劲地想，吹干，应该用电吹风。

好不容易找到电吹风，拿起来又找开关，平常下意识的动作都成了最吃力的事。她把电吹风掉过来翻过去，只想：开关在哪里呢？为什么找不到？

最后终于找到开关，风"呼"一下全喷在脸上，热辣辣的，猝不及防，眼泪顿时涌出来了。

她不知道自己在浴室哭了多久，也许是一个小时，也许是四个小时，手肘上的伤口一阵阵发疼，疼得她没办法。这样疼，原来这样疼……她号啕大哭，原来是这样疼……疼得让人没办法呼吸，疼得让人没办法思考。她揪着自己的衣襟，把头抵在冰冷的台盆上，疼痛从五脏六腑里透出来，疼得让人绝望。

她呜咽着把自己缩起来，蜷成一团缩在台盆旁边，很冷，她冷得

— 078 —

发抖,可是没有办法,除了哭她没有别的办法。她错了,错得这样厉害,她不知道会这样疼,可是现在知道了也没有办法。她缩了又缩,只希望自己从这个世界上消失,要不就永远忘掉邵振嵘。可是一想到他,胸口就会觉得发紧,透不出气来,这样疼,原来这样疼,只要一想到他,原来就这样疼。

【八】

她高烧了一周不退,伤口也感染了,她起初不管不顾,还坚持去上班,最后烧得整个人都已经恍惚了,手也几乎无法动弹,才去了社区医院。医生看到她化脓红肿的伤口,立刻建议她转到大型综合医院去,她只是怕,最后实在挨不过去才去。幸好不是他的医院,跟他的医院隔着半个城市。

可还是怕,怕到见到穿白袍的医生就发抖,她怕得要命,怕到眼泪随时随地会掉下来。

要把伤口的脓挤出来,把腐肉刮去。

替她处理伤口的护士非常诧异,说:"你怎么拖到现在才来医院?你再不来这手就废了!"然后又说,"你别动,有一点疼,忍忍就好了。"

忍,她拼命地隐忍,这样疼,原来这样疼。疼得清晰地觉得那刀子在伤口上刮,疼得清晰地觉得那剪子剪开皮肉,可她一滴眼泪都没有掉,手指深深地掐入掌心,只麻木地想:还得有多久,还得有多久才会结束,还得有多久才会不疼?

每天三四袋点滴,烧渐渐退下来,手仍旧不能动弹,每天换药如同受刑,她倒宁愿忍受这种近乎刮骨疗伤的残忍,总好过心口的疼痛。

有天半夜她睡着,迷迷糊糊电话响了,她拿起来,听到熟悉的声音,只唤了她一声"晓苏"。她以为是做梦,结果也是在做梦,电话几乎是立刻就挂断了,她听着那短促的忙音,想:原来真的是做梦。

她躺下去又接着睡,手臂一阵阵发疼,实在疼得没有办法,只好起来找芬必得。吃一颗还是疼,吃了两颗还是疼,她神使鬼差地把整盒的药都掰出来,小小的一把,如果全吞下去,会不会就不疼了?

她把那些胶囊放到了嘴边,只要一仰脖子吞下去,也许永远就不疼了。

犹豫了好久,她终于狠狠地将药甩出去,胶囊落在地上,仿佛一把豆子,嘣嘣乱响。她倒下去,手还是疼,疼得她几乎又想哭了。她用很小的声音叫了声:"邵振嵘。"

黑暗里没人应她。

她疼到了极点,蜷起来,把自己整个人都蜷起来,终于慢慢地睡着了。

再次见到杜晓苏的时候,林向远真的觉得很意外。

她似乎变了一个人,上次见着她,她神采奕奕,仿佛一颗明珠,教人移不开目光,而这次见到她,她整个人仿佛一下子黯淡下来,再没了那日的夺目光华。虽然在会议中仍旧专心,可是偶尔的一刹那,总能看见她浓密深重的长睫掩去一双眸子，仿佛幽潭的深影，倒映着天光云色，却带着一种茫然的无措。

开完会下来到停车场，杜晓苏才发现自己把资料忘在会议室了。宁维诚并没有说什么，但她十分内疚，最近自己神不守舍，老是丢三落四。她低声对宁维诚说："宁经理，要不你们先走吧，我拿了资料，自己打的回家就行了。"

她搭了电梯又上楼去，推开会议室的门，却怔了一怔。

会议室里并没有开灯，黑暗中只看得到红色的一点光芒，影影绰绰可以看到是一个人坐在那里吸烟。她从外头走廊上进来，一时也看不清楚是谁，于是她有点犹豫，想要先退出去。

"晓苏。"忽然他在黑暗里唤了她一声。

她有意放轻松语气地说："原来是林总在这里——我把东西忘这儿了。"

"我知道。"他的声音很平静，"开关在你身后的墙上。"

她伸手一摸，果然是，于是按下去，天花板上满天穹庐繁星般的灯，顿时齐齐大放光明。她有点不太适应突如其来的光线，不由地伸出手遮了一下眼睛。

待放下手时，林向远已经从桌边站起来了，将文件递给她。他的身材依旧高大，巨大的阴影遮住了头顶的光线，她有点谨慎地说："谢谢。"

"晓苏，我们之间不用这样客气。"

她短暂地沉默了一会儿，最后终于说："好的，林总。"

他忽然笑笑："晓苏，我请你吃晚饭吧。"

她说："谢谢林总，不过我约了朋友，下次有机会再说吧。"

他终于叹了口气，仿佛是想隐忍什么，可还是问了："晓苏，你是遇上什么事了吗？我可以帮到你吗？"

她轻轻摇头，没有人可以帮到她，她只是自作孽不可活。

他自嘲地笑笑："我真是……我还真是不自量力。请你别误会，我是觉得你今天精神有点不太好，所以仅仅是出于朋友的立场，想知道你是否遇上困难。"

她的脸色苍白，只不愿意再说话。

沉默了很长时间，他却说："晓苏，对不起。"

杜晓苏的脸色仿佛很平静，声音也是："你并没有什么地方对不起我。"

"晓苏，你家境优渥，所以你永远也不明白什么叫奋斗，因为你生来就不需要奋斗。我知道你鄙夷我，瞧不起我，但你不曾有过我的经历。"他带着一点自嘲的笑容，"过去你问过我，为什么读博士，现在我可以告诉你，是因为自卑。是啊，自卑，只有学位能让我赢得旁人的尊重，只有学位让我对自己还有自信。想不到吧？这么可笑的理由。

"你知道我出生在矿区，父亲很早就去世了。我没有告诉过你，我的母亲没有正式的工作，就靠那点可怜的抚恤金还有她打零工的那点钱，我才可以上学。我永远也不会忘记，因为没有钱，眼睁睁看着我母亲的病由乙肝转成肝硬化,她的病就是被穷给耽误的。我再也忍受不了这样的生活,这样的贫困。我们矿区一中非常有名,每年很多学生考到清华北大。你知道为什么吗?因为穷,没有办法,没有退路,只好拼命读书,考上名牌大学,出来脱胎换骨,重新做人。

"可是你知道这有多难?我付出了常人三倍四倍的努力才拿到奖学金,但毕业出来,一无所有,没有人脉,没有关系,没有倚靠,晓苏,我永远也不会忘记我当时找工作的窘态。可是你,你说你要去北京,和我在一起,你根本就没顾虑过找工作的问题,因为马上就有你父亲的战友把一切都替你安排好了。如果你因此而瞧不起我,我心里也会好受些,可你偏偏不是那样,你丝毫没有这种想法,反而替我张罗着找工作。

"那段时间,我在你面前几乎抬不起头来。我这么多年的努力,最后能够有什么?比不上你父亲的一个电话,比不上我那些本科同学们家里认识的这个叔叔、那个伯伯。我什么都没有,我甚至还要借助于你的力量。我还需要养活我的母亲,让她可以安度晚年,我是她这一生唯一的希望,唯一的骄傲!在学校的时候,你对我不肯带你回家一直觉得不解,也一直觉得委屈,我不是不想带你回家,而是觉得我没法让你面对我的母亲。我一直读到博士,家里真的是家徒四壁,那样的房子,那样的家……

"我在你面前那样优秀,那样骄傲,你一直以我为荣,你一直觉得我是世上最棒的,你不知道我到底付出了多少努力才可以跟你站在一起。而你轻轻松松,仍旧比我拥有的更多,你是那样美,那样好,单纯到让我觉得自卑。我跟你在一起,要非常辛苦才可以保存这样的美好,太辛苦了。所以到最后我实在没有办法忍耐,没有办法再坚持……"

他停了一会儿,仿佛笑了笑,声音变得轻微,透着难以言喻的伤感:"晓苏,如今说什么都不能弥补,但可以对你说这些话,让我觉得好受许多。"

他的话像是一场雨,密密匝匝,让她只觉得微寒侵骨。会议室里灯光如碎,照在他的身上,那身剪裁得体的手工西服衬得人眉目分明,分明熟悉,又分明陌生。她确实没有想过,他曾经有过那样的心事与压力。过去的那些事情,她极力地忘却,没想到还是毁了今天的一切。而她只是保持着长久的缄默,仿佛想把过往的一切都安静无声地放逐于这沉默中。

最后,她说:"过去的已经过去了,已经不重要了。"

他说:"晓苏,请你原谅。"

她仍旧很沉默:"你没有做错什么,更不需要我的原谅。"然后问,"我可以走了吗?"

"我送你。"

"不用。"她重新推开会议室的门,外头走廊里有风,吹在身上更觉得冷。

回家的路上,杜晓苏打叠精神看车窗外的街景。黄昏时分,城市熙熙攘攘,车如流水马如龙,繁华得像是一切都不曾发生。就像一场

梦，如果可以醒来，一切不曾发生。

而她永远没有办法从这噩梦中醒来了。

到了家门口才发现自己的包不见了，不知道是落在地铁上，还是落在了出租车上。

很累，她什么都不愿意回想。

于是抵着门，慢慢坐下来，抱着双膝，仿若婴儿，这样子最安全，这样子最好，如果可以什么都不想，该有多好。

钥匙钱包，还有手机，都在那包里。

她进不去家门，但也无所谓了，反正她也不想进去。

这个世界有一部分东西已经永远死去，再也活不过来。她把头埋进双臂中，如果可以，她也想就这样死去，再不用活过来。

她曾经以为自己是真的忘了，那样不堪的过去。因为青春的愚昧与狭隘，因为失恋而冲动的放纵，一夜之后却仓促地发现自己和一个陌生的男人同床共枕，慌乱之后她终于强迫自己忘记。成功地，永远地，遗忘了，一干二净，永不记起，仿佛一把剪刀，把中间一团乱麻剪去，余下的没有半分痕迹。连她自己都主动自觉地把那段回忆全都抹去，抹得干干净净。可终归是她犯下的滔天大罪，才有了今天的报应。她以为那只是一次偶尔的失足，二十几年良好的家教，她从来没有做出过那样大胆的事，却在酒后失态，没想到今天会有报应，原来这就是报应。

她错了，错得那样厉害，那样离谱，她不能去想，想不到那个男人会重新出现在自己面前，而且还是邵振嵘的哥哥。这就是报应，只要一想起来，整颗心都是焦痛，如同整个人陷在九重地狱里，身受火烧冰灼，永世不得翻身，不能安宁。

那天晚上她很晚才想起来给邹思琦打电话，因为她的备用钥匙在邹思琦那里。她又等了很久，最后电梯终于停在了这一层，有脚步声传来，有人向她走过来，却不是送钥匙来的邹思琦，也不是邻居，而是邵振嵘。

她就那样精疲力竭地坐在门前，当看到他的时候，她身子微微一跳，仿佛想要逃，但背后就是紧锁的门，无路可退。

他安静地看着她，手里拎着她的包，她仓皇地看着他，他把包给她，声音似乎有些低："你忘在出租车上了，司机翻看手机的号码簿，然后打给我了。"

她不敢说话，也不敢动弹，就像是浅潭里的鱼，只怕自己的尾轻轻一扫，便惊动了人，从此万劫不复。

"晓苏，"他终于叫出了她的名字，仿佛这两个字带着某种痛楚，他声音仍然很轻，就像往日一样温柔，他说，"你要好好照顾自己，别总是这样丢三落四的。"

她一动也不动。他伸着手，将那包递在她面前很久，她还是没有动，更没有伸手去接。

最后，他把包轻轻地放在她面前的地上，转身走了。

一直到电梯门阖上，"叮"一声微响，她才震动地抬起头。

她什么都顾不上，只顾得扑到电梯门前去，数字已经迅速变化，

减少下去，如同人绝望的心跳。

她拼命按钮，可是没有用，他已经走了。她拼命地按钮，绝望地看着数字一个个减下去，他是真的已经走了。她掉头从消防楼梯跑下去，一层层的楼梯，黑洞洞的，没有灯，也没有人，无穷无尽一层层的台阶，旋转着向下，无尽地向下……

她只听见自己的脚步声，"嗒嗒嗒嗒，嗒嗒嗒嗒"，伴随着急促的心跳，"扑通扑通"就要跳出胸腔，那样急，那样快，连呼吸都几乎困难，只是来不及，知道是来不及……

她一口气跑到了楼下，"砰"地推开沉重的防烟门，反弹的门扇打在她的小腿上，打得她一个趔趄，可是她还是站稳了，因为不能跌倒，她没有时间。

眼前的大厅空荡荡的，大理石的地板反射着清冷的灯光，外面有声音，也许是下雨了。

她丝毫没有犹豫，就直接冲了出去，仓促地直冲下台阶，正好看到他的汽车尾灯，红色的，像是一双眼睛，滴着血，淌着泪，却转瞬远去，拐过车道，再也看不见了。

是真的下雨了，雨丝淋湿了她的头发，她都没有哭，明明知道，他是真的已经走了。

他是真的走了。

她站在那里，像傻子一样，不言不语。

明明知道那是地狱，却亲手把自己陷进去，眼睁睁到绝望。

— 088 —

第二章

不要留我在原地

【九】

地震来临的时候,杜晓苏正和同事朱灵雅搭电梯下楼。电梯剧烈地震动了好几下,就像一只钟摆,甚至可以听到电梯撞在电梯井上发出的沉闷的声音,紧接着就再也不动,似乎卡住了。朱灵雅吓得尖叫一声,紧紧抓着杜晓苏的胳膊:"怎么回事呀?"

杜晓苏也不知道,以为是电梯故障,幸好过了片刻电梯就恢复运行,结果一出电梯,只见所有人正纷纷往楼梯间跑去。

"地震了呀!快走!"

她们根本来不及反应,就被人流带着往楼梯间涌去,一口气跑到楼下,才发现附近写字楼的人全下来了,楼下的街上站满了人。身旁的朱灵雅惊魂未定,几乎是第一时间就拿起手机给男友打电话:"吓死塌类。"又殷殷叮嘱,"离房子远碍,勿要随便上去。上班?侬勿要命啦,阿啦都勿上班,那老板脑子搭错了,侬勿要睬伊,侬太寿了,勿怪哪能侬勿要上去,不然我再啊不睬侬了……"

腻言软语,听在耳中仿佛嘈嘈切切的背景音。杜晓苏仰起脸来,两侧高楼大厦似山石嶙峋，参差林立，岌岌可危，更衬得狭窄的街道幽深如河，偶尔有一缕阳光从高楼的缝隙间射下来，刺痛人的眼。她想，如果再来一次更剧烈的山摇地动，这些楼全都塌下来，她们躲也躲不过……可又有什么用处，她的整个世界早已经天崩地裂，崩塌得无半分完好。

朱灵雅打完了电话，转过脸来笑吟吟地问她："晓苏你怎么不打电话，报个平安也应该的呀？"

她这才想起来，应该给妈妈打个电话，但又想到看样子震级并不高，家里隔着几千里远，应该没什么感觉，还是别让父母担心的好。然后又想到邵振嵘，不知道他们医院怎么样，他肯定会忙着保护病人——一想到他，就觉得十分难过。

朱灵雅看她把手机拿出来，又放回包包里去，不由得觉得好笑："跟男朋友打也没有什么不好意思的，还非要等他先打过来呀？"

杜晓苏勉强笑了笑，终究还是没再作声。

因为她们上班的写字楼是高层，震感明显，所有的人都如同惊弓之鸟，在马路上站了好几个钟头。大家议论纷纷，不知道到底是哪里地震了，但没有确切的消息传来。有人收到短信说是黄石，有人收到短信说是四川。只是难得繁忙的周一就这样站在马路上浪费过去，于是楼上另一家公司的男职员过来搭讪，又买奶茶来请客，逗得晓苏公司里几个小姑娘有说有笑。

到了四点钟公司主管终于宣布提前下班，于是所有人一哄而散。

杜晓苏觉得有点茫然，本来上班很忙，忙到她都没有多余的脑力去想别的，但突如其来空出来这样几个钟头，就可以回家了。

因为大家都急着回家，这边路面上都看不到出租车。她走了两站路去轻轨站，却搭了相反的方向，去了医院。

医院附近的马路上还有稀稀落落的人群没有散尽，大约是附近上班的职员，或者来急诊的病人，甚至还有病人家属举着吊瓶站在人行道上。杜晓苏放慢了步子，看着人行道上熙熙攘攘的人，穿梭往来，她却不想进医院去。于是拐了弯，一步拖一步地往前走，抬起头来，才知道不知不觉已经走到上次和邵振嵘吃饭的地方。

隔着门犹豫不决，还是走进去了。还没有到吃饭的时间，店里没什么客人，终于到二楼去，有很大的落地窗，正对着医院。服务员有点歉意地笑，想替她放下窗帘："不好意思，外面有点吵。"

"没事。"她阻止了服务员，"就这样吧。"

太阳已经快要落下去，楼与楼的缝隙里可以看到一点淡淡的晚霞，很浅的绯红色，隐隐透着紫色的天光。她坐到了华灯初上，看路灯亮起来，对面医院大楼的灯也一盏盏亮起来，整幢建筑剔透得如水晶塔，仿佛琼楼玉宇，人间天上。

从窗口望出去，是一片星星点点璀璨的灯海。这城市的夜色一直这样美，就像她的眼睛，里面倒映了寒夜的星辉。可是那星辉却支离破碎，最后走的时候，他一直没有敢回头，怕看到她眼睛里的泪光。

如果她真是在骗他，为什么她会哭？

他不由得叹了口气。

"邵医生！"护士急促的声音打断了他的思绪，"17床突然呕吐，您要不要去看看？"

"我马上来。"他转过身就匆匆朝病房走去，将窗外的灯海抛在身后。

这个夜班非常忙碌，凌晨时分急诊转来一个头部受伤的车祸病人，抢救了整夜。上午例行的查房之后，邵振嵘与来接白班的同事交接完毕。脱下医生袍，换上自己的衣服，才感到疲惫袭来。揉了揉眉心，正打算回家补眠，忽然护士探头叫住他："邵医生，急诊电话找您。"是急诊中心的一个相熟的护士："邵医生你快下来，你女朋友出事了。"

他到急诊部的时候，杜晓苏还没醒，病床上的她脸色非常苍白，眼睛微微陷下去，显得非常憔悴。接诊医生说："基本检查刚才都做了，就是血压有点低，初步诊断应该是疲劳过度。"一旁的护士说："早上刚接班，一个早锻炼的老大爷送她进来的，说是晕在外边马路上了。我们都没注意，忙着查血压、心跳、瞳反，抢救的时候我越看越觉得眼熟，这才想起来，她不是邵医生你的女朋友吗？就赶紧给你打电话了。"

邵振嵘看了看挂的点滴，是葡萄糖。医生问："邵医生，你女朋友有什么慢性病或者药物过敏史吗？"

"没有。"

"噢，那就好，那我去写病历。对了，她是医保还是自费？"

"我去交费吧。"邵振嵘说，"我估计她没带医保卡。"

划价交费后，回到急诊观察室，杜晓苏已经醒了。看到他进来，她的身体突然微微一动，不过几天没见，她的大眼睛已经深深地凹进去，嘴唇上起了碎皮，整个人就像彩漆剥落的木偶，显得木讷而黯淡无光。她的手还搁在被子上，交错绑住针头的胶带下可以清晰地看到血管，她最近瘦了很多。她的目光最后落在他手中的单据上，终于低声说："对不起。"

他并没有作声。

这时候正好急诊医生拿着化验单走进来："醒啦？验血的报告已经出来了，血色素有点偏低，可能是缺铁性贫血。以后要注意补血，多吃含铁、铜等微量元素多的食物……这个让邵医生教你吧，反正平常饮食要注意营养。"他将病历和一叠化验单都交给邵振嵘，"应该没什么大问题，葡萄糖挂完后就可以回家了。对了，多注意休息，不要熬夜。"

等他走后，邵振嵘才问："你昨天晚上在哪儿？"

她像犯了错误的孩子，默然低垂着眼睛。

"你不会在医院外头待了一夜吧？"

看看她还是不作声，他不由得动气："杜晓苏，你究竟怎么回事？你如果有什么事情来找我，你就直接过来。你在医院外头待一夜是什么意思？你觉得这样做有意义吗？"

她从来没见过他生气的样子，他严厉的语气令她连唇上最后一抹颜色都失掉了。她怔怔看着他，就像不知道该怎么办才好。

他终于及时地克制住心头那股无名火，转开脸去。观察室外头人声嘈杂，听着很近，可是又很远。她还是没有作声。点滴管里的药水一滴滴落着，震动起轻微的涟漪，可是空气却渐渐地凝固起来，仿佛有什么东西在渐渐地渗进来，然后，风化成泥，却又细微地碎裂开去，龟裂成细小的碎片，扎进人的眼里，也扎进人的心里，令人觉得难受。

"你没吃早饭吧？"他语气平缓下来，"我去给你买点东西吃。"

其实她什么都不想吃，虽然昨天连晚饭都没吃，但她并不觉得饿，相反，胃里跟塞满了石头似的，沉甸甸的，根本再塞不下别的东西。她嘴唇微动，想要说什么，他已经走出去了。

看到他的身影消失在门后，杜晓苏突然觉得，也许他走了再也不会回来了，也许他只是找一个借口……她想叫住他，但他的名字已经到了嘴边，却终究默然无声。

时间仿佛特别慢，半晌，点滴的药水才滴下一滴，却又特别快，快得令她觉得无措。只好数点滴管里的药水，一滴、两滴、三滴……又记不清数到了哪里，只好从头再数……一滴、两滴、三滴……她强迫自己将全部注意力集中起来，不再去想别的。药水一点点往下落，她的手也一点点冷下去，冷得像心里也开始结冰。

他走路的脚步很轻，轻到她竟然没有听到，当他重新出现在她面

前的时候，她都觉得不真实，只是恍惚地看着他。

"蟹粉小笼。"他把热腾腾的包子递给她，"本来想买点粥给你，但已经卖完了，只有这个了。"

包子很烫，她拿在手里，只觉得烫。他把筷子给她："你先吃吧。不管什么事，吃完了再说。"

有氤氲的热气，慢慢触到鼻酸，她低着头，他说："我出去抽支烟。"

她看着他，他以前从来不抽烟，偶尔别人给他，他都说不会。她怔怔地看着他，他已经走到门口了，却忽然回过头来，她的视线躲闪不及，已经和他的视线碰在了一起。他皱着眉头，说："我等会儿就回来。"这才掉头往门外走去。

邵振嵘走到花园里，掏出打火机和烟，都是刚才在小店买的，刚点燃的时候，被呛了一口，呛得他咳嗽起来。他不会抽烟，可是刚才买完包子回来，路过小店，却不由自主掏钱买了盒中华。他试着再吸了一口，还是呛，让他想起自己四五岁的时候，二哥宇峥跟他一块儿偷了姥爷一盒烟，两个人躲在花园假山底下偷偷点燃。那时他用尽全部力气狠狠吸了一口，没想到呛得大哭起来，最后勤务员闻声寻来，才把他们俩给拎出来。行伍出身的姥爷蒲扇样的大手扇在屁股上不知道有多疼："小兔崽子，好的不学学这个！"

他不愿意再想，揉了揉脸，把烟掐熄了，扔进垃圾箱里。

回到观察室葡萄糖已经快挂完了，杜晓苏却睡着了。她脸上稍微有了一点血色，长长的睫毛给眼圈投下淡淡的黑影。他站在那里看了一会儿，又把点滴的速度调慢了，微微叹了口气。

护士来拔针，她一惊就醒了，挣扎着要起来穿鞋，邵振嵘说："输液后观察几分钟再走。"稍顿了顿，又说，"我送你回家。"

她这才想起来给公司打电话请假，幸好上司没说什么，只叮嘱她好好休息。

在停车场，明亮的太阳仍给她一种虚幻的感觉，五月的城市已经略有暑意，风里有最后一抹春天的气息。她站在那里，看他倒车，一切在阳光下显得有些不真实，仿佛是做梦。

一路只是沉默。她送给他的小豆苗还放在中控台上方，一点点地舒展，摇着两片叶子，像是活的一样。交通很顺畅，难得没有堵车，他把她送到公寓楼下，并没有将车熄火。

她低声说："谢谢。"

他没有作声。

她鼓起勇气抬起眼睛，他并没有看她，只是握着方向盘，看着前方。

"邵振嵘……"她几近艰难地启齿，"我走了，往后你要好好保重。还有，谢谢你。"

他用力攥紧了方向盘，还是什么都没说。

她很快打开车门，逃也似的下车跑掉了。

身后有人叫她的名字，声音很远，她知道那是幻觉，所以跑得更快，不管不顾，一口气冲上了台阶，突然有只手拽住了她的胳膊。竟然是邵振嵘，他追得太急，微微有点喘，而她胸脯剧烈起伏着，仍是透不过气来，仿佛即将窒息。

他说："等我几天时间，请你，等我几天时间。"

她不敢动，也不敢说话，只怕一动弹就要醒来。她从来没有奢望过，到了这一刻，更不敢奢望。他的眼底尽是血丝，仿佛也没有睡好，他说："你不可以这样，你得让我弄明白究竟为什么……"他似乎忍住了后面的话，最后，只是说，"请你，等我几天，可以吗？"

他终于松开了手，很安静地看着她，看着她的眼睛，看着她瞳孔里的自己。他的眼里倒映着她的影，却盛着难以言喻的痛楚，她微微觉得眩晕，不愿也不能再想。

过了很久之后，他才转身往外走去，外面的太阳很灿烂，就像茸茸的一个金框，将他整个人卡进去，而她自己的影子投在平滑如镜的大理石地面上，无限萧索。

【十】

又过了一天,杜晓苏上班后才知道地震的灾情严重,因为她回家后倒头就睡了,既没看电视也没有上网。MSN上跳出一则则触目惊心的消息,门户网站开始铺天盖地地报道灾情,所有的人都忍不住流泪。公司的业务几近停顿,同事们主动发起了募捐,杜晓苏把一个月工资都捐了出去,然后午休的时候,和同事一块儿去找献血车。距离她上次献血还差几周才到半年,但她知道自己的血型稀缺,她只想救更多的人,哪怕是能救一个人也好。

献血车还没有找到,她突然接到邵振嵘打来的电话,这时应该是他上白班的时间。

"晓苏,"他语气十分匆忙,"我们医院接到命令,要组织医疗队去四川。我刚才已经报名了,现在通知我们下午就出发。"稍顿了顿,又说,"等我回来,我们再谈,可以吗?"

她心里猛地一沉,因为听说余震不断,急急地说:"你自己注意安全。"

"我知道。"他那端背景音嘈杂,似乎是在会场,又似乎是在室外,"我都知道。"他稍停顿了一下,说,"再见。"

电话被匆忙挂断了,只留"嘟嘟"的忙音,她站在那里,心酸中掺着些微的震动。她会等,等他回来,向他坦白。她做了错事,她会鼓起勇气去面对,不管到时候他会是厌憎还是离开,她都会等到那一刻,等他回来。

邵振嵘走后就杳无音讯,因为手机基站还有很大部分没抢通,灾区通讯困难,电信也呼吁公众尽量不要往灾区打电话,以保证最紧急和最重要的通讯。电视上二十四小时直播救灾新闻,整个世界都沉浸在悲痛和泪水中,成千上万的人死去,包括最幼小最无辜的孩子。每个人都在流泪,有同事在茶水间低声哭泣,因为那些新闻图片,那些永远沉睡的孩子们,那些失去亲人痛不欲生的画面。

杜晓苏同样觉得无力,在这样的灾难面前,个人的力量渺小到近乎绝望。她说服自己镇定,去做一些自己可以做到的事。血库已满,她排队登记预约,如果缺血,可以第一时间献血。几个同事组织了一下,凑钱采购矿泉水、帐篷、药品寄往灾区,杜晓苏也去帮忙。邮局业务非常繁忙,有很多人往灾区寄衣被,有临时竖起的公示牌,写着寄往灾区的赈灾物资一律免费,邮局的员工忙着给大箱大箱的衣物贴上标签。有人就在大厅里抽泣起来,身边有人轻声安慰,不知是否记挂身在灾区的亲友,还是单纯地为自己的无力而哭泣。

累到了极点,脑中反倒一片空白。

杜晓苏在回家的地铁上睡着了,她梦到父母,梦到振嵘,也梦到自己。下了很大一场雪,白茫茫的大雪将一切都掩埋起来,她一个人在雪地里走,走了很久很久,又饿又冷,却找不到一个人。

地铁震动着停下,开始广播,她才惊醒,发现坐过了站。只好下去,又换了对开的车往回搭。车厢里有年轻的母亲带着孩子,漂亮的小姑娘,大约只有一两岁,乌溜溜的黑眼睛,望着她笑。

在这被泪水浸渍的时刻,在这全国都感到痛不可抑的时刻,在连电视直播的主持人都泣不成声的时刻,只有孩子还这样微笑,用无邪的眼睛,清澈地注视着一切,让人看到希望,让人看到未来,让人看到幸福。

回家后她意外地收到邵振嵘走后的第一条短信:"晓苏,今天手机可以收到短信了,但还不能通话。这里情况很不好,至今还有乡镇没有打通道路,明天我们医疗队要跟随部队进山里去,到时手机就更没信号了。"

她拿着手机打了很长一段话,删了添,添了删,改到最后,只余了十个字:"望一切平安,我等你回来。"

短信发了很久没有发出去,手机一直提示发送失败。她毫不气馁,试了一次又一次,窝在沙发里,看手机屏幕上那小小的信封,不停地旋转着。发送失败,再来,发送失败,再来……等到最后终于出现"短信发送成功",她抬起头,才发现连脖子都已经酸了。

他没给她回短信,也许因为信号不好,也许因为太忙了。新闻里说很多救援人员都是超负荷奋战在一线,画面上有很多救援部队就和衣睡在马路上,医生和护士都是满负荷运转。也许他太累了,忙着手术,忙着抢救,连休息的时间都很少……她一直等到了半夜,最后终于攥着手机在沙发上睡着了。

第二天上午刚上班,大老板就让人把她找去了:"宇天地产那边打电话来,点名叫你去一趟。"

她微微一怔。

老板叮嘱:"宇天地产是我们最重要的客户,你马上过去,千万别怠慢了。"

"是。"

去宇天地产的办公楼还得过江,路上花费了差不多一个多小时,才来到那幢摩天高楼下。搭电梯上去,前台确认了预约,于是打电话通知:"单秘书,博远的杜小姐已经到了。"对方似乎说了一句什么话,前台这才放下电话告诉她,"杜小姐,您可以上楼去了。"

不出意料的气势恢宏,连过道的落地窗都对着江滩,观景视线一览无余。从这么高俯瞰,江水变成细细的白练,江边那一湾百年奢华的建筑也遥远绰约得如同微缩盆景,阳光清澈,整个城市似金粉世界,洋溢着俗世巅峰的繁华。而她根本无心风景,只紧随着引路的单秘书进入会客室。

单秘书一副公事公办的样子,显得很客气:"杜小姐请稍微坐一会儿,雷先生过会儿就过来。"

虽然已经做足了思想准备，但再次见到雷宇峥的时候，她仍旧有些局促地从沙发上站起来。

沉重的橡木门在他身后阖上，她第一次这样正视他，才发现他与邵振嵘颇有几分相像。唯一不像的大约就是目光，邵振嵘的目光总是像湖水一样，温和深沉，而他的目光却像海一样，让人有一种无可遁形的波澜莫测。

她深深吸了口气，仿佛知道要面临什么。

"杜小姐请坐。"

他似乎也挺客气，但她还是等他坐下来，才十分谨慎地在沙发上坐下。

他的样子似乎比较放松，跟那天晚上的咄咄逼人仿佛完全是两个人，带着一种类似邵振嵘的温和气息，显得儒雅温良："杜小姐，我本来想约你在外面谈话，但考虑到这里会更私密安全，我想你也不愿意被人知道我们的见面。"

她只是很安静地聆听。

"我明显低估了你在振嵘心中的分量，这么多年来，我第一次看到他这样沮丧。这件事情我不打算让我的父母知晓，显然杜小姐你更不愿意闹大。所以趁振嵘不在，我想和你好好谈一谈。"

"雷先生……"

他打断她的话："杜小姐是聪明人，应该知道，我们家里虽然开明，但我父母对子女婚姻对象的唯一要求是，身家清白。我不想让我的家人成为笑柄,更不想让振嵘受到任何伤害。所以我认为这件事最佳的处理方式,仍旧是我当初给你的建议——离开振嵘。"

她艰难地开口:"我——"

"出国读书怎么样,杜小姐?你对哪间学校有兴趣?Wellesley, Mount Holyoke,或者Columbia University?"

"雷先生……"

"杜小姐,我耐心有限。"他双手十指交叉,显得有点漫不经心,"你目前就职的博远,是一间所谓的建筑设计公司。而我对这个行业的影响能力,可能远远超出你的预计。如果我记得不错,令尊还有两年时间就可以退居二线,令堂也只有几年就可以退休,到时候他们可以在家安享晚年……"

她不自觉地站起来,攥紧了手指:"雷先生,如果振嵘知道了一切事情,他要离开我,我不会说半个字。因为我做错了事,他不原谅我是应当的。但如果振嵘打算原谅我,我死也不会放弃,因为我真的爱他。"

雷宇峥靠在沙发上,似乎十分放松地笑起来。杜晓苏这才发现他笑时左颊上也有隐约的酒窝,但比邵振嵘的要浅,因为他笑得很浅,若有若无。他的笑容永远似海面上的一缕风,转瞬就不知去向,让人恍疑眼错。他似笑非笑地问:"杜小姐,你真的不觉得羞耻吗?"

"我不觉得羞耻。雷先生,你几乎拥有这世上的一切,权力、地位、金钱……正如你说的那样,这世上你办不到的事情很少。但你在

— 104 —

威胁我的时候都不觉得羞耻，我为什么要觉得羞耻？是，当初我一时糊涂，事后我后悔了，我离开，你凭什么认定我就是放纵的女人？我做错了事，错到我不打算原谅自己，但如果振嵘原谅我，我一定会尽我所能，继续爱他。我很后悔我没有向他坦白，我真的很后悔，哪怕他不打算原谅我。可惜失贞便要浸猪笼的时代已经过去，雷先生，说到贞洁，我觉得你完全没有立场来指责我。你及你的家庭可以要求我毫无瑕疵，而你未来的太太呢？她是否有资格也要求你守身如玉，婚前没有任何与异性的关系？所以你没有任何资格来指责我，唯一有资格指责我的，只有振嵘。我们之间的事，是我认识振嵘之前，而振嵘也坦白告诉过我，在国外他曾经有一位同居女友，只是后来性格不合分手了。到了今天，我所受到的教育，我所接受的知识，让我觉得男女在这件事情上是平等的。而认识振嵘之后，我没有做过任何对不起他的事，我是一心一意对他，所以我觉得没有什么可羞耻的。"

雷宇峥眯起眼睛来，似乎在打量她，最后，他说："杜小姐，你是毫无诚意解决这件事情了？"

"如果你觉得我配不上振嵘，你可以直接要求振嵘离开我，而不是在这里拿我的家人威胁我。"

他赞许般点了点头："勇气可嘉！"

杜晓苏站在那里，仿佛一支箭，笔直笔直，她的目光也是笔直的，与他对视。他突然"哧"地笑了一声："其实我真想知道，如果振嵘回来，明确与你分手，你会是什么表情。"

"那是我和他之间的事，只要他做出选择，我都会接受。也许我会很痛苦，也许会消沉一段时间，也许这辈子我也不会再爱上别人，可是我爱过他，也许还要爱很久，停不下来。但我很幸福，因为我知道什么是爱。而你，雷先生，你没有体会过，更不会懂得。"

她露出几天来的第一个微笑："这里是五十层，站在这样高的地方，雷先生，我一直以为，你的眼界会比别人开阔。"她欠一欠身，"告辞。"

进了电梯她才发觉自己双颊滚烫，仿佛是在发烧。她摸了摸自己的脸，没想到自己一口气说出那样一番长篇大论，可是一想到振嵘，想到他说让她等，她就觉得什么都不可怕，什么也不用怕，因为他说过让她等，她就一定要等到他回来。

手机响的时候还以为是听错了，只怕是邵振嵘，连忙从包里翻出来，竟然是老莫。老莫还是那副大嗓门，劈头盖脸就问："杜晓苏，去不去灾区？"

一句话把她问蒙了，老莫哇啦哇啦直嚷嚷："人手不够，报社除了值班的全去了灾区。但是有好几个受灾重镇还没有记者进去，头版在前方的报道实在是跟不上，老李在北川急得直跳脚，贺明又困在青川。深度报道！我要深度报道！下午有一架救援包机过去，我已经找人弄了个位子，报社实在抽不出人来，你要不要去？如果要去的话快点说，不行我就找别人。"

"我去我去！"她不假思索，急急忙忙答，"我当然要去！"

老莫很干脆地说:"那你自备干粮和水,别给灾区人民添麻烦。"

"我知道我知道。"

她挂了电话就打的直奔公司,找着主管人力资源部的副总,一口气将事情全说了,又说:"如果公司批准我的假期,我马上就要走了,如果公司不批准……我只好辞职。"

反正雷宇峥已经不打算让她在这行混下去了,她也并不留恋。如果能去灾区,虽然没机会遇上邵振嵘,可是可以和他在一片天空下,呼吸着一样的空气。重要的是可以为灾区做一点事情,即使受苦她也愿意。

副总似乎有点意外:"杜小姐,即使是正常的离职,你仍需要提前三个月向公司提出报告。"不过副总很快微笑,"特事特办对不对?你去灾区吧,我们可以算你休年假。"

她感激得说不出话来,只好说了一遍又一遍"谢谢"。副总又说:"现在余震不断,你一个女孩子,千万注意安全。"

她好像只会说谢谢了。

顶头上司宁维诚也十分支持,立刻安排同事接手她的工作,爽快地说:"你放心去吧,注意安全。"

她跑去买了许多食物和药品,如果都可以带过去,能分给灾民也好。忙中又抽空给邹思琦打了个电话,拜托她替自己瞒着父母。等东西买齐,带着大包小包赶到机场去,差不多已经到登机的时刻了。找着老莫安排好的接应的人,十分顺利地上了飞机。

飞行时间两个多小时，飞机上都是专业的卫生防疫人员，大家十分沉默，几乎没有人交谈。杜晓苏有点晕机，也许是因为太紧张，只好强迫自己闭上眼睛休息。

没有做梦，只睡着一小会儿，也许是十几分钟，也许是几分钟，也许只是几秒钟。天气非常不好，进入四川上空后一直在云层上飞，后来到达双流机场上空，又遇上空中管制，不得不盘旋了十几分钟。成都正在下雨，幸好降落的时候还算顺利。

下了飞机后杜晓苏就打开了手机，信号倒是正常的。于是她尝试着给邵振嵘打电话，而他的手机不在服务区，于是她趁着等行李的工夫，给他发了条短信。他没回，大约没收到，或者正忙着。于是杜晓苏给老莫发了条短信，报告自己已经平安到达。候机大厅里人声嘈杂，到处是志愿者和来援的专业医疗队，大家都在等行李。她终于在传送带上看到了自己的大包，搬下来很吃力，旁边有人伸手过来，帮她提上推车，她连声道谢。那人看到她还打包有成箱的药品和方便面，于是问她："你是不是志愿者？"

她有些赧然："不是，我是记者。"

那人很温和地笑："没关系，一样的。"

是啊，他们都是来做自己可以做的事，尽自己的所能。

成都的情况比她想象得要好很多，城市的秩序已经基本恢复，虽然空旷处仍旧搭满了帐篷，但交通情况已经恢复正常，偶尔可以看到救护车一路鸣笛飞驰而过。报社在成都有记者站，记者们全都赶赴一线灾区了,就一个值班的编辑留守。她去跟这位编辑碰了头,哪知刚进门不久就遇上余震。杜晓苏只觉得屋子晃动了好几秒钟,她被吓了一跳,编辑倒是很镇定:"晃着晃着你就习惯了。"

【十一】

目前去重灾区仍旧十分困难，大部分道路因为塌方还没有抢通，不少救援部队都是冒险翻山步行进入的。

"又下雨，这天气，坏透了。"编辑说，"一下雨就容易塌方泥石流，更糟了。"

找不到车，编辑帮忙想了很多办法，天色渐渐黑下来，即使找到车夜行也十分不安全，不得不先在成都住下。杜晓苏给老莫打电话简短地说明了一下情况，老莫竟然十分宽容，还安慰她说："不要紧，明天再想办法，新闻虽然重要，安全更重要。"

她带了笔记本，发现酒店宽带竟然是通畅的，于是上网查询了一下各重灾区的地理位置，还有冒险跟随救援部队进入灾区的记者发回的十分简短的报道。只觉得越看越是触目惊心，死亡数字仍在不断攀升，看着那些前方最新的图片，她觉得胃里十分难受，这才想起原来晚饭忘了吃，可是已经很晚了，她也不想吃任何东西，于是关上电脑强迫自己去睡觉。

窗外一直在下雨,她迷迷糊糊地睡过去。做了很多梦,却都是些破碎的片断,模糊的,迷离的,断断续续地醒了睡,睡了醒,醒来总是一身冷汗。也许是因为换了环境,实在睡得不踏实,最后她突然被强烈的晃动震醒:余震!

真的是余震!窗子在咯咯作响,从朦胧的睡灯光线里可以看到,桌上的水杯晃得厉害。没等她反应过来,外头居民楼的灯已经全亮了,酒店的火警警报尖锐地响起,楼道里服务员已经在叫:"余震了!快走!"

很多客人穿着睡衣慌慌张张就跑下楼去,杜晓苏还记得带上相机和笔记本电脑。凌晨的街头,突然涌出成百上千的人来,附近居民楼的人也全下来了,携家带口的。大家惊魂未定,站在街头,有小孩子在哭,也有人在咒骂。她到这时候一颗心才狂跳起来,跳得又急又快,她想,大约是被吓着了。

在酒店下面站到凌晨三点左右,大地一片寂静,仿佛适才只是它在睡梦中不经意伸了个懒腰。只有身临其境,才能知道在大自然面前,人是这样孱弱而无力。马路上的人渐渐散去,酒店服务员也来劝客人们回去睡觉。杜晓苏本来是天不怕地不怕的性子,况且还要进重灾区,迟早得适应这样的情况,于是第一个跑回房间去倒头大睡了。

到了早上才知道,凌晨发生的余震是地震后规模最大的一次,通往几处乡镇的道路又受到了影响,山体滑坡和塌方让刚抢修通的道路又中断了,包括通往她要去的目的地的道路。但杜晓苏还是义无反顾。同事帮她打了无数电话，才找了一辆愿意去的越野车。据说这辆车是志愿者包车，不过还有个位置可以捎上她。

一上车就觉得巧，因为正好遇上在机场帮她提行李的那个人。他还有两个同伴，三个大男人坐了一排，把副驾驶的位置留给了她。而车后座上塞满了物资，以药品居多，还有灾区最紧缺的帐篷、帆布之类。那人见着她也很意外："啊，真巧！"

是挺巧的，于是简单地聊了两句，杜晓苏知道了他姓孟，是从北京过来的志愿者。

车行两小时，山路已经开始崎岖难行，一路上不断遇到赈灾的车队，或者运送伤员的救护车。路很窄，有的地方落有大石，不得不小心翼翼地绕行。越往前走路越是险峻，山上不断有小的落石，打在车顶上嘣嘣乱响。司机小心翼翼开着车，不断用方言咒骂着老天。走了很久突然看到了一名交警，就站在最险峻的弯道处指挥会车。这名交警戴着一顶灰尘扑扑的警用安全盔，身后不远处停着一部同样灰尘扑扑的警用摩托车，他的样子疲惫不堪，手势也并不有力，可是大部分赈灾车辆在他的指挥下得以快速通过。他们的车驶过时，杜晓苏隔着车窗举起相机，拍下了这位坚守岗位的无名英雄。

临近中午的时候车走到一个地势稍微开阔的地方，于是司机把车停下来暂作休息。司机去路基下的河边方便，杜晓苏也下车活动一下发麻的腿。她只觉得胃灼痛得难受，于是拆了块巧克力，强迫自己咽下去。那三个志愿者没有下车，他们就坐在车上默默地吃了面包当午饭。司机回来三口两口咽了个面包，就叫杜晓苏上车，说："走吧。"看了看天色，又喃喃咒骂，"个龟儿子！"

路仍旧颠簸，杜晓苏开始头痛，也许是昨天没有睡好。凌晨三点才回房间睡觉，早晨六点钟就又起来，实在是没睡好。车仍在山路上绕来绕去，她也迷迷糊糊了一会儿，其实也没睡着，就是闭了会儿眼睛，突然就被凄厉的笛声惊醒，睁开眼来只惊出了一身冷汗，探头张望，才知道原来刚刚驶过一辆救护车。

随着车在山路中兜来转去，手机信号也时好时坏，她试着给邵振嵘又发了一条短信，仍旧没有告诉他自己来了四川，只是写："我等你回来。"

杜晓苏一直不能去想那天是怎么接到那个电话的，可是总是会想起来，模糊的、零乱的碎片，不成回忆，就像海啸，排山倒海而来。不，不，那不是海啸，而是地震，是一次天崩地裂的地震，这世上所有的山峰垮塌下来，这世上所有的城市都崩塌下去，把她埋在里面，埋在几百米的废墟底下，永世不能翻身。她的灵魂永远停留在那黑暗的地方，没有光明，没有未来。所有希望的灯都熄灭在那一刻，所有眼睛都失明在那一刻，所有诸神诸佛都灰飞烟灭，只在那一刻。

电话是邵振嵘医院一个什么主任打来的，她的手机信号非常不好，当时她还在车上，通话若断若续，中间总有几秒钟，夹杂着大量的噪音。那端的声音嗡嗡的，她听了很多遍才听明白，邵振嵘出事了。

— 113 —

从头到尾她只问了一句话:"他在哪里?"

那天的一切她都不记得了,电话里头是怎么回答的,她也不记得了。仿佛一台坏掉的摄像机,除了一晃而过的零乱镜头,一切都变成白花花的空白。她只记得自己疯了一样要回成都,她颠三倒四地讲,也不知道同车的人听懂没有。但司机马上把车停下,他们帮她拦车,一辆一辆的车从她面前飞驰而过,她什么都不能想,竟然都没有掉眼泪。最后他们拦到一部小货车,驾驶室里挤满了人,全是妇孺,还有人缠着带血的绷带。她丝毫没迟疑就爬到后面货厢里去坐,那位姓孟的志愿者很不放心,匆匆忙忙掏出圆珠笔,把一个号码写在她的掌心:"如果遇上困难,你就打这个电话。他姓李,你就说,是孟和平让你找他的。"

她甚至来不及道谢,货车就已经启动了。那个叫孟和平的志愿者和司机还有他的同伴都站在路边,渐渐从视野中消失。她从来没有觉得时间过得有这么慢,这么慢。货车在蜿蜒的山路上行驶,她坐在车厢里,被颠得东倒西歪,只能双手紧紧攀着那根柱子,是车厢上的栏杆。风吹得一根根头发打在脸上,很疼,而她竟然没有哭。

她一直没有哭。到双流机场的时候,天已经黑下来。她扑到所有的柜台去问:"有没有去上海的机票?"

所有的人都对她摇头,她一个人一个人地问,所有的人都对她摇头,直问到绝望,可是她都没有哭。航班不正常,除了运输救援人员和物资的航班,所有的航班都是延误,而且目前前往外地的航班都是爆满。她没有办法回去,她没办法。她绝望地把头抵在柜台上,手心有濡濡的汗意,突然看到掌心那个号码,被那个叫孟和平的人写在她掌心的号码。

不管怎样她都要试一试,可是已经有一个数字模糊得看不见了,她试了两遍才打通电话。她也拿不准是不是,只一鼓作气:"你好,请问是李先生吗?我姓杜,是孟和平让我找你的。"

对方很惊讶,也很客气:"你好,有什么事吗?"

"我要去上海。"她的嗓子已然嘶哑,只是不管不顾,"我在双流机场,今天晚上无论如何,我一定要去上海。"

对方没有犹豫,只问:"几个人?"

她犹如在绝望中看到最后一线曙光:"就我一个。"

"那你在机场待着别动,我让人过去找你。这个手机号码是你的联络号码吗?"

她拼命点头,也不管对方根本看不见,过了半晌才反应过来,连声说:"是的是的。"

电话挂断后,她浑身的力气都像被抽光了似的,整个人摇摇欲坠。她还能记起来给老莫打电话,还没有说话,他已经抢着问:"你到哪儿了?"

"莫副,"她尽量让自己的声音平静下来,"麻烦你另外安排人过来,我不能去一线了,我要回上海。"

"怎么了?"

她说不出来,那个名字,她怎么也说不出来,她拿着电话,全身都在发抖,她怎么都说不出话来。老莫急得在那边嚷嚷,她也听不清楚他在嚷什么,仓促地把电话挂断了,整个人就像虚脱了一样。她不能想,也不能哭,她什么都不能做,她要忍住,她要见着邵振嵘。他没有事,他一定没有事,只是受伤了,只是不小心受伤了,所以被紧急地送回上海。她要去医院见邵振嵘,看看他到底怎么样了,不,不用看她也知道他没事。可是她一定得见到他,一定得见到他她才心安。

她又打给医院那边:"我今天晚上就可以赶回来,麻烦你们一定要照顾振嵘。"不等对方说什么,她就把电话挂了。她都没有哭。老莫打过来好多遍,她也没有接,最后有个十分陌生的号码拨进来,她只怕是医院打来,振嵘的伤势有什么变化,连忙急急地按下接听键。结果是个陌生的男人,问:"杜小姐是吧?是不是你要去上海?你在哪里?"

她忍住所有的眼泪:"我在候机厅一楼入口,东航柜台这边。"

"我看到你了。"身穿制服的男子收起电话,大步向她走近,问她,"你的行李呢?"

"我没有行李。"她只紧紧抓着一个包,里头只是采访用的相机和采访机,她连笔记本电脑都忘在了那辆越野车上。

"请跟我来。"

她不知道自己是怎样熬过飞行中的时间的,每一分,每一秒,都好似被搁在油锅里煎熬。她的心被紧紧地揪着，脑海中仍旧是一片空白。她拼命地安慰自己：我不能想了，我也不要想了，见着邵振嵘就好了，只要见到他，就好了。哪怕他断了胳膊断了腿，她也愿意陪他一辈子，只要他——只要他好好地在那里，就好了。

下飞机的时候，她甚至想，万一他残废了，她马上就跟他结婚，马上。只要他还肯要她，她马上就嫁给他。

旅客通道里竟然有医院的人在等着她，其中一个她还认识，是邵振嵘他们科室的一位女大夫，为人很好。杜晓苏原来总是跟着邵振嵘叫她大姐，大姐平常也很照顾他们，有次在家里包了春卷，还专门打电话让他们去尝鲜。没等她说什么，大姐已经迎上来，一把搀住她说："晓苏，你要坚强。"

这是什么意思？

她几乎要生气了，她一直很坚强，可是他们这是什么意思？她近乎愤怒地甩开那位大姐的手："我自己走！"

在车上她一直不说话，那位大姐悄悄观察着她的脸色，可是也不敢再说什么。到了医院，看到熟悉的灯火通明的二号楼，她一下车就问："振嵘一定住院了，他在哪个科？骨外？神外？他伤得重不重？在哪间病房？"

"晓苏……"那位大姐有些吃力地说，"下午在电话里我们已经告诉过你了——你要坚强地面对现实……邵医生他……已经……正好遇见塌方……当地救援队尽了最大的努力……可是没有抢救过来……"

她看着大姐的嘴一张一合："……滑坡……意外……为了病人……牺牲……"

那样可怕的词，一个接一个从大姐嘴里说出来，那样可怕的词……杜晓苏睁大了眼睛，直愣愣地看着。

这一切都只是一场梦，一场噩梦，她只是被魇住了。只要用力睁开眼睛，就会醒来，就会知道这是一场梦，就可以看到邵振嵘，看到他好端端地重新出现在自己面前。再或者，医院里这些人都是骗自己的，他们串通起来跟她开玩笑，把邵振嵘藏起来，让自己着急，急到没有办法的时候，他自然会笑嘻嘻地跳出来，刮她的鼻子，骂她是个小傻瓜。

她甚至连一滴眼泪都没有掉，她总觉得，怎么可能，这一切怎么可能？一定是弄错了，要不然，就是自己被骗了，反正不会是真的，绝对不会是真的。因为他叫她等他。他那样守信的一个人，连约会都不曾迟到过，他怎么会骗她？

他们在一旁说着什么，她全都不知道。她垂下头，闭起眼睛，安安静静地等着，等着。像她承诺过的那样，她要等他回来。

再次睁开眼睛的时候，她已经在病床上了。她默默数着点滴管里的点滴，希望像上次一样，数着数着，他就会突然推门进来，望着她。原来他看着她时，眼睛里会含着一点笑意，嘴角微微抿起，他笑起来左颊上有个很小的酒窝，不留意根本看不出来，但她就是知道，因为他是她的邵振嵘。她爱他，所以他最细微的神情她都一清二楚。

这次他一定是在吓她,一定是。他也许是受了很重的伤,也许真的残了,所以他不愿意见她,因为他心理上接受不了,或者他最终不打算原谅她。但没关系,她会等他,一直等到他回来,就像上次在医院里一样。

可是她数啊数啊,也不知道数到了多少,直到一瓶药水滴完了,再换上一瓶。身边的护士来来往往,心理医生每天都来同她说话,常常在她病床前一坐就是几个小时,循循善诱,舌灿莲花。但任凭那医生说破了嘴皮子,她就是不搭腔。

因为他们都在骗她。

他一定会回来的,他这样爱她,即使她曾犯过那样大的错,他仍叫她等他。他怎么会舍得放她一个人在这里,他一定会回来的。

父母已经闻讯从家里赶过来,忧心如焚。尤其是妈妈,守在她身边,寸步不离,反反复复地劝她:"孩子,你哭吧,你哭一场吧。你这样要憋坏自己的,哭出来就好了。"她还没有哭,妈妈倒哭了,不停地拭着眼泪。

而她微扬着脸,只是不明白,为什么要哭。

她的邵振嵘不见了,可是他一定会回来,他曾那么爱她,怎么舍得撇下她?他一定会回来,不管怎么样,他一定会回来。

最后那天,妈妈跟护士一起帮她换了衣服,帮她梳了头,扶着她进电梯。她不知道要去哪里,只是浑浑噩噩,任人摆布。

踏进那间大厅,远远只看到他,只看到他含笑注视着她。

她有些不懂得了，一直走近去，伸手抚摸着那黑色的相框。照片放得很大，隔着冰冷的玻璃，她的手指慢慢划过他的唇线，他曾经笑得那样温暖，他一直笑得这样温暖。这张照片很好，可是不是她替他拍的，她有点仓皇地回头看，在人堆里看到了振嵘的保姆赵妈妈，于是轻轻叫了声："赵阿姨。"她记得，牢牢记得，春节的时候振嵘曾带自己去见过她，赵妈妈待她就像自己的女儿一样，亲自下厨熬鸡汤给她喝，还送给她戒指，因为她是振嵘的女朋友——赵阿姨也被人紧紧搀扶着，不知为什么她今天竟然连站都站不稳。几个月不见，赵阿姨的样子憔悴得像老了十年，连头发都白了。她一见了杜晓苏，眼泪顿时"噗噗"地往下掉。杜晓苏挣脱了妈妈的手，向着她走过去，声音仍旧很轻："阿姨，振嵘叫我等他，可他一直都没有回来。"

赵阿姨似乎哽住了一口气，身子一软就昏过去了。厅中顿时一片大乱，几个人拥上来帮着护士把赵阿姨搀到一旁去。妈妈也紧紧抓住了她的手，泪流满面："孩子，你别傻了，你别傻了。"

她不傻，是他亲口对她说，叫她等他。她一直在这里等，可是都没有等到他回来。

他说过回来要跟她谈，他这样爱她，怎么会不回来？他这样爱她，怎么会舍得不要她？

她一直不明白，她一直不相信，直到最后一刻，直到他们把她带到那沉重的棺木前。那样多的花，全是白色的菊，而他就睡在那鲜花的中央，神色安详。

她迷惑而困顿地注视着,仿佛仍不明白发生了什么,直到他们一寸一寸地阖上棺盖,直到赵阿姨再次哭得晕倒过去,所有的人都泪流满面。只有她木然站在那里,没有知觉,没有意识,什么都没有,仿佛一切都已经丧失,仿佛一切都已经不存在。

邵振嵘的脸一寸寸被遮盖起来,所有的一切都被遮盖起来,他的整个人都被遮盖起来,她才骤然明了,这一切不是梦,这一切都是真的。他们没有骗她,他真的不会回来了,永远不会回来了。自己真的永远失去了他。

她发疯一样扑上去,父母拼命地拉住她,很多人都上来搋她,而她只是哭叫:"妈妈!让我跟他去吧,我求你们了,让我跟他去,我要跟他在一起!妈妈……让我跟他一起……"

更多的人想要拉开她,她哭得连气都透不过来:"让我跟他一起,我求你们了。邵振嵘!邵振嵘!你起来!你怎么可以这样撇下我!你怎么可以这样……"

手指一根一根被掰开,旁边的人一根根掰开她的手指,她哭到全身都发抖,只凭着一股蛮力,想要挣开所有人的手,把自己也塞进那冷森森的棺木里去。因为那里面有她的邵振嵘,她要跟他在一起,不管什么时候,什么地方,她只要跟他在一起。

她听到自己的哭声,嘶哑而绝望,如困顿的兽,明知道已经是不能,可是只拼了这条命,不管不顾不问,她只要跟他一起。

所有的人都在拉她,都在劝她。她听到自己的声音,凄厉得如同刀子，剜在自己心上，剜出血与肉，反反复复："让我去吧，让我去吧，你们让我去吧！邵振嵘死了啊，我活着干什么？让我去吧，我求你们了。"

妈妈死命地拽着她的胳膊，哭得上气不接下气："孩子，孩子，你别这样！你这样子妈妈该怎么办？妈妈该怎么办啊……"

她拼尽了力气只是哭，所有的眼泪仿佛都在这一刹那涌了出来。她这样拼命地挣扎，可是她的邵振嵘不会回来了，他真的不会回来了。任凭她这样闹，这样哭，这样大嚷大叫，这样拼命地伸出手去抓挠，可每一次只是抓在那冰冷的棺木上。一切皆是徒劳，他是再也不会应她了，他骗她，他骗她等他，她一直等一直等，他却不回来了。

她的嗓子已经全都哑了，她再没有力气，那样多的人涌上来，把她架到一边去，她只能眼睁睁看着，看着他们弄走了他，看着他们弄走了她的邵振嵘。她是真的不想活了，她只要跟他一起，要死也死在一起。可是他不等她，他自己先走了。

妈妈还紧紧地抱着她，声声唤着她的名字。妈妈的眼泪落在她的脸上，而她眼睁睁看着别人抬走棺木，她什么声音都已经发不出来了，如同声带已经破碎。

她已经没有了邵振嵘。

她这样拼命，还是不能够留住他一分一秒，命运这样吝啬，连多的一分一秒都不给她。

她是真的绝望了，拼尽了最后的力气，发出最后支离破碎的声音:"妈妈,别让他们弄走他……妈妈……我求你了妈妈……别让他们弄走他……"

妈妈哭得连话都说不出来,终于就那样仰面昏倒下去,倒在父亲的怀里。旁边的人七手八脚地扶住她,牢牢地按住她,而她无助似初生的婴儿,她已经丝毫没有办法了,连她最信任最依赖的妈妈都没有办法了。

所有的一切都分崩离析,整个天地在她眼前轰然暗去。

第三章 如果回到起点

【十二】

城市的夏天，总是有突如其来的暴雨。天气在顷刻间就已经变化，落地窗外只可以看见铅灰色的天空，沉甸甸的大块大块的云团铺陈得极低，低得如同触手可及。这样的天空，仿佛是电影里某个未来城市的镜头。巨大的玻璃窗上落满了水滴，横一道纵一道，然后又被风吹得斜飞出去。

整个会议室的气氛亦低沉而压抑，所有的人心情都不是太好。以房地产为首的盈利项目，连续两个季度业绩下滑已经是不争的事实，而大老板今天终于从北京返回上海，几个月来积累下的问题不得不面对。看着雷宇峥那张没有丝毫表情的脸孔，所有的主管都小心翼翼，唯恐触到什么。

"灾区重建我们不做。"雷宇峥用一根手指就阖上厚达半寸的企划书，"竞争激烈，没必要去掺和。"

负责企划的副总脸色很难看，虽然公司注册地在北京，但一直以来业务的重心都在上海，很多大的投资计划，都是以上海这边的名义做的。这次他们花了差不多一个月的时间，才将细致翔实的企划案策划出来，可是还没有报到董事会，只不过是例会，就已经被这样轻易否决掉了。

灾区重建？

雷宇峥几乎冷笑：凭什么？凭什么去重建那片废墟？

谁也不知道，那天他是怎么赶到的震区，谁也不知道，他是怎么到达那片塌方乱石的现场。站在那片塌陷的乱石前，他是真的知道没有半分希望了。可是他很冷静，动用了一切可以动用的力量，当地救援的部队也尽了最大的努力，最后终于把那辆压瘪了的救护车刨了出来，当时医疗队的领队，一个大男人，直挺挺站在那里就哭了。他们是医生，他们全是见惯生离死别、见惯流血和伤痛的医生，可是在灾难和死亡面前，一样的面如死灰，只会掩面哭泣。

是他亲手把振嵘抱出来的。振嵘的全身上下，奇迹般的没受多少伤，脸上甚至很干净，连身体都还是软的，可是因为窒息，早已经没有任何生命的迹象。时间太长了，太长了，他等不到他的二哥来救他，就已经被深达数米的泥土湮去了最后的呼吸。

他是他最疼爱的弟弟，他父母最疼爱的小儿子，他最亲密的手足，那个从小跟着他的小尾巴，那个跟着他软软地叫他"哥哥"的小不点，那个甚至还带着乳香的豆芽菜——邵振嵘自幼身体不好，所以家里给他订了两份牛奶，早上一份晚上一份地喝着，于是他身上永远都带着一股奶香气，让他小时候总是嘲弄这个弟弟"乳臭未干"。

"乳臭未干"的振嵘一天天长大了，变得长手长脚，有了自己的主见。振嵘考进了最好的重点高中，振嵘执意要念医科，振嵘去了国外继续念书……有次出国考察，他特意绕到学校去看振嵘。那天刚下了一场大雪，兄弟两人并肩走在学校的马路上，雪吱吱地在脚下响，四周都是古老的异国建筑，振嵘跟他说着学校里的琐事，卷着雪花的朔风吹在他脸上，振嵘像小时候那样眯着眼睛。那时他才突然意识到，振嵘竟然跟自己长得一样高了。

他一直以为，他们都会活很久，活到头发全都白了，牙齿全都掉了，还会坐在夕阳下的池塘边，一边钓鱼，一边念叨儿孙的不听话。

那是他最亲密的手足，那是他最疼爱的弟弟，他抱着振嵘坐在飞机上，整个机舱空荡荡的，谁也不敢来跟他说话。他想他的脸色一定比振嵘的更难看，他不许任何人来碰振嵘，最后下飞机，也是他亲自抱着振嵘下去的。

大哥已经赶回了北京，孤零零的几辆汽车停在停机坪上。那样远，他走得一步比一步慢。他几乎要抱不动了，振嵘不再是那个轻飘飘的病秧子了，振嵘是个大男人了。大哥远远地走过来，不作声，伸出胳膊接过了振嵘。千里迢迢，他把他最小的弟弟带回来，交到大哥手里。两个抬着担架的小伙子只敢远远地跟随着他们。大哥走到车边去，把振嵘放下来，放到车上准备好的棺木里。他在旁边帮忙，托着振嵘的头，低头的那一刻他清清楚楚地看到，两颗眼泪从大哥眼里掉下来，落在振嵘的衣服上。

那是他第一次看到大哥掉眼泪,永远风度翩翩,甚至比父亲还要冷静还要坚毅的大哥。

他站在车前,看着风把大哥从来一丝不乱的头发全吹乱了,看着他脸上的两行泪痕。

他们尽了最大的努力去安慰父母。虽然将振嵘带回了北京,但他们甚至想要不合情理地阻止年事已高的父亲去看振嵘最后一面,所以又把振嵘送回上海,将追悼会放到上海振嵘的单位去举行。因为大哥和他都知道,有着严重心脏病的父亲,实在无法承受那种场面。

怎么也不应该是振嵘。

他是全家年纪最小的一个,他是全家最疼爱的一个。

他从小连欺负同学都不曾,他待人从来最好最真诚,他没有做过任何伤天害理的事情。他选医科,是因为可以治病救人,他去灾区,也是为了救人。

怎么都不应该是振嵘。

在很长一段时间里,雷宇峥都陪在父母身边,像是回到极小的时候,依依膝下。

大哥因为工作忙,没有办法跟他一起常伴父母左右,于是大嫂请了长假带着孩子回来住,家里因为有了正在牙牙学语的小侄女,似乎并不再冷清。可是母亲还是日益消瘦,在小侄女睡午觉的时候,他常常看到母亲拿着他们兄弟小时候的合影,一看就是两三个钟头。

他几近狰狞地想,凭什么会是振嵘?凭什么还要在那个全家人的伤心地投资？凭什么还要他去重建那片废墟？

连最不该死的人都已经死了，连苍天都已经瞎了眼，凭什么？

他再不会有一分一毫的同情心，他再不会有一分一毫的怜悯，连命运都不怜悯他，都不怜悯振嵘，他凭什么要去怜悯别人？

他再不会。

永远再不会。

开完会出来，秘书单婉婷仿佛犹豫了一下，才问："雷先生，博远设计的杜小姐一周前就预约，想和您见面。您看见不见她？"

他听到"博远设计"四个字，想起是公司的合作商，于是说："设计公司的事交给刘副总。"

单婉婷知道他没想起来，又补充了一句："是杜晓苏杜小姐。"

他终于想起这个女人是谁，于是更加面无表情："她有什么事？"

"不知道，她坚持要跟您面谈，一遍遍打电话来，她说是和您弟弟有关的事。"

单婉婷说完很小心地看了一眼老板的脸色，不知道为什么老板最近心情非常差，不仅一反常态地在北京住了很久，回来后对待公事也没有往常的耐性。公司有传闻说老板家里出事了，可是出了什么事，谁也不清楚，更不敢打听。

雷宇峥有几秒钟没有任何反应，单婉婷心想：坏了，难道这个杜小姐是什么重要人物，自己把事给耽搁了？

结果雷宇峥十分冷淡地丢下一句："你看下行程表，抽出五分钟时间给她。"说完转身就进了办公室。

单婉婷去查了老板的行程表,调整出时间安排,然后才给杜晓苏打电话,通知她下午来见雷宇峥。

雷宇峥见到杜晓苏的时候,几乎没有认出她来。两个月不见,她瘦得厉害,瘦得几乎只剩了骨头,整个脸庞小了一圈,一双眼睛憔悴而无神。

他想起振嵘领回家的那个女孩子,丰润而饱满的苹果脸,忽闪忽闪的大眼睛。即使后来他认出她,并且阻止她和振嵘在一起,她上办公室来和他谈话,仍旧似有傲骨铮铮,似乎在她心里,有着最强大的力量支撑着她。

可是现在,她仿佛变成了另外一个人,整个人都黯淡下去,神色疲倦。她抱着一个大的旅行袋,她把那个沉甸甸的袋子放在他的办公桌上,拉开拉链,一下子全倒过来。扑通扑通,成捆成捆的百元大钞铺了一桌子,滚落得到处都是。

他皱起眉头。

她的声音很小,但很清楚。她说:"雷先生,这里是七十万,我知道不够,可是这是我能筹到的全部资金。我有工作,我可以申请公积金和商业贷款,七十万应该够首付了。我是来请求您,把振嵘买下来的那套房子,卖给我。"

她的语气近乎卑微,可是她的眼睛闪动着难以言喻的狂热,她紧紧地盯着他的脸,他的眼睛,仿佛注视着这世上唯一的希望。她说:

"雷先生，这是我唯一的愿望，希望您可以答应我。"

雷宇峥用手指轻轻推开那些钱："那套房子我不打算卖给你。"

她不卑不亢地把另一叠文件放在他面前："这是购房合同、房款发票。"

他仍旧没有任何表情："合同还没有在房产局备案，目前它仍旧是无效的。"他拿起那份购房合同看了看，突然从中间就撕掉了。杜晓苏被他这一突如其来的举动惊呆了，眼睁睁看着他将合同撕了个粉碎，他轻描淡写："付款人是邵振嵘，你没有资格拿到这套房子。"

"我只是想买下这房子，所以我才带着钱到这里来。"她浑身发抖，"你凭什么撕掉合同？"

"我不打算卖给你。"他按下内线，呼唤秘书，"送杜小姐出去。"

她没哭也没闹，很顺从地跟着单婉婷走了。

雷宇峥本来以为这事已经过去，没想到晚上下班的时候，他的车刚驶出来，她突然一下子从路旁冲出来，冲到了路中间，拦在了车头前，把司机吓得猛踩刹车。幸好车子的性能好，"嘎"一声已经死死刹住，离她不过仅仅几厘米的距离。风卷着她的裙子贴在了车头的进气栅上，她的整个人单薄得像随时会被风吹走，可她站在那里，直直看着他。停车场的保安吓了一跳，立刻朝这边跑过来。隔着车窗，她只是很平静地看着他，仿佛对自己刚才做的危险动作根本无所谓。

雷宇峥敲了敲椅背，告诉司机："开车。"

保安把她拉开，车子驶出了停车场，从后视镜里还可以看到她在挣扎，似乎想要挣脱保安。

他漠视着后视镜中越来越小的模糊影子。

他没想到她真的跟疯了一样，每天都会准时守在那里，不管他上班还是下班，她总有办法跟着他。保安拦住了不让进，她就在外面等，只要他的车一出来，她便如幽灵般紧紧相随。他换了几次车，她都有办法第一时间认出，在交通繁忙的上下班高峰，她仍有办法搭出租车紧盯着他的车，甩不了抛不掉。有好多次她一直跟到小区门口，幸好他住的公寓保安非常严格，她无论如何也混不进去。但有时他自己开车出来，一出来就能看到她站在小区外的路口。

她以前是娱记，他想起来，而且如今她似乎把所有的时间都花在这上头。她不哭也不闹，也不骚扰他，就是远远跟着他的车。他上哪儿她就上哪儿，他回公寓，她就跟到公寓大门外；他回别墅，她就跟到别墅区大门外；他出去应酬吃饭，她就等在餐厅或者酒店的外面。

她像一个安静的疯子，或者一个无药可救的偏执狂，非常平静、非常冷静地跟随着他，不管他走到哪里，只是单纯而沉默地跟随着他。他无数次让保安驱逐她，不让她出现在自己的写字楼附近。她不争也不吵，任由那些人弄走她——她很顺从地、也很安静地任由他们摆布，可是眼睛一直看着他。她的眼睛非常黑，瞳仁几乎黑得大过眼白，她看着他，目光里什么都没有，只有一种空洞的平静，仿佛明知身患绝症的病人，没有任何生机，只是那样看着他。

她像是一个真正意义上的疯子，只活在自己的世界里，做自己想做的事情，不达目的，誓不罢休。他不把房子卖给她，她就天天跟着他，每时每刻跟着他，她把所有的时间都用来做这件事。

雷宇峥觉得奇怪，这个女人越来越瘦，瘦得手腕纤细得像是随时会被折断，保安架住她的胳膊，毫不费力就可以把她弄到一边去。可是不知道是什么在支撑着她，仿佛一茎小草，竟然可以奋力顶起石头，从缝隙里长出来。

单婉婷问过他两次："雷先生，要不要我通知法务部出面，发一封律师函，她这是骚扰。"

雷宇峥瞥一眼后视镜里的人影，淡淡地答："我看她能跟到什么时候，半年？一年？"

单婉婷也就不再提了。

杜晓苏比他们想象得要坚韧，她几乎风雨无阻，上班之前，下班之后，总是可以出现在他们的视线中。逐渐地连雷宇峥的司机都习惯了，出车库之前总要先看一眼后视镜，只要杜晓苏的身影一出现，立刻踩油门，加速离开。

这天雷宇峥加班，下班的时候已经晚上八点钟了，天早已经黑透了，又下着暴雨，四周漆黑一片，连路灯的光都只是朦胧的一团。雨下得太大，积水顺着车道往底下流，仿佛一条河。车子从车库里驶上来，两道大灯照出去全是银亮的雨箭，斜飞着朝车子直直地撞过来。雨刷已经是最大挡，一波一波的水泼上来，被雨刷刮掉，紧接着又有更多的水泼上来，天上像是有一百条河，直直地倾泻下来。

司机因雨势太大,所以速度很慢,习惯性地看了眼后视镜,不由得"咦"了一声,旋即知道失态,再不作声。

雷宇峥闻声抬起头来,也看了眼后视镜。原来下这样大的雨,杜晓苏就站在车库出口旁,因为那里紧贴着大厦的墙根,有裙楼突出的大理石壁沿,可以稍有遮蔽。她没有打伞,全身上下早已经湿透了,路灯勾勒出她单薄的身影,看上去倒像个纸人一般。只见她的身影在后视镜中渐渐远去,在茫茫雨幕中晃了几下,最后终于倒下去,就倒在积水中,一动不动。

司机从后视镜中看着她倒下去,本能地踩下了刹车。

雷宇峥问:"停车做什么?"

司机有点尴尬,连忙又启动了车子。后视镜里只看到她倒在水里,仍旧是一动不动。雨哗哗下着,更多的雨落在她身上,而车渐行渐远,后视镜里的人影也越来越小,终于看不见了。

【十三】

    杜晓苏做了一个很长的梦，梦到邵振嵘，他回来了。可是她累得说不出话来，全身都疲乏到了极点，她没办法呼吸，她觉得呛人，也许是水，让人窒息。她连动一动嘴皮子都办不到，太累了，仿佛连骨头都碎了。她有那样多的话要跟他说，她是那样想他，所有人都说他死了，可是她不信，她永远也不会信。她想他，一直想到心里发疼，如果他知道，他会回来的。他让她等，于是她一直等，乖乖地等，可是没有等到他。

    现在他回来了，他终于——是回来了。

    她不哭，因为她有好些话要说给他听。比如，她爱他，这一生，这一世，下一生，下一世，她仍旧会爱他；比如，她想他，她很乖，她有按时去看心理医生，她有按时吃药，她只是不能不梦见他。

    可是他的身影很模糊，就在那里晃了一下，就要离开。她徒劳地伸出手去，想要抓住什么，也许是衣角，她紧紧抓住了不放，有人又在掰她的手指，她惶恐极了，只是不肯放。她知道一放手他就走了，或者一放手,她就醒了,再也梦不到他。那是振嵘,那是她的邵振嵘,她死也不会再放开手,她宁可去死,也再不会放手。

雷宇峥微皱着眉头,看着紧紧攥着自己衣角的那几根手指,非常瘦,瘦到手指跟竹节似的,却似乎有一种蛮力,抓着他的衣角,死也不肯放。不管他怎么样用力,她攥得指甲都泛白了,就是不肯松开。

他已经觉得自己将她送到医院来是犯了个错误,还不如任由她昏迷在那里被积水呛死。他实在不应该管这样的闲事。可是她攥着他的衣角,怎么样也不肯放。她的嘴唇白得泛青,双颊却是一种病态的潮红。她发着高烧,吊瓶里的药水已经去了一半,仍旧没有退烧。医生来了好几次,护士也来测过几次体温,每次都说39度6、39度4……

这么烧下去,不知道会不会把脑子烧坏,反正她也跟疯了差不多。他想了很多办法想把她的手掰开,但她攥得太紧了,手指又烫得吓人,隔着衣服也似乎可以体验到那骇人的体温,他几乎想把自己这衣角给剪掉,以便摆脱这讨厌的女人。尝试着想要把她的手指弄开,于是弓下身体,离得近些,终于听清楚她在说什么。

她说的是:"振嵘……"

原来她一直在叫振嵘的名字。

她现在的样子很丑,两颊的颧骨都瘦得突起来,头发也没有干,贴在脸上,更显得瘦。她的眼窝深陷下去,眼睫毛很长,可是是湿的,原来她一直在哭。枕头上湿了一大块。她哭起来的样子更丑,五官都皱成一团,身子也蜷缩着,像只虾米。她哭得没有任何声音,就是流眼泪，泪水毫无阻碍地顺着长长的睫毛滑下去，落到枕头上。

其实当初她是很漂亮的，他记得她的大眼睛，非常漂亮，非常动人。那天晚上他在酒吧停车场捡到她，她当时伏在他的车前盖上，醉态可掬，死活拉着后视镜不撒手，认定这是出租车，认为他要跟自己抢出租车。他去拉她，她却忽然扬起脸来，亲吻他。

那吻很甜，带着些微的酒气。那天他大约也是真喝高了，因为他竟然把她带回去了。

整个过程她没有发出任何声音，几乎是一言不发，除了他的腕表不小心挂到她的头发，大约很疼，她轻轻"啊"了一声。他于是把腕表摘下来，继续亲吻她。她没什么反应，身子一直很僵，反应也很生涩，非常出乎他的意料，因为她还是第一次。在他醒来之前，她就消失了。就像是穿着织金衣裳的仙度瑞拉，惊鸿一瞥，可是午夜钟声过后，便消失在时光的尽头。

可是他们终究是认出对方来，他认出她，她也认出了他，没有水晶鞋，只有难堪。他不动声色，看着她。这个女人，她究竟想干什么？

她的反应没出他的预料，她出尔反尔，她纠缠邵振嵘，她甚至振振有词。

可是振嵘如今不在了——想到这里，他觉得心里一阵难受。她还紧紧攥着他的衣角，眼角噙着很大一颗眼泪，发着高烧，她的呓语仍旧是振嵘。

— 138 —

或许，她对振嵘还是有几分真心。

司机还在急诊观察室外的长椅上等着，可是他走不掉，她还紧紧抓着他的衣角，就像婴儿抓着母亲，就像溺水的人抓着最后一块浮木。算了，看在振嵘的分上，看在振嵘一直对她不能割舍的分上，一想到振嵘，他就觉得心里有个地方开始发软，软到隐隐生疼。

那是他最亲爱的弟弟，最亲密的手足。

她的烧渐渐退下去，护士拔针的时候她终于醒过来。看到熟悉的侧影，熟悉的脸部轮廓，几乎令她惊得叫起来，可是马上就知道，那不是振嵘，那不是她的振嵘。

她的手还紧紧抓着他的衣角，她忙不迭地放开，像做错事的小孩。

默默地松开手，他的丝质衬衣已经皱巴巴的了，不知道被她抓了多久。

"谢谢。"她的声音是哑的，嘴里也是苦的，发烧后连舌头都发麻，说话也不利索。

他什么也没说，脚步也没停，就像根本没听到，走掉了。

她病了差不多一周，每天挂水，没办法再去跟着他。好不容易不发烧了，医生又多开了两天的吊瓶，巩固治疗。

他送她入院时曾替她交了一千块押金，这天她挂完最后一瓶药水，就去宇天地产的楼下，等着还给他钱。

到晚上六点多才看到他的车出来，她伸手想拦，保安已经看到她了。几个人十分熟练地将她拦在一旁，逼着她眼睁睁看着他的座车扬长而去。

她去他别墅路口前守了一个钟头,没看到他的车出入,也许他回公寓了。在本市他就有好几个住处,她曾经天天跟着他,所以知道。

她应该把钱还给他,可是她仍旧没办法接近他,也没机会跟他接触。她没办法,只得把那一千元装在信封里,然后快递到宇天地产去。

她知道他不在乎那一千块钱,可是那是她应该还的。她也知道那天他是看在振嵘的面子上,才会送她去医院。她鼻子发酸,即使他不在了,仍旧是因为他的缘故。振嵘是她最大的福气,可是她却没有那福气,留住他。

天与地那么大,这世上,她只是没有了邵振嵘。

杜晓苏没有想到,那一千块钱又被原封不动快递回来。快递的递交人签名非常秀气,而且是个陌生的女性名字,叫"单婉婷",估计是雷宇峥的秘书。

杜晓苏把快递信封翻来覆去看了好几遍,最后才拆开来。里面不仅有那一千块钱,还有一枚钥匙。

钥匙放在印制精美的卡片里,卡片上印着宇天地产的标志,打开来里面亦是一行印刷体:"一品名城欢迎业主入住",后面则填着楼栋单元等等号码。

有一瞬间杜晓苏什么都没有想,自从邵振嵘走后,她常常有这样短暂性的思维空白,心理医生说是由于她有逃避现实的心理,所以才会出现这样的情况。

可是孜孜不倦,一直等了这么久,终于拿到这钥匙,她仍旧有种不真实的感觉。就像常常梦到振嵘,可是醒过来才知道是做梦。

下班后她没有打的,搭了地铁到一品名城去。小区已经陆续有业主入住,夏季的黄昏,光线朦胧。小区里新种了树木和草坪,喷灌系统在"噗噗"地喷散着水珠。有几滴溅到她的脚背上,微微一点凉意。

楼道里的声控灯已经亮了,她一路走上去,灯一路亮起来。其实天色还早,可以看见远处高楼缝隙里的一点深紫色的晚霞。她找着那扇门,摸出钥匙来打开,屋子里光线还算明亮,因为没有做隔断,朝南面的阳台和飘窗里都有光透进来。

她走到空荡荡的屋子中央,想到看房子的时候,想到从前和邵振嵘无数次纸上谈兵,说到装修的事。

客厅里最大的那面墙,她用手摸了摸,水泥刮得很平,她想起来,振嵘给她出的主意,他们曾经打算在这面墙上自己动手绘上墙花。连样子都找好了,她专门在图书馆里泡了好几天,最后选中一尊宋代瓷瓶上的折枝牡丹,花样很复杂,画起来一定很难,但当时不觉得,喜滋滋拿回去给邵振嵘看。

屋子里空荡荡的,她在那堵墙前站了一会儿,四周都十分安静,对面人家开了一盏灯,隐隐约约有电视的声音,而这里就只有她一个人。

她蹲在那堵墙前面，额头抵着冰冷的水泥墙面，她只觉得有些冷，可是也没有哭。

最后，慢慢地，小声地说："邵振嵘，我拿到钥匙了。"

这是他们的家，她要按原来设想的样子装修，搬进来一定要换上抽纱窗帘，然后看着日光一点点晒到地板上，映出那细纱上小小的花纹。她会在书房里刷净白的墙面，然后放上书架，等改成婴儿室的时候，可以换成颜色柔和一点的墙纸……

她和邵振嵘的家……

她会好好活下去，因为他和她在一起，他一直会和她在一起。

她会努力让自己重新开始生活，就像他从来不曾离开，就像他永远在她身边。

她销假，重新回公司上班，毕竟工作可以让自己闲不下来。新晟这条线她还是一直在跟进，所以避免不了与林向远的见面，但谈的全是工作。

没想到有一天在走廊里遇见林向远，她打了个招呼想要走过去，他却突然问她："前阵子你不是说在找房子，找得怎么样？我正好有个朋友要出国，他的房子要出租，你要不要去看看？"

他的语气很自然也很熟稔，仿佛只是老朋友随意聊天。她租的房子快要到期，房东要收回去装修，她正在四处找房子。也不知道林向远是怎么知道这事的，但她还是说："不用了，谢谢林总。"

林向远不知不觉叹了口气："晓苏，你别这样见外，我只是想帮帮你，并没有其他意思。"

她知道，但她只是不愿意生活中再与他有任何交集，她抬头看到同事正朝这边张望，连忙说："我同事在找我呢，我得过去了。"

杜晓苏没想到林向远对这事的态度还非常认真，过了几天又打电话给她："房子你要不要看一下？我朋友急着出国，你也算帮个忙。租金对方说了好商量，主要是想找个可靠的人，住着日常维护一下，省得房子被弄坏了。"

毕竟是合作方的副总，杜晓苏觉得再拒绝下去似乎就显得矫情了，于是记下房东的电话号码，答应过去看一看。正好周末的时候，邹思琦有时间，就陪她一起去了。

房子地段真不错，离她上班的地方很近，地铁就是三站。装修中规中矩，房东拿到offer要出国去，所以租价相对便宜。邹思琦看了都动心，觉得实在划算，二话不说替她拍了板，当场就先交了押金。正好双休日用来搬家，晓苏东西不多，邹思琦帮她找了辆车，一趟就搬完了。

两个人累瘫在沙发上，看东西七零八落地搁在地板上，也没力气收拾。

邹思琦说："什么都好，就是家具什么的都太男性化了，赶明儿重新换个窗帘，把地毯什么的也换了，就好了。"

杜晓苏累得有气无力："我没那心思了，等房子装修好，我就搬了。"

邹思琦有些小心地问她:"要不要找设计公司?"

杜晓苏倒笑了一笑:"我请装饰部的同事帮忙做了几张效果图,看着还没我自己设想的好。"

"倒忘了你就是干这个的。"

"其实不太一样,室内装饰跟结构设计差得很远。"杜晓苏语气很平静,"再说我跟振嵘商量过,我们很早之前就商量过怎么样装修了。"

她的语气似乎很随意,邹思琦却不太敢搭腔了,杜晓苏倒又笑了笑:"总算搬完了,晚上想吃什么,拉着你干了一天的苦力,我请你吃饭吧。"

"那行,"邹思琦有意放轻松语气,"我饿了,非大吃你一顿不可。"

杜晓苏把地上的纸盒踢到墙角去,很爽快地答应:"行!吃牛排,我也饿了,咱们吃好的去。"

那天晚上吃完饭两个人又回来收拾屋子,一直弄到夜深人静才收拾好。

邹思琦下去便利店买了鸭脖子,杜晓苏买了几罐啤酒,两个人啃着鸭脖子就啤酒,你一罐,我一罐,最后都喝得有点高了。

邹思琦说:"晓苏,你要好好的,不然我们这帮朋友,看着心里都难受。"

杜晓苏笑嘻嘻,又替她拉开一罐啤酒:"你放心吧,我好着呢。"她仰起脸来，屋子里只开了一盏壁灯，幽幽的光映出她眼中蒙蒙的水雾，"思琦，你不用劝我，我不难过，真的，我挺好的。再过阵子新房子装修好了，我再请你吃饭，在新房子里。我和振嵘……本来一直想请你吃饭……"她的声音有些低，于是显得喃喃，"思琦，你别劝我，我受不了，有什么话你别跟我说。你得让我缓一缓，我这辈子也许真的缓不过来了，可是你就算哄我……也别再提了……就当我……就当我自己骗自己也好……我是真的……就这样了……"

她的声音慢慢低下去，终于没有了。邹思琦不敢说话，怕一开腔自己反倒要哭了。

【十四】

杜晓苏似乎恢复了平静的生活,按时上班下班。有时邹思琦休息,就陪她一起去心理医生那里就诊。因为杜晓苏的父母本来是想接她回家的,而杜晓苏不肯,坚持要留在上海,杜家妈妈再三拜托邹思琦照顾她,所以邹思琦隔不了多久,就约杜晓苏出来吃饭,再不然自己去看她,两个人一起去附近超市买菜,下厨做一顿吃的。

这天两个人从网上下载了几份菜谱,在家试着做了几个小菜,一边吃邹思琦就一边问杜晓苏:"你最近怎么老加班啊?原来是你比我闲,现在我都快比你闲了。"

杜晓苏也显得非常郁闷:"我也不知道。最近新晟来了个副总,据说刚从美国回来的,空降,突然主管业务这块。不晓得为什么总看我们不顺眼,横挑鼻子竖挑眼,我们怎么改对方也不满意。设计部的全体同事加了一星期的班,最后方案一拿过去又被否了,宁经理快郁闷死了。"

"你们宁经理不是号称才华横溢吗?难道新晟的副总嫉妒他长得

帅，所以连累你们也倒霉？"

"拜托，那副总女的好不好，怎么会嫉妒宁经理长得帅？"

"难道是情场宿怨因爱生恨？"邹思琦兴致勃勃，"来来，我们分析下可能性！"

杜晓苏愣了一下，才说："这倒是有可能的，因为那个蒋副总真是来找碴的……而且年纪又不大，人又很漂亮，跟宁经理看起来真的蛮配……"

"姓蒋？"邹思琦顺嘴问了一句，"叫蒋什么？"

"蒋……"杜晓苏使劲回忆，终于想起来，"蒋繁绿！挺拗口的名字。"

邹思琦十分意外，"嗞"地倒吸一口凉气："杜晓苏，你怎么这么糊涂啊你，蒋繁绿是谁你都不知道？"

杜晓苏有点傻，愣愣地看着她。

邹思琦整个人只差没跳起来："那是林向远的老婆，那个蒋繁绿！你怎么这么糊涂你！你连情敌都不知道全名，你简直太糊涂了你！当年林向远不就是为娶她把你给甩了，你怎么连她的名字都不弄清楚啊你！"

杜晓苏的大眼睛仍旧有点发愣，过了好一会儿，才说："我一直以为那女人姓江……"

邹思琦看她脸仍旧瘦得尖尖的，大眼睛也无精打采，黯淡无神，不忍多说，岔开话："得了得了，过去的事咱们都不想了。"

杜晓苏却慢慢地有点反应过来，为什么新晟方面突然如此百般刁难，为什么每次在会议上那位蒋副总出语总是那样尖刻，为什么那个年轻漂亮的蒋副总老是处处针对自己。原来不是自己的错觉，而是因为对方是蒋繁绿，林向远的妻子，她显然对自己有敌意。

她也不愿意在这个圈子里接触到林向远或者蒋繁绿，可是既然工作中避免不了，她只好努力做到公事公办。

就是这样，仍旧避无可避。恰逢一年一度的地产论坛峰会，各公司皆有出席，杜晓苏和几位新同事也被副总带去开眼界。刚进会场，却出乎意料看到雷宇峥。

他是受邀的嘉宾之一，晓苏从未在公开场合见过他，幸好隔得远，估计他没有看到她。雷宇峥有寥寥数语的发言，应酬完了新闻媒体又应酬同行，最后冷餐会还有一堆记者围着，从房价走势一直问到经济形势，脱不了身。他的助理亦步亦趋地跟在他身后，时不时替他赔笑圆场。其实他样子很冷漠，痕迹很深的双眼皮，目光深邃如星光下的大海，偶尔波光一闪，那光亦是清冷的，不像邵振嵘，总让她觉得温暖。

其实如果他表情再温和一些，或者把西服扣子多解开一颗，会更像邵振嵘。

杜晓苏没来由觉得心酸，偶尔可以看见这么一个像振嵘的人，远远的就会让她觉得安心，觉得邵振嵘并没有远走。他还在她的生活中，只不过离得远，她触不到而已。

— 148 —

杜晓苏没心思吃东西,好在餐会是在酒店中庭花园,三三两两的人聚在一起,不算触目。她端着盘子跟同事们一起,一抬头就看见了林向远与蒋繁绿伉俪,偏偏宁维诚也看到了,于是专程带着同事们一起过去打招呼。

林向远神色还显得挺自然,蒋繁绿倒似格外有兴趣,从头到脚把杜晓苏打量了一遍。蒋繁绿本来是饱满丰颐的那种美,两弯描摹得极精致的眉头,微微一皱,就让人想起《红楼梦》里的"粉面含春威不露"的凤辣子。杜晓苏却知道这女人只怕比王熙凤还要厉害,只是尽量不作声。

谁知她竟然打趣宁维诚:"宁经理,原来杜小姐是你的女朋友。"

宁维诚忙解释:"不是,我和杜小姐只是同事。"

蒋繁绿却笑着岔开话:"宁经理,冒昧地请教一下,贵公司的住房福利是不是不太好?"

宁维诚相当错愕,但很认真地回答:"我们博远的住房补贴虽然不算高,可是也是高于业内平均水平的。蒋总怎么忽然这样问?"

蒋繁绿轻笑了一声:"我是觉得贵公司有个别员工,似乎租不起房子,所以才关心一下。"

宁维诚本来就是聪明人,听到她话里有话,不由得狐疑。杜晓苏眼帘低垂,反倒是林向远十分尴尬地试图解围:"繁绿,张先生在那边,我们过去跟张先生打个招呼吧。"

蒋繁绿却似乎充耳不闻,笑盈盈地对宁维诚道:"现在这世道也挺奇怪的了，原来都是甲方的人向乙方索贿，现在竟然有乙方的人敢向甲方伸手，真是让人觉得匪夷所思，你说是不是，宁经理？"

林向远的脸色已经十分尴尬，她声线微高，旁边已经有人诧异地转过身来张望，博远的几个同事更是面面相觑。宁维诚听出她话里的意思，不由得道："蒋总，如果是我们的员工有任何地方冒犯到贵公司，您可以直接告知我们，我们绝不会偏袒。今天业内公司在场的人很多，您这样说必然有您的理由，如果是我们公司员工有违法乱纪的行为，请您指出来，我们会严究。"

蒋繁绿轻笑："哪里，贵公司的员工怎么可能违法乱纪，他们都是精英。"

杜晓苏再也忍不住："林太太，如果有任何误会，您可以正大光明地说出来，不用这样阴阳怪气。我和您的个人问题，不应该牵涉到我所供职的公司。如果您对我的存在不满，我可以立刻辞职，从这个行业消失。但您的所谓指责，我不能接受。作为乙方的工作人员，我自问没有向新晟公司索取过任何贿赂，请您在说话时，不要信口开河。"

"哎呀！"蒋繁绿睁大了眼睛，似乎有些吃惊，"杜小姐，你这话是什么意思？我点名道姓说你什么了，还是杜小姐你自己那个……啊，真不好意思，我在国外待了几年，中文不太好，可能用词不当，让你觉得误会。但你说我信口开河，信口开河这个词我是知道的。杜小姐，如果我没弄错，你现在租住的那套房子，是属于新晟公司名下，而且房租远远低于市价，不知道杜小姐对此事有什么感受呢？"

这下子博远几个同事不由得全看着杜晓苏，目光中全是错愕。

"繁绿……"林向远十分尴尬，"其实……"

"其实我先生是出于好心，尤其对杜小姐这样的老朋友，能帮就帮一把。"蒋繁绿仍旧笑容灿烂，"可是新晟是责任有限公司，不用说外子，就是我，身为执行董事和副总经理，也没有权力这样擅自处理公司名下的房产。"

杜晓苏这才明白过来，又窘又气又恼，什么话都说不出来，只觉得同事们目光复杂，似乎什么都有。宁维诚也显得十分意外，问："杜小姐，蒋总说的是真的吗？"

"我不知道那房子是新晟的。"杜晓苏脸色苍白，"我会马上搬出来，你放心好了，我会在二十四小时内搬出。"

蒋繁绿微笑："那也不必了，我给杜小姐三天时间搬家。听说杜小姐新近遇上意外，心情可能不太好，可是自己的男朋友没了，还是不要饥不择食，盯着别人的老公才好。"

杜晓苏几乎连站着的力气都没有了，往后退了一步，却不想正好撞在人背上。那人转过身来，她抬起头，振嵘……竟是邵振嵘，她恍惚地看着他，本能地抓着他的衣袖。她摇摇欲坠，脸白得没有半分血色，几乎就要倒下去。

雷宇峥不动声色放下手，她的手抓得很用力，就像那天晚上医院里一样。她的眼睛却渐渐有了焦点，她渐渐清楚，渐渐明白，这不是她的邵振嵘，不是她可以依靠的振嵘。她的眼睛里渐渐浮起哀凉，像是孩子般茫然无措。

雷宇峥微微眯起眼睛，看着蒋繁绿。

蒋繁绿也十分意外，看着雷宇峥，过了几秒钟，才终于微笑："雷先生，你好。"

他没什么表情，冷冷扫了她一眼。蒋繁绿向他介绍："这是外子林向远。"

林向远伸出手来，雷宇峥十分冷淡地伸手，几乎只触了触指尖便放下，反手拖过杜晓苏："向贤伉俪介绍一下，这是杜晓苏。"

蒋繁绿万万没想到他会替杜晓苏出头，不由得怔了一下。雷宇峥转头就冷冷地对杜晓苏说："谁敢让你不在这行做了，叫他先来问过我。"

杜晓苏眼睛里已经饱含了热泪，可是拼命想要忍住，勉强挤出一个笑容，简直比哭更难看。怎么也没想到他刚才就在旁边，把什么话都听了去。雷宇峥仍旧冷着一张脸："你不是有房子吗？没时间装修你不知道找人？原来那些本事都上哪儿去了？只知道哭！"

杜晓苏几乎已经忍不住了，被他锐利如锋的眼风一扫，硬生生又把眼泪忍回去了。雷宇峥的秘书单婉婷早就过来了，他一转头看见了单婉婷："送杜小姐回去，明天找几个人帮她搬家。"

蒋繁绿倒是笑盈盈的："对不起，我还真不知道，要不那个房子，还是先给杜小姐住着……"

雷宇峥淡淡地答:"我们家空房子多着呢,用不着别人献宝。"

再不多说,由着一堆人簇拥着,扬长而去。

杜晓苏本来十分不安,上车之后才低着头小声说:"谢谢。"

雷宇峥十分嫌恶:"你就不能稍微有点廉耻?林向远是什么东西,你跑去跟他勾三搭四,就为贪图那点便宜?你别以为我今天是帮你,我是为了振嵘的面子,我不愿意让人家看我们家笑话。我也不指望你三贞九烈,可你也不能这么不要脸,你丢得起这种人,我们家可丢不起这种人。"

他的话每一个字都似最锋锐的刀,刀刀扎在她心尖上,刀刀见血,扎得她呼吸困难,扎得她血肉模糊,扎得她肝肠皆断,几乎连最后的知觉都没有了。她只觉得难过,百口莫辩。明明是百口莫辩,她却不想分辩别的,只想分辩自己对振嵘没有二心。可是连振嵘都不在了,其他的一切又有什么意义?

所以她只是用力睁大了眼睛,似乎想把心底最后一丝酸凉的悲哀逼回去。她的声音仍旧很小:"我没给振嵘丢脸,我是真的不知道,我回去就搬家,麻烦停一下车。"她有些语无伦次,"我不会给振嵘丢人,不管你信不信。"

雷宇峥似乎不愿意再搭理她,敲了敲椅背,司机就把车靠边停下了。

那天杜晓苏是走回家去的,没有搭地铁,也没有搭公交,也没有拦的士。走了好几站路,走得小腿抽筋,她在人行道上蹲着,等着那抽搐的疼痛一阵阵挨过去，然后再往前走。到家后脚上打了两个水泡，她进了家门后才把高跟鞋脱了，赤脚踩在地板上。水泡那里隐隐生疼，才知道皮磨破了，露出里面红色的肉。可是顾不上了，她得把所有东西打包，再搬家。

她收拾了一夜，才把所有的东西打包完。天已经亮了，她叫了的士去邹思琦那里。邹思琦睡眼惺忪地替她开门，见她拖着大包小包的样子吓了一跳，听她简单描述了一下缘由，更是气得破口大骂林向远。仓促间只得先把东西放下，两个人还赶着去上班。

杜晓苏一夜未睡，熬得两眼通红，对着电脑屏幕上纵横的线条、数据，只觉得头昏脑涨，只好抽空端着杯子上茶水间，给自己泡杯浓咖啡。谁知还没走到茶水间门口，就听见里面隐约的笑声，依稀是朱灵雅的声音："哦哟，看是看不出来，没想到是这样子。平常看她，好像人还挺好的呀。"

另一个女同事的声音里却透着不屑："这也是人家本事呀，怪不得新晟老是挑剔我们，合作了这么多年，没想到弄出个祸水来……"

"人家林太太也不是好惹的，你们昨天没听到那个话说得真难听，我们在旁边都脸红，杜晓苏竟然都不在乎。"

"后来她跟宇天的老板走了，听说当年她进公司，就是上边有人跟我们项总打的招呼。这女人不晓得什么来头，真是有办法。"

另一个声音却压得更低了些："人家是睡美人，只要肯睡，当然比我们有办法。幸好她未婚夫死得早，不然那绿帽子戴的来……"几个人一起轻笑起来,隔着门那声音也像刀,一下一下刮着杜晓苏的耳膜,刮得她额角上的青筋在那里跳起来,跳得生疼生疼,可是更疼的是心里。

她的手在微微发抖,转身往办公室走,跟跟跄跄走回座位,新建了个文档,输入"辞职信",眼睛直直地盯着这三个字,过了几秒钟,才晓得往上头打字,只是机械地敲着键盘,一个一个的套辞显示在屏幕上。其实她都不知道自己打了些什么,最后她把辞职信发到主管人力资源的副总信箱。

隔壁座位都空着,宁维诚又带着同事去新晟那边了,但这次没有带上她。

她想,原来自己进公司是有人专门打过招呼,那么当年肯定还是振嵘帮自己找着这工作的。可是她终究还是得辜负他,她不能在这里了,她懦弱,她没出息,可是她受不了人家这样议论振嵘,这样置疑她和振嵘。她确实懦弱,但她已经没有力气挣扎,她得逃开一小会儿,她只想到个没有人的地方去,安安静静地想念振嵘。

她只有邵振嵘了,可是连邵振嵘也不在了。

杜晓苏的辞职没有获得批准,副总特意将她叫去,和颜悦色地跟她谈话:"晓苏,你的信我们已经讨论过了,你说你身体不好,无法胜任目前的工作,我们也十分理解。要不这样,我们给你放一段时间的假,你休息一段时间之后再来上班,怎么样?"

她直直地看着副总,问:"宇天是我们最大的客户,您是不是在担心会影响公司与宇天的关系？那我可以坦率地告诉您，我和宇天没有任何关系，如果我继续留在公司，只怕会对公司造成不良的影响。"

副总十分意外地看着她，过了好一会儿才笑了笑："晓苏，你真是多虑了。要不这样吧，你还是暂时先休息一段时间，等精神好点再上班。"

因为这位副总一直对她挺关照的，她也不好再多说什么。

当务之急还是找房子，总不能老跟邹思琦挤在一块儿。她在偌大的城市里奔波来去，跟着中介一层层地看，一幢幢地跑，最后终于租到一套局促的一室一厅。地段不怎么样，房子又是朝西，租金更不便宜，可是也不能计较了。

邹思琦特意请了一天假帮她搬家，见着新租的房子诸多不满，不由得颇有微词。杜晓苏安慰她："反正我只暂时住住，等新房子装修完了，我也就搬了。"

她决定装修房子，找好了装修公司，带着装修工人去现场，却发现钥匙是无论如何打不开门锁了。

她起初以为锁坏了，找到了物业，物业管理人员却告诉她："杜小姐，这房子房地产公司收回去了，前两天刚换了锁。"

她完完全全地傻掉了，直如五雷轰顶一般，只觉得难以置信。过了好半响才想起来给雷宇峥打电话，但总机不肯把电话转过去，甜美的嗓音婉拒她："对不起，杜小姐，我不能够把您的电话转接往雷先生办公室。"

她急中生智,想起给自己寄钥匙的那个名字,应该是雷宇峥的秘书吧。她已经完全没有了方寸,只是失魂落魄,抱着电话,就像抱着最后的救命稻草:"那么单秘书呢?可以接单秘书吗?"

总机仍旧十分歉意地拒绝:"对不起,单秘书陪雷先生出国去了。"

她谁也不认识,雷宇峥出国去了,单秘书陪他出国去了,他让人把锁换了。

他不声不响,就拿走了一切。

她浑身的力气都像被抽光了一样,搁下电话,整个人深深地窝在墙角,就像受到最后重创的弱小动物,再没一丝力气挣扎。

她把自己关在屋子里三天,不吃不喝,也不动,就坐在破旧的沙发里,像个木偶。如果真的可以像木偶就好了,没有痛觉,没有思想,没有记忆,没有一切。

他收回了他的慷慨,他把房子拿了回去,他把她仅存的最后一点念想也拿走了。她没有再做错事,可是他不打算原谅她,她没有对不起振嵘,可是他再不打算原谅了。

中间她或许有昏睡,可是再醒来,也不觉得饿,虽然水米未进,可是胃里像塞满了石头,没有任何感觉。她摇摇晃晃站起来,走进厨房里,打开煤气,那幽蓝的小火苗舔着壶底,其实壶里是空的,并没有水,她也不打算烧水。

当时在医院里,妈妈抱着她那样哭,妈妈几乎是哀哀泣求:"晓苏，你得答应妈妈，你不能跟振嵘走，你得答应妈妈。我和你爸爸只有你一个，你要是做什么傻事，爸爸妈妈可真的活不下去了。"

当时她答应过，答应过妈妈，好好活下去。

可是没想到有这样难，难得她几乎已经没有力气撑下去了，她真的没有勇气撑下去了。

她走回卧室去，把床头柜上振嵘和自己的合影抱在怀里。相框冰冷冰冷的，照片还是春节的时候，两个人在家里，她拿手机拍的，傻乎乎的大头照，两个人挨在一起，像两只小熊，放大了很模糊。他们的合影并不多，因为两个人工作都忙，聚一块儿也顾不上合影。有时候她喜欢拿相机拍他，可那些照片都是他一个人。

她还是把煤气关了，因为振嵘，振嵘他也一定很希望她好好活下去。

他曾那样爱过她，她这样爱他，她不会违背他的意思，她会尽最大的努力活下去。她把头靠在沙发扶手上，昏昏沉沉又睡过去了。

【十五】

　　清晨时分下起了小雨，从窗子里看出去，远处新笋样的楼尖，近处相邻公寓楼乳白的飘窗，都隔着一层淡淡的水汽，变得朦胧而迷离，整座城市被笼进淡灰色的雨雾里。

　　雷宇峥很早就醒了，从浴室出来，窗外的天色仍旧阴沉沉的，雨丝还细密绵绵地飘落着。

　　他换了套衣服，搭电梯下楼，直接到地下车库。

　　还很早，虽然下雨，但交通很顺畅。在这个城市里他很少自己驾车，跑车引擎的声音低沉，轻灵地穿梭在车流中，但他没有任何愉悦的感觉。在高架桥上接到电话，蓝牙里传出秘书的声音："雷先生，您今天所有的行程都已经被取消，但MG那边刚刚通知我，他们的CEO临时改变计划，预计今天下午飞抵上海，您看……"

　　他连话都懒得说，就把电话切断。

　　秘书很知趣地没有再打来。

　　路很远，位置十分幽僻，车只能停在山下。上山后要走很久很久，他没有打伞，雨丝连绵如针，濡湿了他的头发和衣服。山路两侧都是树，香樟的叶子，绿得像春天一样，不时有大滴的雨水顺着叶子滑下来，砸在人头顶上。其实这种树是在春天落叶的，而现在已经是夏天了。

雨下得大起来，远处的山景笼在淡灰色的水雾里，近处的树倒绿意盈盈，仿佛生机盎然。他在半山腰的凉亭里站了一会儿，抽了一支烟。

振嵘不抽烟，原来也老是劝他戒，因为对身体不好。

那时候他根本没放在心上，把振嵘说的都当孩子话，听听也就忘了。

但他其实早就不是小孩子了，是大男人了。

振嵘二十八岁了，今天。

他把烟掐灭了，继续往山上走。

两手空空。

他不知道该给振嵘带点什么，也没订个蛋糕什么的，因为振嵘不怎么吃甜食，虽然今天是振嵘的生日。他最小的弟弟，也二十八岁了。

他还记得振嵘八个月大的样子，脸很瘦，不像别的孩子胖嘟嘟的，只看到一双大眼睛黑葡萄似的，圆溜溜，瞪着人。

那时候赵妈妈抱着振嵘就发愁："这孩子，瘦得只剩下一双眼睛了。"

他也记得振嵘八岁的时候,很黏他,他到哪里,振嵘就要到哪里。暑假的时候一帮男孩子冲锋陷阵,他一直是他的小尾巴。

他也记得振嵘十八岁的时候,考完了高考,在家跟父亲赌气,他回来,替弟弟在父母面前说合。

今天振嵘已经二十八岁了。

他不知道今天父母会怎么过,大哥会怎么过,但一定会比他更难受。

所以他不回家去,而是往这里来。

远远已经看到碑,是医院选的,黑色大理石。

那上面有振嵘的名字,有振嵘的照片。

让振嵘长眠于此,医院在征求他与大哥的意见后,便买下了这块墓地。

他和大哥都同意不将振嵘的骨灰运回家去。他和大哥,都妄图以数千公里的距离来阻断父母的伤心。

如果看不见,或许可以不想念。

但是明明知道,那是自己父母最疼爱的小儿子,那是自己最疼爱的弟弟,即使在另一个世界,也没有办法不想念。

他觉得很难受,所以站在很远的地方,停了一会儿。

雨下得小了些,细细密密,如牛毛一般,倒像是春天的雨,但不觉得冷。山里十分安静,有一只小小的灰色麻雀,羽毛已经淋得半湿,一步一跳地从青石路面上走到了草丛里。

他这才看到墓前有人。

她缩着胸，很安静地蜷缩在那里，头抵在墓碑上，就像那只被淋湿羽毛的麻雀，飞不起来了，亦不能动弹。

碑前放着花，很大一把百合，花瓣上积了雨水，一滴滴往下滴着。花旁蛋糕上的蜡烛还没有熄，依稀还可以看出数字的形状来，一支是"2"，一支是"8"，小小的两团光焰，偶尔有雨点滴落在上头，发出嗤嗤的轻响。

蛋糕上什么都没有写，一朵朵漂亮的巧克力花，铺在水果与奶油中间，挨挨挤挤，仿佛在雨气中绽开。

他在那儿站了起码有十分钟，连蛋糕上的蜡烛都熄掉了，她仍旧一动未动。

她的脸被胳膊挡住，完全看不到是什么表情，头发随意披在肩头上，有晶莹的雨珠从发梢沁出来，衣裳全湿透了，不知道她在这里待了有多久。而她一动不动，就像没有了任何生机一般。

他忽然想到，该不会真出事了吧？

于是走过去探下身子，推了她一下。

她似乎是睡着了，迷迷糊糊"嗯"了一声，动弹了一下，同时他闻到一股浓烈的酒气，也发现她脚边搁着的空酒瓶。

原来是喝多了。

自从振嵘不在，他看到的都是狼狈不堪的她。

她跟流浪猫一样蜷在这里，手指已经瘦得同竹节一样，看得到隐隐的青筋，可是仍紧紧抓着墓碑，就像抓着唯一的依靠，唯一的浮木，倒让人觉得有点可怜。

雨渐渐又下大了，满山都是风声雨声，那束花被雨打得微微颤动，每一朵都楚楚可怜。而她仍旧一动不动地待在那里，仿佛已经丧失了意识一般。她的脸紧贴着墓碑，长长的眼睫毛覆着，仿佛枝叶丛生的灌木，却有晶莹的雨珠，也或者是眼泪，似坠未坠。

雨下得更大起来，山间被蒙蒙的水雾笼罩起来，地上腾起一层细白的水汽，不一会儿衣裳就全湿透了。大雨如注，打在脸上竟然隐隐作痛，连眼睛都难以睁开，她却根本没任何反应，缩在那里似一截枯木，任由雨水浇淋。他想还是下山去，要不去凉亭里暂避一下，雨这样大。

他转身往山下走，走到凉亭的时候衣服早就湿透了，衣角往下滴着水，山风吹在身上，觉得冷了。烟也有点潮了，打火机的火苗点了许久，才点燃。

他在凉亭里把一盒烟抽完，那女人竟然都没下山来。

这是唯一一条下山的路，她如果走下来，一定会从这里经过。

大概真是醉死了。他把空烟盒揉了，扔进垃圾桶。

雨渐渐地小了，听得到树叶上水滴滑落的声音。他往山下走，路很滑，可以看到有蜗牛慢慢爬到青石路面上来，振嵘三四岁的时候，就喜欢捉蜗牛，看它们吃叶子。

振嵘一直是很安静的孩子，很乖。

长大成人后，他也很安静，母亲总是说，振嵘是家里最乖巧的一个。

雷宇峥走到了停车场，启动了车子，还没驶出停车场，他又想了想，终于还是把车停下，重新上山去。

上山更觉得路滑，雨已经停了，但路上有浅浅的积水，映着人的影子，亮汪汪的。他走得很快，不一会儿就看到那黑色的大理石碑，被雨水冲刷得似晶莹的黑曜，而杜晓苏竟然还在那里，就像从来没有改变过，虽然衣服已经湿透了，可是她仍像雕塑一般，一动不动靠在墓碑上。

"喂！"他唤了她一声，"醒醒！"

她没应他。

"杜晓苏！"

他叫她的名字，她也没反应。

最后他用力推了她一下，她终于睁开眼睛，看了他一眼。

她的眼神疲乏而空洞，当看到他的时候，眸子里似乎燃起一点光，像是炭火中最后一丝余烬。没等他反应过来，她忽然就松开了抓着墓碑的手，紧紧抓住了他，她整个人扑上来，扑到他怀里，然后就全身剧烈地抖动——他从来没见过有人这样子，就像是掏心掏肺，要把五脏六腑都呕出来，可是她并没吐，也没有哭。她只是紧紧抓着他，无声地剧烈颤抖着，是真的无声，她没有发出任何声音，却几乎是用尽了全身的力气。她整个人都在发抖，却没有声音，她像是失去

— 164 —

了声带，把所有的一切都化成固执的悲恸，却没有一滴眼泪。他用力想要拨开她的手，可是她死也不肯放。她嘴唇发紫，也许是冻的，也许是因为伤心，竟然一下子就晕过去了。

他从来没见过一个人可以伤心成这种样子，其实她连眼泪都没有掉，可是这种绝望而无声的悲恸，却比号啕大哭更让人觉得戚然。

他试图弄醒她，掐她的人中掐了很久，她竟然都没有反应。她的一只手紧紧攥着他的衣服，他费了好大的力气才把她抓着自己衣角的那只手掰开，却听到"叮"一声微响，有什么东西掉在地上。拾起来一看，原来是一枚戒指。

他认识，是赵妈妈给的，应该是一模一样的三枚，有一枚给了大嫂，这一枚给了她。

没想到她还随身带着。

其实不是不可怜。

他怔了好久，才把戒指套回她手指上，然后把她弄下山去。

终于将她塞进车里面的时候，他出了一身汗，连衣服都已经被蒸干了。其实她并不重，身上全是骨头，硌得他都觉得疼。

她在副驾上迷迷糊糊，时不时身子还抽搐一下，像小孩子，哭得太久，于是一直这样。可是她都没有哭，连眼泪都没有掉。

她睡了很久，一动都没有动，像子宫里的婴儿，只是安静地沉睡。

她或许做了一个梦，在梦里，她把自己丢了，好像还很小，找不到父母，找不到回家的路，只知道惊慌失措地哭泣。

然后振嵘来了,他带她回家,他抱着她,就像从来没有离开她。她觉得很安心,把脸贴在他胸口,听他的心跳,咚咚咚,熟悉而亲切。

可是振嵘已经不在了。

她知道是做梦,所以不肯睁开眼睛,更不肯哭泣,只怕自己略一动弹,他就不见了,就像许多次梦中一样。

终究是会醒来。

醒过来的时候她也没有哭,虽然在梦里她曾经大哭过一场,抱着振嵘,就在他怀里,就在他最温暖最安逸的怀里,她哭得那样痛苦,哭得那样绝望,哭得那样肝肠寸断,可是醒过来,也不过是梦境。

再不会有邵振嵘,可以放任她在怀中哭泣。

她知道,于是把手贴在胸口,那里还在隐隐地痛,她知道会痛很久很久,一辈子,一生一世。

她只是没有了邵振嵘。

房间很大,也很陌生,床很宽,身上是薄薄的凉被,天花板上全是镜子,可以看到自己蜷缩成一团。

她不知道这是在哪里,只记得自己去看振嵘,买了花,买了蛋糕,买了酒,然后,去振嵘那里。是振嵘的生日,所以她去了。墓碑上嵌着他的照片,隔着薄薄的无色琉璃,他含笑凝视着她,就像从前一样。

其实她跟振嵘说了很多话,太辛苦,于是只好对振嵘说,活着实在是太辛苦了。她答应过妈妈，她知道振嵘也希望她好好活下去，可是那样辛苦，不可以对任何人讲，只有振嵘。

后来，雨下大了，她睡着了。

她不知道自己这是在哪里，也不知道自己到底睡了多久。身上的衣服已经差不多全干了，皱巴巴的像咸菜。她起来，看到里面有浴室，她就进去洗了个脸。镜子里的人苍白憔悴，就像是孤魂野鬼一般，其实她本来就是孤魂野鬼，活着亦不过如此。

她没找到自己的鞋，于是赤脚走出房门。走廊里全是地毯，走上去无声无息，可以望见挑高进深的客厅。

楼下十分安静，没有人。

偌大的别墅显得十分空阔，她拐了一个弯，那里有扇门，门后似乎有微小的声音。

她推开门。

西式厨房前有设计独特的中庭采光，别致的下沉式庭院里，种了一株极大的丹桂。雨水将丹桂的叶子洗得油亮油亮，映在窗前，仿佛盈盈生碧。

他回头看了她一眼，没有任何表情，然后又转过头去继续。

她的视线模糊，在朦胧的金色光晕中，依稀可以看见他的侧影，眉与眼都不甚清晰。

可是他不在了，这不是他。

她明明知道。

就如同明明是夏天，可是晨雨点点滴滴，落在丹桂的叶子上，却像是秋声了。

他随手将面包片搁到盘子里，涂上果酱，然后把盘子推到她面前，走到冰箱前去，打开面包，又为自己烤了两片。

厨房里的原木餐桌很宽又很长，早晨刚送来的新鲜插花被他随手搁在餐桌中央，挡住他的大半张脸，看不清楚他的表情。她很努力地把面包吃下去，刀叉偶尔相触，发出细微的叮当声。

两个人都十分安静，外头的雨又下起来，滴滴答答，落在中庭的青石板上。

她鼓起勇气，抬起头来："求你一件事，可以吗？"

【十六】

他原本以为她会开口要那套房子,结果出人意料,并没有。

她和邵振嵘曾经助养了偏远海岛上一所希望小学的几个贫困孩子上学,那几个懂事的孩子几乎每个月都给他们写信。过年的时候孩子们写信来,央求她寄了她和邵振嵘的一张合影过去,孩子们一直盼望可以亲眼见见她和邵振嵘。当时她就和邵振嵘在回信中说,等小邵叔叔休假的时候,一定要去看他们,带着照相机,跟他们拍很多照片,等他们长大后再看。

"能不能陪我去看看孩子们,就这一次,不会耽误你很久时间。你和振嵘很像……他们不会知道……"她喃喃地说,"我真的不知道该怎么跟他们说……我要是说,振嵘不在了……这么残忍的话,我自己都没有办法接受……"她把头低下去,可是没有哭,嘴角反而倔强地上扬,仿佛是一点凄凉的笑意。

他看了她一眼:"你揽的事还挺多的。"

"我们本来打算资助这些孩子直到大学,可是现在……反正我会供他们读下去。"她抬起眼睛,看着他,"就只麻烦你这一次,我会告诉孩子们,小邵叔叔马上就要出国去,所以不会有下次了,我保证以后再不会给你添麻烦,这是最后一次。"

她乌黑的大眼睛看着他,并没有哀求的神色,也不显得可怜,眼睛中只有一种坦荡的明亮,就像她并不是在请求他,而只是单纯地在寻觅帮助。本来他一直觉得她可怜,可是有时候,她偏偏又出乎他的意料。

他沉默不语。

三天往返有点紧张,可是时间勉强也够了。杜晓苏没什么行李,却买了一大堆文具画笔之类的东西,还买了不少课外书,竟然装满了一个五十公升的登山包。下了飞机又冒雨转车,行程非常艰苦,一直在路上颠簸,最后还要过两次轮渡。到海上已经天黑了,又换了更小的渔船去岛上。本来就在下雨,风浪很大,渔船很小,她晕船,吐得一塌糊涂,蹲在船舷边不敢站起来。他拿了瓶水给她,因为经常出海钓鱼,所以比她适应很多。只看她蹲在那里,抱着拉网的绳子吐了又吐,却一声不吭,既不叫苦,也不问还有多远才可以到达。

她这种倔强的样子,倒真有点像振嵘。

好不容易熬到下船,她大约是第一次搭这样的渔船过海,脚踏实地之后,她的脚步仍旧打滑,就像是地面仍和海面一样在摇晃。码头上有盏灯,照见雨丝斜飞,不远处的海面漆黑一片,更觉得仍旧像在船上一般。

— 170 —

孩子们提着风灯,由唯一的老师领着,守在码头上接他们。那位孙老师年纪也不大,其实也不过是十八九岁的小伙子,见到他们分外腼腆,只是抢着要帮他们拿行李。

有个孩子怯怯叫了声:"小邵叔叔!"杜晓苏明显怔了一下,回头看他,他笑着答应了,还摸了摸那孩子的头,杜晓苏似乎松了口气。一帮孩子都七嘴八舌叫起来,像一窝小鸟,马上热闹起来。几个小女孩叫杜晓苏:"晓苏姐姐!"有个大点的姑娘踮起脚来,想要替杜晓苏撑开一把伞,看着小姑娘那样吃力,雷宇峥把登山包背好,腾出手来,接过伞去:"我来吧。"

一路上杜晓苏都很沉默,邵振嵘出事后她一直是这样子,跟孩子们说话的时候,她才有点活泼起来:"四面都是海,我们肯定不会走错路的,怎么下雨天还出来接我们?"

小孙老师还是很腼腆,说:"昨天接了电话,说你们要来,学生们就念叨了一天,一定要到码头上来等,我劝不住。再说你们大老远地来,我们当然应该出来接。"伞很小,雨下得大起来,小姑娘认真地说:"晓苏姐姐,你看小邵叔叔都淋湿了。"原来,他手里的伞是倾向她的。杜晓苏怔了一下,看他仍旧有大半个肩头被淋湿了,她大约不知道怎么办才好,最后迟疑了一下,伸出手去挽住他的胳膊。

一帮小孩子都笑嘻嘻的,大约很乐于见到他们亲密的样子。

学校建在半山腰,上山的路不好走,蜿蜒向上,几乎是一步一滑。好不容易到了学生宿舍,所有的人几乎全淋湿了。所谓的学生宿舍只是一间稍大的屋子,搭着一长溜铺板,头顶悬着盏昏黄的灯泡。小孙老师还是很腼腆地笑:"我们有发电机……"话音未落,灯泡就灭了。

孩子们全笑起来,小孙老师在黑暗中显得很懊恼:"还笑。"

一帮孩子又哄笑起来,小孙老师说:"去年买的旧发电机,老是坏,坏了岛上又没人会修……"

雷宇峥打燃打火机,从登山包里把手电找出来,小孙老师也把蜡烛找着了,说:"我去灶间烧开水,孩子们还没洗呢,淋湿了很容易感冒。"

雷宇峥问:"发电机在哪儿?我去看看吧。"杜晓苏似乎有点诧异地看了他一眼,他没有说什么。

小孙老师引着他去看发电机。雷宇峥把外套脱了,然后挦起袖子,仔细检查:"毛病不大。"

因为小孙老师急着要去烧水,所以杜晓苏接过手电筒,替雷宇峥照着亮。他有很多年没有碰过机器了,上次还是在大学里的实验室。好在基本原理还没忘,电路也不复杂。因为手电的光柱照出去的角度十分有限,稍远一点又嫌不够亮,所以杜晓苏就蹲在他旁边,两个人几乎是头并着头,这样他才看得清机壳里面的零件。离得太近,她的呼吸暖暖的,细细的,拂在他耳边,耳根无端端都发起热来。呼吸间有一点淡淡的香味,不是香水,是她身上的气息,若有若无夹杂在机器的柴油气味里。他有点疑心是自己的错觉,因为柴油的味道很浓,应该什么都闻不到。

折腾了差不多一个小时,弄得一手油污,发电机终于重新轰鸣起来,屋子里灯泡亮了,孩子们也欢呼起来。

回到屋子里一帮孩子七嘴八舌:"小邵叔叔真能干!"

"小邵叔叔是医生!"

"会治病还会修发电机!"

"长大了我也要跟小邵叔叔一样!"

……

她也微笑着回过头来,电灯昏黄的光线照在她脸上,双颊倒有一点晕红,仿佛是欢喜:"我去打水来给你洗手。"

没等他说什么,她已经跑去厨房了。

小孙老师已经烧了一大锅开水,她舀了一瓢,兑成温水,给他洗手,然后又帮着小孙老师招呼孩子们洗澡。都是附近岛上渔民的孩子,集中到这个小岛上读书,因为大小岛屿隔海相望,很多学生一个月回不了两次家,从上课学习一直到吃喝拉撒睡,全是这位小孙老师照料。幸好孩子们非常懂事,自己拿脸盆来分了水,排队洗澡。

小孙老师把房间让出来给他们,自己去和学生们挤着睡,他笑得仍旧腼腆:"柴油涨价了,发电机只能发一会儿,早点休息吧。"

雷宇峥觉得很尴尬,幸好小孙老师也觉得挺不好意思的,把手里拎的两个开水瓶放在地上,挠了挠头就飞快地走了。

他把门关好,打开登山包,取出防潮垫和睡袋:"你睡床上吧。"

她看了看那张单人床，小孙老师一定特意收拾过，被褥都很干净，她说："还是我睡地上吧。"虽然在山上，可毕竟是岛上，又还在下雨，地上十分潮湿。

他说："没事，爬山的时候我还经常睡帐篷呢。"他把另一个睡袋给她，"你要不要？晚上会很冷。"

洗过脸和手脚，就躺到睡袋里去。雨声潇潇，小屋如舟，远远听得见海上的风浪声，屋内一灯如豆，毕竟在路上奔波了一天，在这海上孤岛小屋里，倦意很快袭来。她翻了个身，不一会儿就呼吸均停，显然是睡着了。

过了没多久，灯泡里的钨丝微微闪了闪，昏黄的灯泡也熄掉了。

大约是那点柴油已经烧完了吧。

不知为什么他睡不着，也许是因为屋外的风声雨声海浪声，也许是因为陌生的环境，也许什么原因都没有，只是想抽一支烟。

屋子里漆黑一片，屋外也是漆黑一片，天地间只剩了哗哗的风雨声。她呼吸的声音很细微，但夹杂在一片嘈杂的雨声中，仍旧可以听见，像一只猫，或者别的什么小动物，不是打鼾，只是鼻息细细，睡得很香。而夜晚是这样安静，即使外面狂风横雨，屋子里的空气却似乎如琥珀般凝固，睡袋暖得几乎令人觉得烦躁。

终于还是起来，找着背包里的烟盒，打火机"咔嗒"地轻响，火苗腾起，点燃香烟的同时，却不经意划破岑寂的黑暗。微微摇动的光焰，漾出微黄的光晕，忽然照见她沉沉地睡着，乌黑的头发弯在枕畔，衬着她微侧的脸庞像是海上的明月，雪白皎洁得不可思议。

他把打火机熄掉，静静地把烟抽完。黑暗里看不到烟圈，但烟草的气息深入肺腑，带着微冽的甘苦。屋外雨声密集，似乎这大海中的小岛已经变成一叶小舟，在万顷波涛中跌宕起伏。

第二天雨仍没停，反而越下越大。杜晓苏很早就醒了，雷宇峥却已经起来了。她走到厨房去，小孙老师刚把火生着，于是她自告奋勇帮忙煮早饭。收音机正在播天气预报，台风正在向南转移，幸好台风中心离小岛非常远，这里只受一点外围风力的影响。

孩子们都在屋檐下刷牙洗脸，早饭是稀饭和面拖鱼，杜晓苏把鱼炸煳了，可是孩子们照样吃得津津有味，小孙老师吃着焦煳的面拖鱼也笑呵呵。倒是杜晓苏觉得挺不好意思，把外面炸焦的面都拆了下来："只吃鱼吧，炸煳的吃了对身体不好。"

吃过早餐后，她把带来的文具、课外书都拿出来，孩子们一阵欢呼，像过节一样欢天喜地。

雨越下越大，风也刮得越来越猛，小孙老师怕台风会转移过来，拿了锤子、钉子、木板，冒着雨去加固教室所有的门窗。雷宇峥本来在给他帮忙，看见杜晓苏弯腰想去抱木板，走过来推开她："这种事不是女人做的。"

他抱了木板就走过去，跟小孙老师一起，冒着风雨在窗外，一边锤一边钉，大半天工夫才弄完。

这么一来，两人都湿透了，湿衣服贴在身上，被海风一吹，冷得浸骨。杜晓苏不会用大灶，还是小孙老师生了火，她手忙脚乱煎了一锅姜汤，小孙老师倒没说什么，雷宇峥皱着眉头喝下去。她不常下厨，所以很心虚地看着他："姜汤辣吗？"

姜汤当然会有点辣，不过比早上炸煳的鱼要好多了。

做午饭的时候看她笨手笨脚，他实在忍不住了："围裙给我，你出去吧。"

她怔了一下，似乎想起了什么，但什么也没说，默默解下围裙递给他。

小孙老师在灶间烧火，杜晓苏在旁边打杂，递盘子递碗什么的。结果雷宇峥一共做了四个菜，四个菜全是鱼，孩子们把饭盆吃了个底朝天，都嚷嚷说小邵叔叔做饭真好吃，连做鱼都做得这么好吃。

杜晓苏也挺得意："小邵叔叔最能干了，做饭也特别好吃，比我做的好吃多了。"

小姑娘也笑了："晓苏姐姐你不会做饭啊？"

杜晓苏蹲下来，笑盈盈地对她说："晓苏姐姐还有好多不会的事情，所以你们要好好学习，等你们读了大学，读了硕士、博士，就比晓苏姐姐知道更多事，比晓苏姐姐更能干，到时候就轮到你们来教我了。"

小孙老师趁机说："好了，要上课了，大家去教室吧。"

孩子们去上课了，厨房里安静下来，杜晓苏把饭碗都收起来，泡在盆里。水缸里的水没了，小孙老师把大木盆放在院子里接雨水。雨

— 176 —

下得太大，只听得到"哗哗"的声音，后山上的灌木和矮树都被风吹得向一边倒去。灶前放着一只木桶，上面倒扣着一只塑料盆，里面是皮皮虾。虾是昨天船上送来的，小孙老师预备给大家当晚饭的，她揭开看了看，养了一天还活蹦乱跳，有只虾一下子蹦出来。等她想捉回去，那虾弓着身子又一跳，一直跳到屋角，她跟着追过去，忽然一道小小的黑影掠出来，直扫过她的脚背，杜晓苏似乎被吓了一跳，后来才看清原来是只很小的猫，一下子扑到了虾上。没想到虾上有刺，小猫大约正好按在刺上，顿时"喵"地叫了声，一跃又跃开很远，歪着圆圆的小脑袋，端详着那只虾。过了好一会儿，才蹑手蹑脚地走近，又伸出爪子去，试探地拨了拨虾，虾奋力一跳，正好撞在小猫的鼻子上，吓得那只小猫"呜咽"一声，钻到杜晓苏的腿下，瑟瑟发抖。

杜晓苏把小猫抱起来，是一只黑白相间的小花猫，软软的，在她掌心里缩成一团，像个绒球，"喵喵"叫。

她逗着小猫："咪咪，你叫什么名字？看你这么瘦，不如叫排骨吧。"

其实小猫和她真有点像，都是圆圆的大眼睛，尖尖的脸，看着人的样子更像，老是水意蒙蒙，就像眸子会说话。

小猫伸出粉红色的小舌头，舔着她的手指，她顿时大笑起来："振嵘你看，好可爱！"

他没有说话，她大约是真的把他当成邵振嵘了，在这个小岛上。

大约是真的很爱很爱，才会这样沉湎，这样自欺欺人。

外面豪雨如注，唰唰地响在耳边，伴着教室里传来孩子们疏疏朗朗的读书声，领读的是小孙老师那不太标准的普通话："武夷山的溪水绕着山峰转了九个弯，所以叫九曲溪。溪水很清，清得可以看见溪底的沙石……"声音夹杂在风雨里，显得远而飘忽。杜晓苏看外面大雨腾起细白的烟雾，被风吹得飘卷起来，像是一匹白绸子，卷到哪里就湿到哪里。她不由得有几分担心："明天要走不了了怎么办？"

风雨这样大，只怕渡船要停了。

忽然又朝他笑了笑："要是走不了，我们就在岛上多待两天吧。"

以前她总是泪光盈然的样子，其实她笑起来非常可爱，像小孩子，眉眼间有一种天真的明媚，就像是星光，会疏疏地漏下来，无声无息漏到人心上。而外面风声雨声，嘈杂成一片，似乎要将这孤岛隔离成另外一个世界。

— 178 —

【十七】

傍晚的时候风终于小了，雨也停了，孩子们冲出教室，在小小的操场上欢呼。杜晓苏拿着照相机，给他们拍了无数张照片。小脑袋们凑在一起，看数码相机上小小的LED屏幕，合影照片拍得规规矩矩，孩子们将雷宇峥和晓苏围在中间，灿烂的笑容就像一堆最可爱的花朵，但有些照片是杜晓苏抢拍的，孩子们爱对着镜头扮鬼脸，拍出来的样子当然是千奇百怪，引人发笑。杜晓苏非常有耐心，一张张把照片调出来给大家看，逗得一帮孩子时不时发出笑声。

水缸里的水快没了，小孙老师要去提水，杜晓苏自告奋勇："我去吧。"小孙老师挠了挠头："那让邵医生跟你一块儿去吧，路很难走，你也提不动。"

她怔了一下，雷宇峥已经把桶接过去了："走吧。"

走上山去才知道小孙老师为什么说路难走。所谓的路不过是陡峭的山上细细的一条"之"字形小径，泉眼非常远，有很长一段路一面就临着悬崖，崖下就是浪花击空，嶙峋的礁石粉碎了海涛，卷起千堆雪，看上去令人觉得眩晕。杜晓苏爬上山顶的时候已经气喘吁吁，风很大，把头发全都吹乱了。站在山顶望去，一望无际的大海，近处的海水是浑浊的褚黄色，远处是极浅的蓝色，极目望去看得见小岛，星星点点，像云海中的小小山头。

大块大块的云被风吹得向更远处移去，像无数竞发的风帆，也像无数硕大无朋的海鸟，渐飞渐远。她张开双臂，感受风从指端浩浩地吹过。雷宇峥站在那里，极目望着海天一线，似乎胸襟为之一洗。天与海如此雄壮广阔，而人是这样的渺小微弱，人世间再多的烦恼与痛楚，似乎都被这海天无垠所吞噬，所湮没。

竟然有这样壮丽的风景，在这无名的小岛上。

有毛茸茸的东西扫着他的腿，低头一看原来是那只小猫，不知道什么时候跟着来，一直跟到了这里。四只小爪上已经溅上了泥浆，却摇摇摆摆向杜晓苏跑过去。她把小猫抱起来，蹲在泉边把它的爪子洗干净。泉水很冷，冰得小猫一激灵，把水珠溅到她脸上。因为冷，她的脸颊被海风吹得红红的，皮肤近乎半透明，像是早晨的蔷薇花，还带着露水般的晶莹，一笑起来更是明艳照人，仿佛有花正绽放开来。

他蹲下去打水。

只听见她对小猫说："排骨，跟我们回家吧，家里有很多好吃的哦。"

他淡淡地瞥了一眼，终于说："你不会真打算把它带回去吧？"

她的样子有点心虚："小孙老师说猫妈妈死了，小猫在这里又没什么吃的，将来说不定会饿死……"

"这里天天都有鱼虾，怎么会饿死它？"

"可是没人给它做饭啊。"

他把满满两桶水提起来："你会做饭给它吃？"

她听出他语句中的嘲讽，声调降了下去："我也不会……可是我可以买猫粮……"

他提着水往山下走："飞机上不让带宠物。"

她怔了一下，追上去跟在他身后："想想办法嘛，帮帮忙好不好？"

他不理睬她，顺着崎岖的山路，小心翼翼地往山下走。

她抱着猫，深一脚浅一脚跟着他，央求："你看小猫多可怜，想想办法嘛，你连发电机都会修……"她声音软软的，拉着他的衣袖，"振嵘……"

他忽然立住脚，淡淡地说："我不是邵振嵘。"

她的手一松，小猫跳到了地上，她怔怔地看着他，就像忽然被人从梦中唤醒，犹有惺忪的怔忡。小猫在地上滚了一身泥，糊得连毛皮的颜色都看不出来了，伸出舌头不停地舔着自己的爪子，仰起头冲他"喵喵"叫，一人一猫都睁着大眼睛看着他，仿佛都不知所措。

他拎着水桶继续往山下走，她抱着猫，默默地跟在他后面。

晚上的时候仍旧是他做的饭，因为有紫菜，所以做了紫菜虾米汤。孩子们仍旧吃得很香，杜晓苏盛了一碗汤，默默喝着。小孙老师怕他们受了风寒，特意去厨房找了一瓶酒出来："咱们今天晚上喝一

点儿,免得风湿。"

酒是烧酒,泡了海参,味道有点怪。

小孙老师本来是想陪雷宇峥多喝两杯,但他哪里是雷宇峥的对手,几杯酒下肚,已经从脸一直红到了脖子,话也多起来:"你们来,孩子们高兴,我也高兴……邵医生,你跟杜小姐真是好人,一直寄钱来,还买书寄来……我也有个女朋友,可是她不明白,一直说岛上太苦,当老师挣不到钱,让我到内陆打工去。可是我要走了,娃娃们怎么办……他们就没人教了……你和杜小姐,你们两个心肠都这么好……"

他有点语无伦次,杜晓苏拿过酒瓶,替他斟上一杯酒:"孙老师,我敬你。"

"杜小姐也喝一点吧,这酒治风湿的,岛上湿气重。"小孙老师酡红的脸,笑得仍旧有几分腼腆,"这次你们来,没招待好你们,真是辛苦你们了。我和孩子们,祝你们白头偕老。"

最后一瓶烧酒喝完,发电机也停了。

小孙老师打着手电,去宿舍照顾孩子们睡觉。杜晓苏躺在床上,起先隐约还听见小孙老师在隔壁和没睡着的孩子说话,后来大约都睡着了,没了声音。

屋子里点着一根蜡烛,烛光微微摇曳。

雷宇峥仍旧睡在地上,闭着眼睛,她不太肯定他是不是睡着了,所以很小声地叫他:"喂……"

他睁开眼睛看了看她。

"对不起。"

他把眼睛又闭上了。

她说:"谢谢你,这两天让孩子们这么高兴。"

他有点不耐烦,翻了个身:"你放心,下次不会了。"

"我知道我错了,以前总是怨天尤人,还自以为很坚强。振嵘走了之后……我才知道自己有多懦弱。我觉得不公平,怎么可以那样让振嵘走了,甚至我都来不及跟他说……我也恨过自己,如果我不说分手的事情,也许振嵘不会去灾区。可是现在我知道了,即使没有我,振嵘他一定也会去灾区。因为他那样善良,所以他一定会去救人的。如果真的要怪,只能怪我自己没有福气。"她的声音慢慢低下去,"就像小孙老师,他从来没有怨天尤人,他一个人在岛上,教着这么几个学生,就连打点儿淡水,都要走那么崎岖的山路。要教书,要照顾学生生活,却连一声抱怨都没有……和小孙老师比起来,和振嵘比起来,我真是太自私,太狭隘了……"

外边的天晴了,透过横七竖八的钉在窗子上的木板的缝隙,看到有星星,在黑丝绒般的天幕上露出来。

海上的星星很大,很亮,像是一颗颗眼睛,温柔地俯瞰着她。

会不会有一颗星星,是邵振嵘?

他会不会也在天上,这样温柔地俯瞰着她?

她慢慢地阖上眼睛:"谢谢你陪我来岛上。"

过了很久很久她都没有再说话,他终于转过头来,她已经睡着

了。蜡烛已经燃到了最后,微弱的烛光摇了摇,终于熄灭了。

短暂的黑暗后,渐渐可以看清窗子里漏进来的疏疏星光。远处传来阵阵涛声,是大海拍打着山脚的沙滩。

她似乎总是可以很快睡着,没有心机,就像条小溪,虽然蜿蜒曲折,在山石间若隐若现,但实际上却是清澈见底,让人一眼可以看穿。

跟孩子们告别的时候,难分难舍,渔船驶出了很远很远,还看到码头上伫立的那一排身影,隔得太远了,只能看见一个一个的小黑点,可是留在视线里,永远地停留在视线里了。

早上收拾行李的时候,学生们十分舍不得他们走,有两个小姑娘还掉了眼泪,她也十分难过。

以后她再也不会来了,再过几年,孩子们就会长大了,会读中学了,会更懂事了,会离开小岛,会读大学……也许孩子们会记得她,也许孩子们终究会忘记她。可是以后,只得是她一个人,她再也不会到这里来了。因为她和振嵘已经来过了,而她一个人,再不会有以后了。海水滔滔地从视线里擦过,哗哗的浪花在船尾溅起,有几点海水溅在她脸上,海与天这样辽阔,这样无边无际,船在海中,渺小得如同芥子。千百年以来,不知大海看过了多少悲欢离合,见过了多少世事变迁。时光也会过得飞快吧,从今以后,她一个人的时光。

海风太大,小船在海浪中起起伏伏。雷宇峥站在那里,看她一动不动蹲在船舷边,估计早上吃的东西又已经全吐光了,但她仍旧没有吭一声,就像来的时候一样,沉默而倔强的神色。

他们赶到机场,搭最晚一班航班回去。因为天色已晚,偌大的航站楼里灯光通明,只有寥寥几个乘客坐在候机厅里,等待登机。

虽然一整天的舟车劳顿,但她只是很沉默地坐在那里,就像一个安静的洋娃娃。

他终于拿了一张自己的名片,递给她,说:"有什么事可以打这个电话。"

其实他想说的是可以把房子还给她,但不知道为什么,这句话到嘴边又说不出来了。

她接过了名片:"谢谢。"

他没有再说话。

"振嵘不在了。"她垂下眼帘去,"我以后不会再给你添麻烦的。"

杜晓苏回来以后,邹思琦觉得很奇怪,因为从岛上回来后,她似乎重新开朗起来。甚至偶尔会露出笑容,提到邵振嵘的时候,也十分平静,不再像过去,总是那样脆弱得不堪一击。只有杜晓苏自己知道,岛上的那几天,就像是偷来的时光。小小的孤岛,就如同世外桃源,唯有孩子们清澈的眼神。他们天真,却懂事,努力生活,努力学习,就连小孙老师,都有一种难以想象的坚强。在这世上,她会好好活下去,因为振嵘希望,因为爱她的父母希望,因为爱她的人希望。

所以,她鼓起勇气去上班。

还是有个别同事用异样的眼光看她,但她不再气馁,也不再留意关于自己的流言蜚语,她认真地工作,全力以赴,不再有任何沮丧与分心，几个星期后就有明显的效果，这样的状况和态度，立刻赢得大部分同事的重新信任，毕竟业绩证明了一切。雷宇峥的秘书单婉婷把钥匙重新快递给了她，拿到钥匙的时候，她几乎连喜悦都已经没有了。得而复失，失而又得，可是不管怎么样，她还是很庆幸，可以拿回自己与振嵘的这套房子。

比较意外的是过了几天，总经理室突然通知她晚上和市场部的同事一起，陪项总去一个商业宴请。到了之后才知道，是宇天地产的高副总代表宇天地产宴请项总。饭吃到一半，雷宇峥忽然由服务生引着，推门进来。席间的人自然全站了起来，雷宇峥与老总一边握手，一边道歉："刚下飞机，晚点了，实在是抱歉。"

项总是东北人，为人特别豪爽，握着雷宇峥的手直摇："说这么见外的话做什么。"

喝的是泸州老窖，总共不过七八个人，很快喝下去四瓶，于是席间热闹起来，几位老板互相开着玩笑，气氛也轻松了许多。杜晓苏本来只顾埋头吃菜，忽然被项总点名："晓苏，代表咱们公司敬雷先生一杯吧。"

她有两秒钟的意外，然后就顺从地端起酒杯。已经喝了那样多的酒，雷宇峥脸上丝毫看不出醉意，却笑着说："不行不行，这个太欺负人了。哪有喝到一半，突然叫个小姑娘出来？不兴这样的啊，照这个喝法，我今天得躺着回去了。"

"我扛你回去。"项总兴致勃勃，把他手里的酒杯硬夺过来，"咱们也不是一年两年的交情了吧,我知道你的量。来来,晓苏,满上,给雷先生斟满了。咱们东北的姑娘,雷先生无论如何,得给点面子。"

这样的应酬总归是难免。杜晓苏还是第一次见着这样的雷宇峥,或许刚从机场出来,头发略有一丝凌乱,灰色的衬衣解开了扣子,整个人半倚半靠在椅背上,跟他平常一丝不苟的样子大相径庭,有一种公子哥特有的懒洋洋的放荡不羁。他修长的手指拦住了杯口:"这不是面子不面子的问题,这是不公平。"他漫不经心地看了她一眼,"要不杜小姐也喝一杯,她喝一杯我喝一杯。"

项总本来对他与杜晓苏的关系很是猜度,因为当初杜晓苏进博远设计,就是上边一位老友给他打的电话,挑明是雷家的关系,所以他还特意嘱咐过人力资源日常多关照一下。这次带杜晓苏来跟宇天谈合同,也是想顺便攀个人情。但他一直没想过这事根本不是他想的那样子,所以酒席上半开玩笑地让晓苏出来敬酒,没料到雷宇峥会说出这样的话,简直没有半分怜香惜玉之心。

正有点尴尬的时候,杜晓苏已经给自己斟了满满一杯酒,端起来说:"雷先生,我先干为敬。"不待众人反应过来,她已经一仰脖子,咕嘟咕嘟全喝下去了。

那是六十度的烈性酒,满满一大玻璃杯,席间人全怔住了,过了几秒钟才轰然叫好。雷宇峥看不出什么表情,项总心里倒觉得这两人关系真有点异样,正在琢磨,见杜晓苏从服务员手中接过酒瓶,又替雷宇峥斟上:"谢谢雷先生。"

雷宇峥也是一口气喝干，项总领头拍手叫好，雷宇峥倒似笑非笑："杜小姐也得跟项总喝一杯，这样才公平。"

这下轮到项总不干了："这不是为难人家小姑娘吗？不行不行，咱们喝咱们的……"

雷宇峥把酒杯往桌上一搁，只说了两个字："斟满！"

杜晓苏知道虽然是宇天请客，但实质上公司这边是有求于宇天，谁让宇天是甲方。她端起杯子来，一口气没喝完，倒呛住了，捂着嘴咳了两声，仍是勉力喝完。一旁的高副总看不过去，替她解围："哎，今天就杜小姐一个女孩子，要是把她喝醉了，那岂不是太没风度了。咱们喝咱们的，杜小姐还是喝果汁吧。"

雷宇峥没有说话。其实杜晓苏已经觉得头昏脑涨，她的酒量一般，那两杯烈酒喝得又急，此时觉得嗓子里像要冒火一样，火辣辣的。恰好此时杏汁官燕上来了，她本来吃不惯燕窝，但从口中到胃中全是火辣辣的感觉，总得吃点东西压一压。拿着勺子觉得自己手都在发抖，还好没有弄洒。

最后一席人又喝了两瓶酒，才算是酒阑人散。项总满面红光，说话已经不太利索，高副总也喝得颇有几分醉意了，杜晓苏迷迷糊糊，还记得要帮衬老总谈合同——可是她连走路都有点不稳，她拼命地想要尽量让自己清醒一点，但天跟地都在摇摇晃晃，最后她终于被人塞到车里去，关上车门"嘭"的一响，四周安静下来。

【十八】

车走得很平稳,其实喝醉后并不难受,只是觉得口渴。真皮座椅有淡淡的皮革膻味,她回身抱住他,把头埋在他的肩窝里,很熟悉很亲切的味道,一颗心终于放下来,像无数次在梦中那样,她知道那是邵振嵘,她又梦到他了。

雷宇峥有点费劲地想要弄开她的手。博远的人都走了,尤其是项总,丢下句:"杜小姐交给你啦。"挥挥手就上车扬长而去。

而这女人就像那只流浪猫似的,睁着雾蒙蒙的大眼睛,可怜兮兮地站在路灯下。

不等他发话,他的司机已经一声不吭,就把这只流浪猫塞进了后座。

他狠狠地瞪了司机一眼,可惜司机没看到,只顾着关上车门,然后进前面驾驶座,启动车子。

算了,不过送她回家一次,看在振嵘的面子上。

但不过一会儿工夫她整个身子就斜过来,不由分说窝进他怀里,真的像只灵巧的猫儿一样，很自动地找到一个舒服的位置，呼吸轻浅，沉沉睡去。

他整个人差点儿石化。

他想推开她，但她就像是橡皮糖，或者口香糖，黏腻着就是不动。到后来他只要推她她就抱得更紧，活脱脱一条八爪章鱼。

"杜晓苏！"他拍着她的脸，"你住哪儿？"

她不应声，"唔"了一下，下巴在他胸口磨蹭了两下，头一歪又睡着了。

没本事还在席间那样喝。

车到了别墅大门前，司机替他们打开车门，他又用力拍了拍她的脸颊："喂！"

她没任何反应。

算了，把她扔车上睡一夜得了。只是她抱着他的腰，她不动，他也下不了车。

"杜晓苏！"他又叫了她一声，仍旧没反应。

他伸手掐她的虎口，她疼得"嗯"了一声，终于睁开眼睛，长而微卷的睫毛，仿佛蝴蝶的翼，微微颤动着。

"司机送你回去。"他终于拉开她的一条胳膊，"我要下车了。"

她的脸半扬着，白皙的肌肤在车顶灯下近乎半透明，似乎有点像冰做的，呵口气都会化。她傻乎乎地笑着，仿佛没听明白他的话，她凑过来，把另一条胳膊重新围上来，仿佛孩子般娇嗔："你长胖了。"伸出一根手指点了点他的脸颊,"这儿!"然后是下巴,"还有这儿!"

没等他反应过来,她忽然伸手勾住他的脖子,脸一扬就吻住他。她呼吸里有浓重的酒气,滚烫的唇仿佛一条鱼,在他嘴唇上滑来滑去,不不,那是她的舌头。他本能地想要推开她,她却收紧了手臂,唇上更用力地吸吮,他想要说什么,可是一张口她的小舌头就趁机溜进去,把他所有的声音都堵住了。她的脸烫得吓人,嘴唇也烫得吓人,整个人就像一团火,狠狠地包围住他。他有点狼狈地用力挣扎,终于把她甩开了。

司机早就不知去向,花园里只听得到秋虫唧唧,不远处有一盏路灯,照进车里来。其实车顶有灯,照着她的脸,双颊通红,她半伏在车椅背上,醉眼迷离。

"邵振嵘,"她的声音很低,喃喃的,仿佛怕惊醒自己,"我真的很想你。"

他怔在了那里,她慢慢地阖上眼睛,睡着了。

夜色已经深了,客厅里没有开灯,有一大半家具都沉浸在无声的黑暗里。客厅的落地窗正对着东墙一垣粉壁,墙下种着竹子,前面地下埋着一排绿色的射灯,灯光勾勒出支支翠竹,细微如画。竹影映得屋中森森的碧意,沉沉如潭。这里总让他想起家中父亲的书房,齐檐下千竿翠篁,风吹萧萧似有雨声。隔得很远可以听见前面院子里的电话响,偶尔有人走进来,都是小心地放轻了脚步。

临窗下的棋枰上散落着数十子,在幽暗的光线下反射着清冷的光辉,这还是一个多月前他随手布下的残谱,打扫清洁的人都没敢动。他很少过来这边住,因为屋子大,虽然是中式的别墅,管家负责安排,把这里打理得很干净舒适,但他总觉得少了些生气。所以偶尔出机场太晚了,懒得过江,才会在这边休息。

　　借着射灯隐约的绿光,他把那些黑的白的棋子收进棋盒中去,哗啦哗啦的声音,又让他想起小时候学棋,学得很苦,但姥爷执意让他拜在名师门下,每日不懈。

　　姥爷说:"涛儿性稳重,不必学棋。嵘儿性恬淡,不必学棋。你的性子太粗粝,非学不可。"

　　说这话时,振嵘还是个四五岁的小不点儿,自己也不过六七岁,似懂非懂。

　　那样的时光,却已经都过去了。

　　他走下台阶,坐在院中的藤椅上,点燃一支烟。

　　天是奇异的幽蓝,仿佛一方葡萄冻,上面撒了细碎的银糖粒。半夜时分暑热微退,夜风很凉,拂人衣襟。

　　他想起二楼客房里沉沉睡着的那个女人,就觉得头疼,仿佛真的喝高了。

　　他曾经见过父母的举案齐眉,也曾见过祖父母的相敬如宾,那个年代有许多许多的恩爱夫妻,患难与共,不离不弃。

　　少年时他也曾想过,长大后会遇上自己一生钟爱的人,从此后,执子之手，与子偕老。

可是三千繁华，舞榭歌台，名利场里多的是逢场作戏。

看多之后，不免厌倦。

当振嵘带着她出现在他面前时，他更觉得这是一场闹剧。

她怎么配？

她怎么配得上邵振嵘？

可是振嵘爱她，振嵘是真的爱她，他曾经见过振嵘通红的眼睛，那样攥紧的拳头。

只不过没想过她也这样爱振嵘。

绝望，失意，仿佛行尸走肉般活着，因为振嵘死了。

姥姥去世时，姥爷当时悲痛万分，时间渐长，似也渐渐平复。十年之后姥爷因病去世，工作人员整理他的身后遗物，发现最多的是书法作品，而且无一例外，厚厚的三尺熟宣，写的竟然都是苏东坡那阕《江城子》："十年生死两茫茫，不思量，自难忘。"

他想象不出，十年间，老人是以什么样的心情，反反复复书写着这首悼亡词。姥爷出身世代簪缨的大族，十八岁时不满家中长辈的包办婚姻，于是与身为同学的姥姥私奔到日本，辗转赴美，半工半读。抗战爆发后毅然归国，从此后风风雨雨，一路相携相伴。

那是经历过岁月蹉跎、烽烟洗礼的爱情，他一直觉得，如今这时代，再遇不上，再见不到了。

身边的人和事，他早就看得腻歪，只觉得所谓爱情简直是笑话。

谁不是转头就忘，另结新欢，朝秦暮楚？

没想到还有像杜晓苏这样的傻子，偏执地，固执地，不肯忘。

他想起曾经有人对他说过："你没有遇上，所以你不懂得。"

那时候自己多少有点嗤之以鼻，觉得简直是荒谬，这世上哪有生死相许，有什么可以敌得过金钱或者物欲？

可是真的遇上，才明白。

不是没有，而是自己没有遇上。

他把烟掐熄了，仰起脸来，天上有淡淡的星带，不知是不是银河。城市的空气污染严重，连星星都淡得似有若无。石阶那端有蟋蟀在叫，一声接一声。

夜风是真的凉起来了。

杜晓苏不知道自己怎么又到了这个地方，她对着镜子懊恼了差不多半个小时，也没能回想起昨天晚上到底发生了什么事情。

她喝醉了，然后被塞进车里，然后再醒来，就是在雷宇峥的别墅里。

但愿她没做什么丢人现眼的事。

她深深地吸了口气，走廊里没有人，夏日的艳阳光线明媚，从几近古意的细密格窗中照进来，空气的浮尘似万点金沙，飘浮着打着旋。

有穿制服的女佣捧着鲜花笑吟吟地同她问好，然后告诉她："杜小姐，雷先生在餐厅。"

她也只好报之以微笑,客厅里也有人正在更换花瓶中的鲜花,见着亦含笑打招呼:"杜小姐早。"

她只好快快进餐厅去,低垂着眼皮,只见光滑如镜的黄菠萝木地板上,雷宇峥竟然是家常的拖鞋,穿着十分休闲的T恤长裤,看起来甚是居家。

她觉得有点尴尬,从岛上回来后,她就已经下定决心,再不做任何傻事。她与雷宇峥也再没有任何关系,虽然他是振嵘的哥哥,可是她再不会麻烦他了,没想到昨天晚上又出糗了。

雷宇峥倒没说什么,一边吃早餐一边看报纸。其实他吃得非常简单,她一直想象富翁的生活就是天天鲍翅参肚,而他面前碟子里不过一个烟肉三明治,旁边一杯咖啡,看报纸一目十行,心思根本不在吃上头。

管家亲自来问她,是需要中式还是西式的早餐,她局促不安:"最简单的就好。"

结果厨房还是端出来热腾腾的白粥与笋尖虾仁的小笼,她咬开包子,鲜香松软,非常好吃。

粥也熬得正好,米甜香糯。

"你以后不要在外面随便喝酒。"

她一吓,一口粥呛在喉咙里,差点没被呛死。

但雷宇峥根本没抬起头来,似乎只是对报纸在说话:"一个女孩子,随随便便喝得烂醉如泥,像什么样子。"

她的声音很低:"对不起。"

她似乎总在对他说对不起。

他未置可否,过了好一会儿,把报纸翻过页,才说:"你现在住哪里?我要去打球,可以顺便送你回去。"

她这才想起来今天是周六,不用上班,难怪他穿得这么休闲。她问:"你要上哪儿去打球?"怕他误解,连忙又补上一句,"把我放到最近的地铁站就行。"

她没想到他不用司机,而是自己开一部黑色的敞篷跑车,衬着他那身浅色T恤,整个人简直是玉树临风,也更像振嵘,只不过他戴墨镜,轮廓显得更深邃。

他开车很快,十分熟练地于车流中穿梭。等红灯的时候有部车与他们并排停下,车上的人竟然朝他们吹口哨,她只当没听到,可是雷宇峥的下颚线条绷得很紧。

他这是生气了,他生气的样子和振嵘很像,表面上似乎十分平静,不过脸部的线条绷得紧一点。

"抓紧。"他十分简短地说了句话,她甚至还没反应过来,信号灯已经变了,跑车顿时仿佛一支离弦之箭,嗖地射了出去。

她一下子被这加速度推靠在椅背上,幸好系了安全带,在城市繁华的主干道上飙车,他一定是疯了。她抓着唯一的手柄,听着风呼呼从耳边吹过,刮得脸生疼生疼。只见他熟悉地排挡加油,无数车辆被他们一晃就超越过去,老远看到路口又是红灯,她本来以为他会闯过去，谁知道他竟然会减速踩刹车。

车徐徐停在路口，刚才那部车竟然阴魂不散地重新出现在并排，这样风驰电掣的疾速竟然没能甩掉它。不等杜晓苏诧异，那车窗已经降下来，驾车的那人也戴着墨镜，一笑只见一口雪白牙齿："雷二，你跑那么快干吗？"

显然是认识的人，雷宇峥的手还放在排挡上，因为用力，手背上隐隐有青筋暴起。杜晓苏只怕他要大发雷霆，谁知道他竟然嘴角弯了弯，仿佛漫不经心地笑："我知道你要跟着来，能不快吗？我要再开慢一点儿，岂不是瞧不起你这新买的德国小跑？"

"扯淡！"那人跟雷宇峥一样的北方口音，连骂起人来都抑扬顿挫，"你丫带着妞，一看到我就脚底抹油，这不是心虚是什么？蒙谁呢你！"

雷宇峥不动声色："你才心虚呢！有种我们球场上见，今天不让你输个十杆八杆的，就治不了你的皮痒。"

那人哈哈大笑，伸出左手大拇指朝下比了比。正好信号换过来，两车齐头并进，几乎是同一秒内疾射了出去，可是没等那人反应过来，雷宇峥突然打过方向，向右转去，几分钟后他们就上了高架，把那部车甩得无影无踪。

过了江后，他的车速明显降下来，问杜晓苏："你住哪儿？"

她说了路名，一路上他只是很沉默地开车。

她租住的那个小区环境不佳，所以老远她就说："把我放路边就

行，那边不好停车。"

雷宇峥还没进发球区，老远已经见着几个熟悉的身影。他们见着他纷纷打招呼："哟，今儿怎么迟到了？"

"堵车。"雷宇峥敷衍了一句，"怎么都不玩？"

"这不等你来开球吗？"有人从后头拍了拍他的肩，笑嘻嘻地问，"少扯了，那妞儿呢？"

旁边立马有人起哄："你就招了吧，上官都说了，今天在大马路上碰到你，车上还有一个绝代佳人！"

"你们听上官瞎扯。"雷宇峥不悦地戴上手套，"你们要真信他的，股票都该涨到8000点了，还不赶紧电话交易员建仓。"

上官博尧自己倒绷不住，"噗"一声笑出声来，并不懊恼，反而十分坦然："行了，你们就使劲埋汰我吧，我就不信涨不起来。"

"他运气多好啊。"一直没开腔的叶慎宽慢条斯理地说，"人家坐庄是加印花税，他一坐庄，是降印花税。"

"不谈股票行不行？"雷宇峥有点不耐烦。

上官却仍旧是那副嬉皮笑脸的模样："你今天火气怎么这样大？还说要让我输十杆八杆，我看你输定了。"

"是吗？"雷宇峥微笑，"咱们走着瞧。"

结果刚过第二洞，上官就已经输了四杆，他自己倒不着急，笑眯眯把玩着球杆，问雷宇峥："咱们赌一把怎么样？"

近午的阳光已经颇有几分刺眼，雷宇峥在太阳镜后眯起眼睛：

"赌多大？"

"赌钱多俗啊！"上官兴致勃勃，"咱们赌点有意思的。你要赢了，我请大家吃饭，我要是赢了，你就把车上那妞儿的名字电话都告诉我。"

雷宇峥瞬间冷脸："你什么意思？"

叶慎宽看着不对，于是叫了一声"上官"，开着玩笑："你今天怎么跟打了鸡血似的？不就是雷二开车带着个姑娘，你不知道他平常就爱带漂亮姑娘上街遛车吗，至于吗？"

上官倒不怕雷宇峥生气，偏偏要说："那可不一样，你知道我在哪儿遇上他的？芳甸路！刚过世纪公园，就瞧见他的车了。嘿！你想想大清早七点多，明显刚从他那豪宅里头出来，他那豪宅你又不是不知道，从来就没女人踏进去过。平常就是哥几个去喝喝酒，吃吃肉，吹吹牛。还是你给改的名字，叫啥来着，哦，光棍堂！咱们几个光棍，正好凑一堂。"

"谁说的？"叶慎宽从球童手中接过球杆，一边试了试击球的姿势，一边说，"你们是光棍我可不是啊，我是有家有室有老婆的人。"

"得了，知道你有娇妻爱子。"上官的口气却是不屑一顾，"咱们这些光棍可怜，不许过个嘴瘾吗？"

叶慎宽道："你也不怕报应，我就等着你小子栽了，看你再嘴硬！"说完一杆击出，小白球远远飞出去，最后却不偏不倚落到了沙坑里，他懊恼地把球杆交给球童，上官倒乐了："再接再厉！"

第四章

有一些话只有听的人记得

【十九】

　　他们就在俱乐部会所吃了午饭，上官本来提议打牌，但叶慎宽临时接了个电话有事要走，于是也就散了。上官博尧住在浦西，过了江后就遇上堵车，只得夹在车流里慢慢向前，好不容易下了辅路，结果堵得更厉害了。正百无聊赖张望人行道上的美女，突然从后视镜里看到一个人影，长头发大眼睛，长相十分甜美，倒像在哪里见过。定睛一看，分明就是今天早上撞见的那个女孩子，真是踏破铁鞋无觅处，得来全不费功夫。见她双手都提着超市的购物袋，连忙按下车窗叫她："喂！"

　　杜晓苏低着头走路，根本就没留意，他连叫了好几声她才朝这边看了一眼，只见他把车门推开一半，笑嘻嘻冲她招手："快上来！"

　　她看了看四周，他笑得更灿烂了："不认识我了？早上'呜——'那个……"他学引擎的声音学得惟妙惟肖，杜晓苏见他笑得露出一口白牙，才算想起来，他就是早上和雷宇峥飙车的那个人。

　　"快上车啊！不然探头拍到了！"他一径催她，"快点快点！你提这么多东西,我送你回家!"

她说:"不用了,我家就在前面。"

他板着脸:"你怀疑我是坏人?"

这世上哪有开着奥迪R8的坏人,顶多就是一闲得发慌的公子哥罢了。

她还在犹豫不决,他又拼命催:"快点快点!前面有交警!快!"

她被催得七荤八素,只好迅速地拉开车门上了车。刚关好车门就真的看到交警从前面走过去,他甚是满意她的动作敏捷,夸她:"真不错,差一点就看到了。"

其实早晨那会儿他跟雷宇峥都有超速,探头估计早拍了十次八次了。

她笑了笑,系好安全带。只是这样堵法,车速跟步行差不多。

虽然堵车,可他也没闲着:"我是上官博尧,博学多才的那个博,'鸟生鱼汤'的那个尧。你叫什么?"

"杜晓苏。"

"这名字真不错,好听。"他还是油腔滑调开玩笑似的,"雷二这小子,每次找的女朋友名字都特好听。"

"不是。"她的表情十分平静,"我不是他女朋友。"

他似乎很意外,看了她一眼,才说:"我还真没见过你这样的,人家都巴不得别人误会是他女朋友,就你急着撇清。"

杜晓苏默不作声。

"不过也好。"他忽然冲她笑了笑,"既然不是他女朋友,那么做我的女朋友吧。"

杜晓苏有点反应不过来,黝黑的大眼睛里满是错愕。上官却自顾自说下去:"你看,我长得不错吧,起码比雷二帅,对不对?论到钱,别看他比我忙,可我也不见得比他穷啊。再说他多没情调的一个人,成天只知道装酷,跟他在一块儿你会闷死的……"

这下杜晓苏真明白了,这真是个闲得无聊的公子哥,于是她说:"对不起,我有男朋友了。谢谢你。"

上官横了她一眼,说:"别撒谎了,你要真有男朋友,怎么会在周末的时候独自去超市,还提着两个大袋子。就算你真有男朋友,从这点来看,他就不及格,赶紧把他忘了!"

杜晓苏有点心酸,低声道:"我永远不会忘记他。"自欺欺人扭过头去看车窗外。车走得慢,人行道上人很多,人人都是步履匆匆,潮水般涌动的街头,可是连个相似的身影都没有。

"撒谎不是好习惯。"上官笑嘻嘻,"就这样吧,当我的女朋友好了。"

"我确实有男朋友。"她终于转过脸来,眼睛微微有点发红,"我没有骗你,他的名字叫邵振嵘。"

好一会儿上官都没说话,过了好久他才说:"对不起。"

"没什么。"杜晓苏小声地说。按了按购物袋里冒出来的长面包,她的眼睫毛很长,弯弯的像小扇子,垂下去显得更长,仿佛雾蒙蒙的隔着一层什么。车里一下子安静下来,他不再嘻嘻哈哈地跟她开玩笑,而她微微咬着下唇,紧紧抱着超市的购物袋。过了好久之后,她才说:"我到了,那边不好停车,就在这里放我下去吧。"

"没事。"他径直将车开过去,大咧咧就停在禁停标志旁,问她,"是这里吗?"

她点点头,刚推开车门,他已经下车了,抢先拿过她的两个大袋子:"我送你上去!"

"不用了!"

他坚持:"我送你!"

他还拿着她的东西,她总不好跟他去硬抢,只好侧身在前面引路。搭电梯上了楼,穿过走廊到了门前,她说:"谢谢,我到了。"

"我帮你提进去。"他皱着眉头看着透明的购物袋,"方便面、方便粉丝、火腿罐头、面包,你成天就吃这个啊?"

"要上班,有时候来不及做饭。"她有点局促不安,可他跟尊铁塔似的堵在门边,她只好开门让他进去,幸好大白天的,这么一位客人,还不算别扭。

她先给他倒了杯茶,然后把那两大袋东西放到冰箱去。他捧着茶杯跑到厨房里来,问她:"你这房子是买的还是租的?"

"租的。"

"西晒啊。"他一脑门子的汗,"你这整面墙都是烫的,不热吗?"

今天气温太高,其实她一进门就开了空调,只不过温度还没降下去。她有点歉疚,手忙脚乱拿了遥控器,把温度又往下调。

空调还在"嘀嘀"地响,突然听到他说:"我给你找套房子吧。"马上又补上一句,"别误会,我有个朋友是做房地产中介的,他手头一定有合适的,还可以比市面便宜一点,你付租金给人家就行了。"

她是惊弓之鸟,哪里还敢占这样的便宜,连忙摇头:"不用了,我住这里挺好的。我有套房子,振嵘留给我的……不过没有装修……等装修好了就可以搬了。"

上官说:"那要不我请你吃饭吧,当赔罪。"

其实他又没得罪她,她只好说晚上已经约了人,他倒又笑了:"说谎真不是好习惯。我中午没吃饱,已经饿了。别客套了行不行?虽然咱们才刚认识,可是雷二的弟弟,就跟我的弟弟一样,走吧,就是吃顿饭。"

这样含蓄地提到振嵘,但她努力让自己看起来并不可怜,她不需要人家的怜悯。他大约自悔失言:"你看,我饿得连话都不会说了。我请你吃烤肉吧,省得我一个人吃饭怪无聊的。"

虽然是油腔滑调的公子哥,可是突然一本正经起来,倒让人不好拒绝。两个人下了楼,却正好看到交警指挥着拖车,正把他那部拉风的R8车头吊起。

"喂喂!"他急忙冲过去,"警察同志,等一下!请等一下!"

交警打量了他一眼:"你是车主?"指了指硕大的禁停标志,

"认识这是什么吗？"

他满头大汗："同志，是这样的，您听我说。我跟女朋友吵架了，她下车就走了，我只好把车撂这儿去追她，好不容易把她哄得回心转意，您看，我这不是马上就回来了？"他指了指不远处的杜晓苏，"您看看，您要把车拖走了，她一生气，又得跟我吵，我跟她还打算明天去拿结婚证，这下子全黄了。您做做好事，这可关系我的终身幸福……"

警察半信半疑地看了杜晓苏一眼，又看了一脸诚恳的上官一眼，再看了看那部R8，终于取出罚单来，低头往上抄车牌："自己去银行交两百块罚款，车就不拖了。"

"谢谢，谢谢。"上官接过罚单，似乎发自肺腑地感叹，"您真是一个好人！"

警察指挥拖车把车放下来，又教训上官："就算是跟女朋友急了，也要注意遵守交通规则啊。"

"是、是。"

"还有小姑娘。"警察转过脸去，又教训杜晓苏，"大马路上闹什么脾气，危险得来！"

"就是！"上官冲杜晓苏眨了眨眼睛，"走吧！咱吃烤肉去。"

上了车杜晓苏才说："你撒起谎来真是顺溜。"

"开玩笑，我是上市公司董事。"他的表情很严肃很正经，"什么叫上市公司你知道吗？就是撒起弥天大谎来还面不改色那种。"

杜晓苏终于忍不住"噗"地笑了。

上官夸她:"你看你笑起来多好看啊,你就应该多笑笑。"

她有点怅然地又笑了笑。

本来以为他会带自己去那种热闹非凡的巴西餐厅,谁知道他带她跑到另一个区去,找着一间小小的馆子:"告诉你,本市最好吃的烤肉,就在这儿。"

没想到他这种公子哥还能找着这种吃饭的地方。地方狭小,桌子上还带着油腻,店里有着烟熏火燎的气息,服务员对他们爱理不理,可是烤肉好吃得不得了,他吃得满嘴油光,问她:"好吃吧?"

她嘴里都是肉,点点头。

他很满意她的吃相:"这就对了,吃饱了就会开心点。"

她喝了口果汁,说:"我没有不开心。"

"看看你,又撒谎。"他随口说,"你眼睛里全是伤心。"

她怔了一下,才笑:"没想到你除了说谎顺溜,文艺腔也挺顺溜的。"

"其实我是本年度最值得交往的文艺男青年。"他举起杯来,仿佛无限谦逊彬彬有礼,"谢谢。"

她与他干杯,一口气喝下许多酸梅汁,然后踞案大嚼,吃掉更多的烤肉。

没想到就此和上官认识了。他很闲,又很聒噪,一个星期总有两三天找不到人吃饭,尤其是周末,总是打电话给她:"出来吃饭吧,吃友。"

于是她觉得挺奇怪的:"你不用忙生意?你们这些公子哥,应酬不都挺多的吗?"

"我是二世祖,什么叫二世祖你知道吗?就是光花钱不挣钱那种,除了吃喝玩乐,啥事也不用干。"

她问他:"你们家老爷子也不管你?"

"他忙着呢,哪有工夫管我。"

"那你不用继承家业什么的?"

"有我大哥在,哪轮得到我继承家业啊,再说我跟他不是一个妈生的。嗨,这事可不是一句话两句话讲得清,就不告诉你了。"

没想到如此快活的上官还有这样复杂的家世,她不由得想起TVB的豪门恩怨戏码,所谓家家有本难念的经,于是很知趣地再不多问。

这天他们吃的是徽州菜,整间餐厅就是一座徽州老祠堂,从徽州当地一砖一瓦拆运过来,之后再重新一一复位,木雕石雕都精美得令人叹为观止,真正的古风古韵,百年旧物,身在其间已经是一种享受,难得是菜也非常好吃。

只是没想到会遇上林向远和蒋繁绿。

杜晓苏远远看到蒋繁绿那妆容精致的脸就变了神色,偏偏蒋繁绿也看到了他们,竟然同林向远说了句什么,林向远朝他们看了一眼,有点无奈的样子,但还是起身,陪着蒋繁绿走过来。

这么庞大的城市,数以千万的人口,为什么总是要遇见双方都最

不愿遇见的人?

杜晓苏拿勺子拨着碗里的鱼汤,有点忐忑地想。

结果蒋繁绿走过来之后,只打量了她一眼,然后满脸笑容地跟上官打招呼:"小叔叔。"

她错愕地抬头看着上官,上官似乎很随意地点了点头,在外人面前他从来是这副漫不经心的派头:"你们来吃饭?"

"是。"蒋繁绿倒像是真见了长辈,有点毕恭毕敬的样子,杜晓苏倒觉得自己真没见过世面了。

他不向蒋繁绿介绍杜晓苏,也不向晓苏介绍蒋繁绿两口子,只对蒋繁绿说:"那吃饭去吧,不用管我。"

倒是林向远,还看了晓苏一眼,杜晓苏只管吃自己的,根本不理会他们。

等他们走开,上官才说:"我一远房侄女和她丈夫。"

她情绪压根没任何变化:"你还有这么大的侄女?"

他却有点悻悻:"我爹一把年纪了才生我,我们家亲戚又多,那些远的近的,何止侄女,连侄孙子都有了。"

杜晓苏压根没把这次偶遇放在心上,只是没想到过了几天,林向远竟然会给她打电话。

打到她的手机上,约她出来见面。

她推辞,可是林向远坚持:"要不你定地方吧,我只是有几句话告诉你,说完就走,不会耽搁你很久。"

她觉得啼笑皆非:"林副总,有什么话电话里说就可以了。"

他停了几秒钟,才说:"晓苏,对不起,我很抱歉。"

她觉得厌烦,自己当年怎么会爱上这么个人,总是在事后道歉,却不肯在事情发生的时候去承担。

年少时果然是见识浅薄。

她说:"如果是为上次的事,不必了。我知道你是好心想要帮助我,只不过令你太太有所误会,应该是我抱歉才对。"

他似乎叹了口气,却说:"晓苏,我知道是我对不起你。但你一个人孤身在这里,一定照顾好自己。"

她说:"谢谢。"总觉得他打电话来,不只是为这几句话。果然,他说:"晓苏,你知道上官博尧的底细吗?"

果然。

她在心里说,他要说他不是一个好人。

林向远说:"他不是好人,晓苏,离他远一点,这种公子哥,沾上了就死无葬身之地。"

她几乎冷笑:"林先生,谢谢你,谢谢你打电话来劝我迷途知返。不过我不想你太太又有什么误会,所以我们还是结束通话吧。至于我是不是跟公子哥交往,那是我的私事,与你没有任何关系。"

她"嗒"一声就把电话挂了,只觉得浑身恶寒,当年是如何鬼迷心窍,竟然为了这个人爱得死去活来。

但这件事也提醒了她,在外人眼里,也许她与上官的关系已经是

— 211 —

暧昧。所以上官再打电话来,她就不大肯出去,推说工作忙,很少再跟他去吃那些奇奇怪怪的东西了。

邹思琦对此很赞同,她说:"那个上官一看就眼带桃花,咱们这些良家少女,惹不起躲得起。"

杜晓苏见她挺了挺胸,忍不住笑:"还少女,马上就老了。"

邹思琦横了她一眼:"是呀,你马上就二十四了,好老了。"

她的眸子转瞬间黯淡下去。去年还有邵振嵘给她过生日,而今年,她已经只有她自己了。

只不过二十四岁,却仿佛这半生已经过去。

邹思琦说:"生日想怎么过?"

她说:"我想回家。"

【二十】

但她没有回家,请了假订到机票,去往那陌生而熟悉的城市。

上海不过是初秋,北国已经是深秋,路旁的树纷纷落着叶子,人行道上行人匆匆,风衣被风吹得飘扬起来。的士司机拉着她,在每一个街口问她:"往南还是往北?"

迷宫一样的旧城区,她竟然寻到了记忆中的那条小巷。虽然只来过一次,可是看到那两扇黑漆的院门,她就知道,是在这里。

付了车钱,拎着大包小包的礼物下车。

敲门之前,她有点紧张,不知道在害怕什么。结果保姆来开门,问她找谁,她还没答话,就听到赵妈妈的声音在院子里问:"是谁呀?"

她轻轻叫了声:"赵妈妈。"

赵妈妈看到她,一把就拉住了她的手,眼泪几乎都要掉下来:"孩子,你怎么来了?"

她只怕自己也要哭,拼命忍住,含笑说:"我来看看您。"

"到屋子里来,来。"赵妈妈拉着她的手不肯放,"你这孩子,

来也不说一声,我去接你,这地方可不好找。"

"没事,我还记得路。"

因为振嵘带她来过,所以她记得,牢牢记得,关于他的一切,她都会永远牢牢记得。

赵妈妈拉着她的手,看到她手指上的戒指,忍不住拭了拭眼角,却还是勉强笑着端详她:"怎么又瘦了?今天你二哥正巧也回来了,赵妈妈真高兴,你还能来看我。"

她这才看到雷宇峥。北方深秋瓦蓝瓦蓝的天空下,他站在屋檐底,秋天澄静的阳光映在他的发顶上,那光晕衬得他头发乌黑得几乎发蓝,或许因为穿了件深蓝色的毛衣,显得温文儒雅,与他平常的冷峻大相径庭。她想起振嵘来,更觉得难过。

保姆给她倒了茶,赵妈妈把她当小孩子一般招待,不仅拿了果盘出来,还抓了一把巧克力给她:"吃啊,孩子。"

她慢慢剥着巧克力的锡纸,放进嘴里,又甜又苦,吃不出是什么滋味。赵妈妈张罗着亲自去买菜,对他们说:"你们今天都在这儿吃饭,我去买菜,你们坐一会儿。小峥,你陪晓苏说说话。"

絮絮的家常口气,杜晓苏只觉得感动,等赵妈妈一走,她又不知道能跟雷宇峥说什么,只是默默捧着杯子喝茶。茉莉花茶,淡淡的一点香气,萦绕在齿颊间,若有若无。屋子里很安静,难得能听到鸽哨的声音,朝南的大窗子里可以看见院中两棵枣树,叶子已经差不多落尽了,枝头缀满了红色的小枣,掩映一院秋色。时间仿佛静止,只有檐下的阳光,暖暖地映在窗前,让人想起光阴的脚步。她想着邵振嵘小时候的样子,是不是也在北国这样的秋天里,无忧无虑地玩乐。

"你来干什么?"他的声音突然打破了她的遥想。她似乎被吓了一跳,有点发怔地看了他好几秒钟,才知道回答:"我就来看看赵妈妈。"

他没再说什么,终归是不怎么待见她吧,从一开始到现在。

但赵妈妈回来后,他又变了副模样,待她很有礼貌,似乎跟赵妈妈一样没拿她当外人,尤其是吃饭的时候。赵妈妈把炖的老母鸡的一只大腿夹给他,另一只夹给了晓苏:"你们两个都多吃点,成天忙啊忙啊,饭也不好好吃。"

他似乎想逗赵妈妈开心,三下五除二就把那只鸡腿啃完了,还问:"还有吗?我可以一起收拾。"

"贫得你!"赵妈妈亲昵地拿筷头轻轻戳了他一下,"这么多年也不见你带个姑娘回来给我瞧瞧,你真打算一辈子光棍呢?"

雷宇峥说:"您怎么跟我妈一样,见着我就念叨呢?"

赵妈妈笑了:"你也知道啊,快点找个好姑娘,让我和你妈妈都放心。"

雷宇峥笑着哄赵妈妈:"您别急了,回头我找一特漂亮贤惠的,保管您满意。"

赵妈妈说:"你这话都说了几年了,也没见你有什么真动静,去年在这儿吃饭你就说了一次……"想起上次雷宇峥说这话的时候,正是邵振嵘带晓苏回来的那次，只见着晓苏低头用筷子拨着米，又忍不住叹了口气。

晓苏知道她是想起了邵振嵘，心里难过，她心中更难受，可是却不能显露出来，只作是欢欢喜喜，吃完这顿饭。

赵妈妈听说她是来出差，同事订好了酒店，稍稍觉得放心："让你二哥送你回去。"

送她出门的时候，赵妈妈仍旧一直握着她的手，最后，还轻轻地在她手上拍了拍："振嵘不在了，你要自己照顾好自己。"

隔着车窗，她一直笑着，跟赵妈妈挥手道别。赵妈妈站在院子门口，含笑看着她，如同看着自己的孩子。因为振嵘是她一手带大的孩子，所以赵妈妈才将她也视如己出。

直到车出了胡同口，赵妈妈的身影再看不到了，她才哭出声来。

她已经觉得自己再也哭不出来了，连眼泪都早已经流尽了，可是终究是忍不住。

她根本就不敢回家去，更不敢见父母。因为父母一直希望她幸福，可是这世上她爱的那个人不在了，她怎么可能还会有幸福？

她哭得难以自抑，眼泪涌出眼眶，毫无阻碍地顺着脸颊流下去。透过模糊的泪眼，路灯一盏一盏从眼前掠过，一颗颗都像流星。她生命里最美好的过去，就像是流星，曾经那样璀璨，曾经那样美丽，她却没有了邵振嵘。

她一步步找回来，可是那些曾经的快乐，已经再也不见了。

再难再苦，只得她自己一个人。

她不知道哭了多久，最后车子停下来，停在红灯前，他递了一块手帕给她。

她接过去，按在脸上，断续地发出支离破碎的声音："今天是我生日……"

她不知道身边是谁，她只需要倾诉，哽咽着，固执地说下去："我今天二十四岁。你相信吗？他说过，今年我的生日，我们就结婚……去年的今天，我还是全天下最幸福的人……"她把那些过去的美好，如同记忆里的珍珠，一颗颗拾起来，却没有办法重新串成一串。她讲得颠三倒四，因为太美好，她都已经快记不得自己还曾有过那样的幸福，和他在一起，每件事，每一天。他曾那样爱过她，他曾那样待过她，她曾经以为，那会是一辈子。

可是她的一辈子，到了二十四岁之前，就止步不前。

太多太美好的东西，她说不下去，只能断断续续地诉说，然后更多的眼泪涌出来。她哭了一遍又一遍，手帕湿透了，他又把后座的纸巾盒拿过来给她。她抱着纸巾盒，喃喃地讲述，那些过往，那些邵振嵘为她做的事，那些邵振嵘对她的好。说到一半她总是哽咽，其实不需要，不需要告诉别人，她自己知道就好，那是她的邵振嵘，独一无二的邵振嵘。

最后她哭得累了，抱着纸巾盒睡着了。

雷宇峥不知道她住哪家酒店，她哭得精疲力竭，终于睡着了，而

— 217 —

眼睫毛还是湿的,带着温润的泪意。他想,自己总不能又把她弄回家去。可是如果把她叫醒,难保她不会再哭。他从来没见过人有这么多的眼泪,没完没了,她哭的声音并不大,可是却一直哭一直哭,哭到他觉得连自己车上的座椅都要被她的眼泪浸湿了。

他在四环路上兜着圈子,夜深人静,路上的车越来越少。也不知道该往哪里去,或者怎么办,于是就一直朝前开,只有红绿灯还寂寞地闪烁着。车内似乎安静得可以听到她的呼吸,每一次转弯,他总可以听到转向灯"嗒嗒"地轻响,就像有人在那里,嘀嘀嗒嗒地掉着眼泪。

最后他把车停在紧急停车带上,然后下车。

幸好身上还有烟,于是背过身避着风点燃。

这城市已经沉沉睡去,从高架桥上望下去,四周的楼宇唯有稀疏的一星两星灯光。全世界的人都睡着了,连哭泣的那个人,都已经睡着了。

他站在护栏前,指间明灭的红星璀璨,仿佛让人奇异地镇定下来。身后有呼啸的车声,隐约似轻雷,却遥远得似另一个世界。

不可触摸,仿佛遥不可及。

凌晨三点多杜晓苏醒过来,才发现自己抱着纸巾盒靠在车窗上睡得头颈发硬。而车闪着双尾灯,停在空阔的高架桥上。

她有点发怔。车门终于被打开,他带进清冽的深秋寒风,与陌生的烟草气息。

— 218 —

他根本没看她，只问："你住哪个酒店？"

其实出了机场她就去找那个小小的四合院了，根本就没订酒店，她小声说："随便送我去一家就行了。"

他终于看了她一眼："那你的行李呢？"

她木然地摇了摇头，除了随身的小包，她也没带行李来。

没过多久他们就下了辅路，走了一阵子，驶进一片公寓区，最后他把车停下，很简单地说："下车。"

她抱着纸巾盒跟着他下了车，他在大厅外按了密码，带她进入公寓，直接搭电梯上楼。

房子的大门似乎是指纹锁，扫描很快，两秒钟就听到"嗒"一响，锁头转动，然后门就开了，玄关的灯也自动亮了。走进去看到客厅很宽敞，只是地毯上乱七八糟，扔了一堆杂志。

她觉得精疲力竭，只听他说："左手第二间是客房，里面有浴室。"

她抱着纸巾盒，像梦游一样踩在软绵绵的地毯上。他消失了半分钟，重新出现的时候拿着一堆东西，是新的毛巾和新的T恤："凑合用一下吧。"

她实在是很困了，道了谢就接过去。

她进了浴室才想起来放下纸巾盒，草草洗了个澡，就躺到床上去。

床很舒服，被褥轻暖，几乎是一秒钟后，她就睡着了。

这一觉她睡得很沉很沉，若不是电话铃声，她大约不会被吵醒，她睡得迷迷糊糊，反应过来是电话。神志还不甚清醒，手指已经抓到

听筒:"喂……你好……"

电话那头明显怔了一下,她突然反应过来,这不是自己家里,这也不是自己的座机。有几秒她不知道该怎么办才好,但犹豫只是一刹那的事,她当机立断把电话挂掉了。

令人奇怪的是铃声没再次响起,或者那人没有试着再打来。

她已经彻底地清醒过来,想起昨天的事情,不由得用力甩了一下头,仿佛这样可以令自己清醒一些。但总觉得不好意思,坐在床上发了一会儿怔,终于下床去洗漱,然后轻手轻脚出了房间。

雷宇峥站在客厅窗前吸烟。

落地窗本来是朝东,早晨光线明亮,他整个人似被笼上一圈茸茸的金色光边。听到她出来,他也没动,只是向身边烟灰缸里掸了掸烟灰。

他不说话的时候气质冷峻,杜晓苏不知为什么总有一点怕他,所以声音小小的:"二哥。"听她这样称呼,他也没动弹,于是她说,"谢谢你,我这就回去了。"

他把烟掐熄了,回过头来,语气有一种难得的温和:"有些地方,如果你愿意,我带你去看看吧。"

他们去了很多地方,他开着车,带着她在迷宫一样的城市中穿行。那些路上十分安静,两侧高大的行道树正在落叶,偶尔风过,无数叶子飞散下来,像一阵金色的疾雨,擦着车窗跌落下去。偶尔把车停下来,他下车,她也就跟着下车。

他在前面走，步子不紧不慢，她跟在后面。这些地方都是非常陌生、毫不起眼的大院，走进去后才看见合抱粗的银杏树与槐树，掩映着林荫道又深又长，隔着小树林隐约可见网球场，场里有人在打球，笑声朗朗。陈旧的苏联式小楼，独门独户，墙上爬满了爬山虎，叶子已经开始凋落，于是显出细而密的枝藤脉络，仿佛时光的痕迹。人工湖里的荷叶早就败了，有老人独自坐在湖中亭里拉手风琴，曲调哀伤悠长。留得残荷听雨声，其实天气晴好得不可思议，这城市的秋天永远是这样天高云淡。

雷宇峥并不向她解说什么，她也只是默默看着，但她知道邵振嵘曾经生活在这里，他曾经走过的地方，他曾经呼吸过的空气，他曾经坐过的地方，他曾经在这里度过很多年的时光。

黄昏时分他把车停在路边，看潮水般的学生从校门里涌出来，他们走进去的时候，校园已经十分宁静。白杨树掩映着教学楼，灰绿色的琉璃瓦顶，迷宫似的长长走廊，仿佛寂落而疲倦的巨人。越往后走，越是幽静，偶尔也遇见几个中学生，在路上嬉闹说笑，根本不会注意到他们。

穿过树林，沿着小径到了荷花池畔。说是荷花池，里面没有一片荷叶，池边却长着一片芦苇，这时节正是芦苇飞絮，白头芦花衬着黄昏时分天际的一抹斜晖，瑟瑟正有秋意，仿佛一轴淡墨写意。池畔草地上还有半截残碑，字迹早就湮灭浅见，模糊不清。他在碑旁站了一会儿，似乎想起什么，天色渐渐暗下来，最后他走到柳树下，拿了根

枯枝，蹲下去就开始掘土。

杜晓苏最开始不明白他在做什么，只见那树枝太细，使力也不称手，才两下就折了，他仍旧不说话，重新选了块带棱角的石头，继续挖。幸好前两天刚下过雨，泥土还算松软，她有点明白他在做什么了，于是也拣了块石头，刚想蹲下去，却被他无声地挡开。她不作声，站起来走远了一点，就站在断碑那里，看着他。

那天她不知道他挖了多久，后来天黑下来，她站的地方只能看到他的一点侧脸，路灯的光从枝叶的缝隙间漏下来，他的脸也仿佛是模糊的。很远的地方才有路灯，光线朦胧，他两手都是泥，袖口上也沾了不少泥，但即使是做这样的事情，亦是从容不迫，样子一点也不狼狈。其实他做事认真的样子非常像邵振嵘，可是又不像，因为记忆中邵振嵘永远不曾这样。

最后把盒子取出来，盒子埋得很深，杜晓苏看着他用手巾把上面的湿泥拭净，然后放到她的面前。

她不知道盒子里是什么，只是慢慢地蹲下去，掀开盒盖的时候她的手都有点发抖。铁盒似乎是巧克力的铁盒，外面还依稀可以看清楚花纹商标，这么多年盒盖已经有点生锈，她掀了好久都打不开，还是他伸过手来，用力将盒盖揭开了。

里面是满满一盒纸条，排列得整整齐齐，她只看到盒盖里面刻着三个字：邵振嵘。

正是邵振嵘的字迹，他那时的字体，已经有了后来的流畅飞扬。

可是或许时间已经隔得太久，或许当时的少年只是一时动了心思，才会拿了一柄小刀在这里刻上自己的名字，所以笔画若断若续，仿佛虚无。

她有点固执地蹲在那里，一动不动，仿佛这三个字，已经吸去她全部的灵魂，只余了一具空蜕。

【二十一】

那些纸条，七零八落，上面通常都写着寥寥一两句话，都是邵振嵘的笔迹。她一张一张地拿出来。

从稚嫩到成熟，每一张都不一样。

第一张歪歪扭扭的字："我想考100分。"

第二张甚至还有拼音："我想学会打lan球。"

"曾老师，希望你早日jian kang，快点回到课堂上来，大家都很想念你。"

"我想和大哥一样，考双百分，做三好学生。"

"妈妈，谢谢你，谢谢你十年前把我生出来。爸爸、大哥、二哥，我爱你们，希望全家人永远这样在一起。"

"秦川海，友谊万岁！我们初中见！"

"二哥，你打架的样子真的很帅，不过我希望你永远不要打架了。"

"物理竞赛没有拿到名次，因为没有尽最大的努力，我很羞愧。"

"爸爸有白头发了。"

"何老师，那道题我真的做出来了。"

……

纷乱的纸条，一张张的，记录着曾经的点点滴滴。他一张张看着，她也一张张看着，那样多，一句两句，写在各种各样的纸条上，有作业簿上撕下来的，有白纸，有即时贴，有小卡片……

"李明峰，我很佩服你，不是因为你考第一，而是因为你是最好的班长。"

"各位学长，别在走廊抽烟了，不然我会爆发的！"

"韩近，好人一生平安！加油！我们等你回来！"

"妈妈，生日快乐！"

"奖学金，我来了！"

"以后再也不吃豆腐脑了！"

"大哥，大嫂，永结同心！祝福你们！"

"上夜班，上夜班，做手术，做手术！"

"希望感冒快点好！"

"今天很沮丧，亲眼看到生命消逝，却没有办法挽救。在自然的法则面前，人类太渺小了，太脆弱了。"

"加油！邵振嵘，你一定行！"

……

直到看到一张小小的便条，上面也只写了一句话，却出人意料竟然是她的字迹："我不是小笨蛋，我要学会做饭！"

她想起来，这张纸条是贴在自己冰箱上的，她都不知道什么时候被他揭走了。后面一行字，写得很小很小，因为地方不够了，所以挤成一行。她看了一遍又一遍，他写的是："邵振嵘爱小笨蛋。"

她都没有哭，也没有想起什么，其实总归是徒劳吧，她这样一路拼命地寻来，他过往的二十余年里，她只占了那小小的一段时光。不甘心，不愿意，可是又能如何，她没有福气，可以这一生都陪着他往前走。

她抱着那铁盒，像抱着过往最幸福的时光，像抱着她从未曾触摸过的他的岁月，那些她还不认识他，那些她还不知道他的岁月，那些一起有过的日子，那些她并不知道的事情。

穿越遥遥的时空，没有人可以告诉她，怎么能够往回走，怎么可以往回走。

透过模糊的视线，也只可以看到这些冰冷的东西，找不到，找不回来，都是枉然，都是徒劳。

雷宇峥站得远，也看不出来她是不是在哭，只能看到她蹲在那里，背影仿佛已经缩成一团，或许是可怜，总觉得她是在微微发抖。

路灯将她的影子缩成小小的一团，她还是蹲在那里。他突然想抽一支烟，可是手上都是泥。他走到池边去洗手，四周太安静，微凉的水触到肌肤，有轻微的响声，水从指端流过，像是触到了什么，其实什么也没有，水里倒映了一点桥上的灯光，微微晕成涟漪。

杜晓苏不知道自己那天在池边蹲了多久，直到天上有很亮的星

-226-

星，东一颗，西一颗，冒出来。

北方深秋的夜风吹在身上很冷，她抱着铁盒，不由自主打了个寒战，只想把自己蜷缩起来，才听到雷宇峥说："走吧。"

她站起来，小腿有些发麻，一点点瘆意顺着脚腕往上爬，像有无数只蚂蚁在肌肤里咬噬着。他在前面走，跟之前一样并不回头，也不管她跟得上跟不上，直到走到灰色高墙下，杜晓苏看着无路可去的墙壁还有点发愣，他已经把外套脱下来。没等她反应过来，他已经蹬上了树杈，一只手拎着外套，另一只手在树干上轻轻一撑，非常利落就落在了墙头上，然后转身把外套搁到墙头上，向她伸出一只手。

她只犹豫了一秒钟，就尝试着爬上了树，但她不敢像他那样在空中跃过，幸好他拉了她一把。饶是如此，她还是十分狼狈地手足并用，才能翻落在墙头。好在墙头上垫着他的外套，直到手肘贴到他的外套，触及织物的微暖，才悟出他为什么要把衣服搁在这里。因为她穿着昨天那件半袖毛衣，而墙头的水泥十分粗糙。其实他为人十分细心，并不是坏人。

墙不高，可以看到校园内疏疏的路灯，还有墙外胡同里白杨的枝叶，在橙黄的路灯下仿佛一湾静静的溪林。

雷宇峥抬起头来，天是澄静的灰蓝色，许多年前，他和邵振嵘坐在这里，那时候兄弟两个人说了些什么，他已经忘记了。他一直以为，这辈子还有很多很多的时间和机会，可以跟邵振嵘回到这里，再翻一次墙，再次纵声大笑，放肆得如同十余年前的青春。

可是再没有了。

杜晓苏十分小心地学着他的样子坐下来，脚下是虚无的风，而抬起头来，却发现墙内的树和墙外的树并不是一种，有些树的叶子黄了，有些树的叶子还是绿色的，枝枝叶叶，远远看去渐渐融入了夜色。天上有疏朗的星星，闭起眼，仿佛有一丝凉而软的风从耳畔掠过。

他拿了支烟，刚掏出打火机，忽然想起来问她："你要不要？"

不知道为什么，她点了点头。于是他就给了她一支烟，并且用打火机替她点燃。

风渐渐息了，十指微凉，捧着那小小的火苗移到她的掌心，瞬时照亮他的脸，不过片刻，又重新湮灭在夜色中，只余一点红芒，仿佛一颗寒星。

这是她第一次抽烟，不知为什么没有被呛住，或许只是吸进嘴里，再吐出来，不像他那样，每一次呼吸都似乎是深深的叹息。

但他几乎从来不叹气，和邵振嵘一样。

夜一点一点安静下来，白杨的叶子被风吹得哗哗轻响，很远的地方可以听见隐约的车声，遥远得像是另一个世界。他指间的那一星红芒，明灭可见。她不知道他在想什么，可是他的样子，或许是想起了邵振嵘。他的大半张脸都在树叶的阴影里，什么都看不清楚。但四周奇异的安静里，她猜度，当年邵振嵘或许也曾经坐在这里，两个神采飞扬的少年，在墙头上带着青春的顽劣，俯瞰着校园与校外。

有车从墙下驶过，墙外的胡同是条很窄的双向车道，胡同里很少有行人经过，车亦少。路灯的光仿佛沙漏里的沙，静静地从白杨的枝叶间漏下来，照在柏油路面中间那根黄色的分隔线上，像是下过雨，湿润润的，光亮明洁。

夜色安静，这样适合想念，他和她安静地坐在那里，想念着同一个人。

就像时间已经停止，就像思念从此漫长。

最后他把烟头掐熄了，然后掸了掸衣服上的烟灰，很轻巧地从墙头上跃下去。杜晓苏跳下去的时候趔趄了一下，右脚扭了一下，幸好没摔倒，手里的东西也没撒。他本来已经走出去好几步了，大约是听见她落地的声音，忽然回过头来看了看她。她有些不安，虽然脚踝很疼，但连忙加快步子跟上他。

越走脚越疼，或许是真扭到了，但她没吱声。他腿长步子快，她咬紧牙几乎是小跑着才跟上他。从胡同里穿出去，找着他的车，上车之后他才问她："想吃什么？"

上了车才觉得右脚踝那里火辣辣地疼，一阵一阵往上蹿，大约是刚才那一阵小跑雪上加霜。但她只是有点傻乎乎地看着他，像是没听懂他的话，于是他又问了一遍："晚饭吃什么？"

两个人连午饭都没有吃，更别说晚饭了，可是她并不想吃东西，所以很小声地说："都可以。"

下车的时候脚一落地就钻心般地疼，不由得右脚一踮，他终于觉

察了异样:"你把脚扭了?"

她若无其事地说:"没事,还可以走。"

是还可以走,只是很疼,疼得她每一步落下去的时候,都有点想倒吸一口气,又怕他察觉,只是咬着牙跟上。进了电梯后只有他们两个人,她很小心地站在他身后,低头看了看自己的脚,脚踝那里已经肿起来了,大约是真崴到了。

进门后他说:"我出去买点吃的。"

没一会儿他就回来了,手里拎着两个袋子,把其中一个袋子递给她:"喷完药用冰敷一下,二十四小时后才可以热敷。"

没想到他还买了药。他把另一个袋子放在茶几上,把东西一样样取出来,原来是梅子酒和香草烤鸡腿。

她鼻子有点发酸,因为邵振嵘最爱吃这个。

他把烤鸡腿倒进碟子里,又拿了两个酒杯,斟上了酒,没有兑苏打,亦没有放冰块。没有跟她说什么,在沙发中坐下来,端起酒杯来,很快一饮而尽。

她端起酒杯,酒很香,带着果酒特有的甜美气息,可是喝到嘴里却是苦的,从舌尖一直苦到胃里。她被酒呛住了,更觉得苦。

两个人很沉默地喝着酒,雷宇峥喝酒很快,小小的碧色瓷盏,一口就饮尽了。喝了好几杯后他整个人似乎放松下来,拿着刀叉把鸡腿肉拆开,很有风度地让她先尝。

很好吃,亦很下酒。他的声音难得有一丝温柔,告诉她:"振嵘原来就爱吃这个。"

她知道,所以觉得更难过,把整杯的酒咽下去,连同眼泪一起,她声音很轻:"谢谢。"

他长久地沉默着,她说:"谢谢你,明天我就回去了。"

他没有再说话,转动着手中的酒盏,小小的杯,有着最美丽的瓷色,仿佛一泓清碧。

她像是自言自语:"谢谢你让我看到那些纸条,谢谢。"

他仍旧没有说话,她说:"我以前总是想,有机会要让邵振嵘陪我走走,看看他住过的地方,他读书的学校,他原来做过的事,他原来喜欢的东西。因为在我认识他之前,我不知道他的生活是什么样子。他开心的时候我不知道,他伤心的时候我也不知道,我就想着有天可以跟他一起,回来看看,他会讲给我听。我知道的多一点儿,就会觉得离他更近一点,可是他——"她有点哽咽,眼睛里有明亮的泪光,却笑了一笑,"不过我真高兴,还可以来看看。我本来以为他什么都没有留给我,可是现在我才知道——他留给了我很多……"她吸了吸鼻子,努力微笑,有一颗很大的泪从她脸上滑落下来,但她还是在笑,只是笑着流泪,她的眼睛像温润的水,带着落寞的凄楚,但嘴角倔强地上扬,似乎是在努力微笑。

"不用谢我。"他慢慢地斟满酒,"本来我和振嵘约好,等我们都老了的时候,再把这个盒子挖出来看。"

可是,已经等不到了。

他的眼睛有薄薄的水汽，从小到大，他最理解什么叫手足，什么叫兄弟，他说："这个盒子交给你，也是应该的。"

她很沉默地将杯子里的酒喝掉。也许是因为今天晚上触动太多，也许是因为真的已经醉了，他出人意料地对她说了很多话，大半都是关于振嵘很小的时候的一些琐事，兄弟俩在一起的回忆。他们读同一所小学，同一所中学，只不过不同年级。她是独生女，没有兄弟姐妹，而他的描述并没有条理，不过是一桩一件的小事，可是他记得很清楚。这是她第一次听他说这么多话，也是她第一次觉得他其实非常疼爱邵振嵘，他的内心应该是十分柔软的，就像邵振嵘一样，他们兄弟其实很像，不论是外表还是内在。

一杯接一杯，总是在痛楚的回忆中一饮而尽。他的声音带着明显的醉意，窗外非常安静，也许是下雨了，她也喝得差不多了，说话也不是特别清楚："如果振嵘可以回来，我宁可和他分手，只要他可以活着……"

总归是傻吧，明明知道邵振嵘不会再回来了，就算她再怎么伤心，他也不会再回来了。

酒意突沉，她自己也管不住自己的语无伦次："我知道你很讨厌我，我也很讨厌我自己。我配不上邵振嵘，配不上就是配不上，你当时说的话都是对的，如果我早点离开他就好了，如果我从来没有遇上他就好了。不过，他一定还是会去灾区的，因为他是个好人，他就是那么傻，他就是一定会去救人的，因为他是医生。可是如果我不遇见他,我也许就觉得自己没有这么讨厌了……"

他说:"你也不讨厌,有时候傻头傻脑,还跟振嵘挺像的。"

"振嵘才不傻!"她喃喃地说,"他只是太好、太善良……"她想起那些纸条,想起他说过的每一句话,想起他做过的每一件事,想起她与他的每一分过往,命运如此吝啬,不肯给予她更多的幸福。

回忆是一种痛彻心扉的幸福。

他的眼睛看着不知名的虚空:"在我心里他一直是小孩子,总觉得他傻呢。"

原来振嵘也觉得她傻,因为他也把她当成小孩子,所以才觉得她傻。很爱很爱一个人,才会觉得他傻吧,才会觉得他需要保护吧,才会觉得他需要自己的怜惜吧。

她觉得酒气上涌,到了眼里,变成火辣辣的热气,就要涌出来。她摇着脑袋,似乎想努力清醒些,可是他的脸在眼前晃来晃去,看不清他到底是谁……她用很小很小的声音说:"我可不可以抱一下你,只一会儿。"

她很怕他拒绝,所以不等他回答,立刻就伸手抱住了他。

他身上有她最熟悉的味道,也许是错觉,可是如此亲切。他背部的弧线,让她觉得熨帖而安心,就像他不曾离去。她把脸埋在他背上,隔着衣衫,仿佛隔着千山万水,而今生,已然殊途,再无法携手归去。

过了很久很久,她一直都没敢动,只怕轻轻一动,满眶的眼泪就

要落下来。

她的手还软软地交握在他腰侧,很细的手指,似乎也没有什么力量。她的呼吸有点重,有一点温润的湿意,透过了他的衬衣。

他侧过脸就可以看见她微闭的眼睛,睫毛仿佛湿漉漉,像是秋天早晨湖边的灌木,有一层淡淡的雾霭。她的瞳仁应该是很深的琥珀色,有一种松脂般的奇异温软,像是没有凝固,可是却难以自拔,在瞬间就湮灭一切,有种近乎痛楚的恍惚。

他知道自己喝高了,酒劲一阵阵往头上冲,他努力地想要推开她,而她的呼吸里还有梅子酒清甜的气息。太近,看得清她睫毛微微的颤动,就像清晨的花瓣,还带着温润的露水,有着一种羞赧的美丽。他也不明白自己在想些什么,就像没有任何思索的余地,已经吻在她唇上,带着猝不及防的错愕,触及不可思议的温软。

她开始本能地反抗,含糊地拒绝,可是他更加用力地抱紧了她,就像从来未曾拥有过。她的唇温软,却在呼吸间有着诱人的芳香,他没有办法停下来,就像是扑进火里的蛾,任由火焰焚毁着翅膀,粉身碎骨,锉骨扬灰,却没有办法停下来。

有一种痛入骨髓的悲伤,就像久病的人,不甘心,可是再如何垂死挣扎,再如何撑了这么久,不过是徒劳。他只知道自己渴望了许久,不知道从什么时候开始,心底就一直叫嚣着这种焦躁。而她恰如一泓清泉,完美地倾泻在他怀中,令他觉得沉溺,无法再有任何理智。明明是不能碰触的禁忌,酒精的麻痹却让他在挣扎中沦陷。

— 234 —

【二十二】

她一定是哭了,他的手指触到冰凉的水滴,却如同触到滚烫的火焰,突然醒悟过来自己在做什么。他很迅速地放开手,起身离开她。过了好久,才听见他的声音,语气已经恢复那种冷淡与镇定:"对不起,我喝醉了。"没等她说话,他就说,"我还有点事要出去,你走的时候关上门就行了。"

他径直搭电梯到车库,把车驶出了小区。他看着前方,又是红灯,才发觉车顶天窗不知什么时候打开了,风一直灌进来,吹在头顶很冷。他把天窗关上,在下一个路口转弯,却不知不觉绕回到小区门前。车子驶过的时候,正好看到她站在路边等出租车。深秋的寒风中,那件白色短袖毛衣很显眼,被路灯一映,倒像是淡淡的橙黄色。她孤零零地站在路灯下,其实不怎么漂亮,他见过那样多的美人,论到漂亮,无论如何她算不得倾国倾城。况且一直以来她眉宇间总有几分憔悴之色,像是一枝花,开到西风起时,却已经残了。

他有些恍惚地看着前面车子的尾灯,像是一双双红色的眼睛,流

连在车河中,无意无识,随波逐流。

他不知道驾车在街上转了多久,只记得不止一次经过长安街。这城市最笔直的街道,两侧华灯似明珠,仿佛把最明亮光洁的珍珠都满满地排到这里来了。他漫无目的地转弯,开着车驶进那些国槐夹道的胡同,夜色渐渐静谧,连落叶的声音都依稀可闻。偶尔遇上对面来车,雪亮的大灯变换前灯,像是渴睡的人,在眨眼睛。

夜深人静的时候终于回到家里,或许是车灯太亮,抑或是动静稍大,竟然惊动了邵凯旋。她披着睡袍出来,站在台阶上,看着是他进来,不由得有些吃惊:"怎么这时候回来了?"

他很少三更半夜跑回来,因为家里安静,一旦迟归惊动了父亲,难免要挨训。但此时只觉得又累又困,叫了一声"妈",敷衍地说:"您快回屋睡觉吧。"转身就朝西边跨院走去。邵凯旋似乎有几分不放心:"老二,你喝醉了?"

"没有。"他只觉得很累,想起来问,"爸呢,还没回来?"

"上山开会去了。"邵凯旋仔细打量他的神色,问,"你在外头闯祸了?"

"妈,"他有点不耐烦,"您乱猜什么?我又不是小孩子。"

邵凯旋说:"你们爷几个都是这脾气,回家就只管摆个臭脸,稍微问一句就上火跟我急。我是欠你们还是怎么着,老的这样,小的也这样,没一个让人省心。"

雷宇峥本来觉得倦极了,但又不得不勉强打起精神来应付母亲,

— 236 —

赔着笑："妈,我这不是累了吗?您儿子在外头成天累死累活的,又要应付资本家,又要应付打工仔,回来见着您,这不一时原形毕露了。您别气了,我给您捶捶。"说着就作势要替她按摩肩膀。

邵凯旋绷不住笑了："得了得了,快去睡觉。"

家里还是老式的浴缸,热水要放很久,于是他冲了个澡就上床睡觉了。

睡得极沉,中间口渴醒了一次,起来喝了杯水,又倒下去继续睡。睡了没多久似乎是邵凯旋的声音唤了两声,大约是叫他起来吃饭。不知为什么,全身都发软得不想动弹,于是没有搭理母亲,翻了个身继续睡。不知多久后终于醒来,只见太阳照在窗前,脑子里昏昏沉沉,可能是睡得太久了。想起来自己住的屋子是朝西的,太阳晒到窗子上,应该已经是下午了,不由得吃了一惊,拿起床头柜上的手表看,果然是午后了。

没想到一觉睡了这么久,可是仍旧觉得很疲倦,像是没睡好。他起来洗漱,刚换了件衬衣出来,忽然邵凯旋推门进来了,见他正找合适的领带,于是问:"又要出去?"

"公司那边有点事。"他一边说一边看邵凯旋沉下脸色,于是说,"上次您不是念叨旗袍的事,我叫人给您找了位老师傅,几时让他来给您做一身试试?"

邵凯旋叹了口气:"早上来看你,烧得浑身滚烫,叫你都不答应,我只怕你烧糊涂了。后来看你退了烧,才算睡得安稳一点。这么

- 237 -

大的人了，怎么不晓得照顾自己？发烧了都不知道，爬起来又拼命，又不是十万火急，何必着急跑来跑去？"

原来是发烧了。他成年后很少感冒，小时候偶尔感冒就发烧，仗着身体好，从来不吃药，总是倒头大睡，等烧退了也就好了。于是冲邵凯旋笑了笑："您看我这不是好了吗？"

邵凯旋隐隐有点担心："你们大了，都忙着自己的事，你大哥工作忙，那是没办法，你也成天不见人影。"她想起最小的一个儿子，更觉难过，说到这里就顿住了。

雷宇峥连忙说："我今天不走了，在家待两天。"又问，"有什么吃的没有？都饿了。"

邵凯旋果然被转移了注意力："就知道你起来要吃，厨房熬了有白粥，还有窝窝头。"

他在餐厅里吃粥，大师傅渍的酱菜十分爽口，配上白粥不由得让人有了食欲。刚吃了两勺粥，忽然听到有嫩嫩的童音"咿"了一声。

回头一看，正是刚满周岁的小侄女元元，摇摇摆摆走进来。牙牙学语的孩子，长得粉雕玉琢，又穿了条乳白色开司米裙子，身后背着对小小的粉色翅膀，活脱脱一个小天使，冲他一笑，露出仅有的几颗牙，叫他："叔叔。"他弯腰把孩子抱起来，让她坐在自己膝上，问她："元元吃不吃粥？"

元元摇头，睁大了乌溜溜的眼睛看着他："叔叔爱稀饭，元元不爱稀饭。"元元的妈妈韦泺弦已经走进来："哟，是叔叔爱吃稀饭。"元元顿时从他膝上挣扎下地,摇摇摆摆扑进母亲的怀抱。韦泺弦抱起女儿,却问雷宇峥:"你又在外面干什么坏事了?"

韦邵两家是世交,所以韦泺弦虽然是他大嫂,但因为年纪比他还要小两岁,又是自幼相识,说话素来随便惯了。于是他说:"你怎么跟老太太似的,一开口就往我头上扣帽子。"

"你要没闯祸,会无精打采坐在这儿吃白粥?"韦泺弦撇了撇嘴,"我才不信呢!"

"太累了,回家来歇两天不行吗?"

韦泺弦笑眯眯地将他上下打量了一番:"你该不会是终于遭了报应,所以才灰溜溜回来疗伤吧?"

雷宇峥怔了一下,才说:"我遭什么报应了?"

"相思病啊。"韦泺弦还是笑容可掬,"你每次甩女孩子那个狠劲啊,我就想你终有天要遭报应的。"

"我甩过谁了我?不就是一个凌默默,都多少年前的事了。再说那也不是我甩她啊,是她提的分手,我被甩了。"

"算了吧,还拿这些陈芝麻烂谷子事来搪塞我。我又不是老太太,你那些风流账啊,用不着瞒我。上个月我朋友还看到你带一特漂亮的姑娘吃饭呢,听说还是大明星。上上个月,有人看你带一美女打网球,还有上上上个月……"

雷宇峥面无表情地又给自己盛了一碗粥:"得了,你用这套去讹老大吧,看他怎么收拾你。"

韦泺弦"扑哧"一笑，抱着孩子在餐桌对面坐下来："哎，偷偷告诉你，你这钻石王老五混不成了，老太太预谋要给你相亲呢，念叨说你都这年纪了，不孝有三，无后为大。"

他拿着勺子舀粥的手都没停："胡说，老太太十二岁就被公派赴美，光博士学位就拿了俩，如假包换的高级知识分子，英文德文说得比我还溜，才不会有这种封建想法。"

韦泺弦笑盈盈地说："那你就等着瞧吧。"然后从碟子里拿了块窝窝头给小女儿。元元拿着那窝窝头，仿佛得到了新玩具，掉来掉去地看，过了好半天，才啃了一小口："窝窝不好吃，叔叔好吃。"

雷宇峥伸手刮了刮她的小鼻子："是叔叔吃窝窝，不是叔叔好吃。"

他在家住了两天，陪着母亲散心，逗小侄女说话，陪母亲给家里种的菊花压条，倒也其乐融融。幸好邵凯旋没有真让他去相亲。彩衣娱亲承欢膝下，逗得母亲渐渐高兴起来，才回上海去。

京沪快线随到随走，他搭早班机，上了飞机才发现旁边座位上的人是蒋繁绿。她明显也有点意外，最后笑了笑："好久不见。"

他点了点头，就当打过招呼了。

因为是这条航线的常态旅客，空乘都知道他的习惯，不用嘱咐就送上当日的报纸，他道谢后接过去，一目十行浏览新闻，忽然听得蒋繁绿说："对不起，我不知道杜小姐是你的朋友。"

他淡淡地答："她不是我朋友。"

她"哦"了一声，笑着说："我还以为她是你女朋友呢。"

他没什么表情："有什么话你就说吧，没必要这样。"

"我只是有点好奇，也没别的意思。"蒋繁绿若无其事地说，"毕竟杜小姐跟我小叔叔关系挺好的，说不定将来她还是我的长辈呢。"

他无动于衷，把报纸翻过一页："你以前不是这样的人，变了很多。"

蒋繁绿嫣然一笑："难得你还记得我以前的样子。"

他终于抬起头来，瞥了她一眼："上次我向你和你先生介绍杜晓苏，不是你自以为的那个意思。"他语气温和，"我和你已经分手多年，你嫁不嫁人，或者嫁了一个什么样的人，与我没有关系。但是，不要招惹杜晓苏，明白吗？"

"你误会了。"蒋繁绿神色已经十分勉强，"对不起，我真不知道杜小姐……"

他语气不可置疑，打断她："我说过，不要招惹她。"

蒋繁绿终于笑了一声："以前我总觉得你是铁石心肠，没想到还是可以绕指柔。"

"她是振嵘的女朋友。"他淡淡地说，"既然是我们雷家的人，谁要想为难她，当然要先来问过我。"

蒋繁绿终于不再说话。

下飞机后照例是司机和秘书来接他，公事多到冗杂，忙碌得根本没闲暇顾及任何事。到了晚上又有应酬，请客的人有求于他，所以在一间知名的新会所，除了生意场上的朋友，又邀了几位电影学院的美女来作陪。醇酒美人,历来是谈生意的好佐料,盛情难却,雷宇峥也只得打起精神来敷衍。好不容易酒过三巡,才脱身去洗手间。

出来正洗手,忽然进来两个人,他也没在意。忽然其中一个说:"我看上官今天怕是要喝高了。"

"哥几个都整他,能不高吗?"

上官这个姓氏并不多,雷宇峥抬头从镜子里看,觉得说话的那个人有点眼熟,也许在应酬场面上见过几次。但那人满脸通红,酒气醺醺,压根都没注意到他,只顾大着舌头说:"对了,今天上官带来的那个姓杜的妞儿,到底是什么来头?"

"哟,这你都不知道?上官的新女朋友,没听见她刚才说搬家,准是上官巴巴给她买了新房子。"

"新鲜!哪个女人跟得了他十天半月的,还买房子?这不就金屋藏娇,春宵苦短了……"

两个人哈哈地笑起来,雷宇峥把服务生递上来的毛巾撂下,随手扔了张票子当小费,转身就出了洗手间。

晚上的风很凉,适才拗不过席间的人喝了一点红酒,此刻终于有了一点微醺的酒意,杜晓苏把头靠在车窗玻璃上,听细细的风声从耳畔掠过。

上官一边开车一边数落:"叫你出来吃顿饭,比登天还难。这间餐厅做的橙蟹多好吃,没冤枉这一趟吧?话说你这房子终于装修好了,你得请我吃饭。到时候吃什么呢……要不咱们去岛上吃海鲜……"

杜晓苏终于打叠起一点精神："你怎么成天拉我吃饭？"

"谁让你成天闷在家里，别闷出病来。"他还是那副腔调，"我这是替雷二着想，他的弟妹不就是我的弟妹？再说你还这么年轻，有时间多出来玩玩，比一个人在家待着强。"

骤然听到雷宇峥的名字，她还是觉得有点刺耳。那天晚上恍惚的一吻，让她总有种错乱的慌乱，她本来已经竭力忘记，当作这事没有发生。他说他喝醉了，然后很快地离开，这让她松了口气，也避免了尴尬。但听到上官提到他，她还是觉得有些莫名的不安。

到了一品名城她住的楼下，他把车停下，她下车了又被他叫住："哎，明天晚上我来接你，请你吃饭。"

"我明天说不定要加班。"

"大好青春，加什么班？"

"我累了。"

"行，行，快上去睡觉。"上官一笑，露出满口白牙，"记得梦见我！"

有时候他就喜欢胡说八道，也许是招蜂引蝶惯了，对着谁都这一套，这男人最有做情圣的潜质。她拖着步子上楼，房子前天才装修好，今天又收拾了一整天，买家具摆家电什么的，上官又借口说乔迁之喜，拖她出去吃饭。

她找着钥匙开门，刚刚转开门锁，忽然有一只手按在门把上。她错愕地抬起头来，高大的身影与熟悉的侧脸，走廊里的声控灯寂然灭了，他的整个人瞬息被笼在黑暗里，那样近，又那样不可触及……她只是恍惚地看着他，喃喃地说："你回来了……"话音未落，那盏声控灯早已经重放光彩，清晰地照见他脸上的鄙夷与嫌恶，令她整个人猛然震了震。这不是邵振嵘，邵振嵘是再不会回来了，纵然她千辛万苦把房子找回来，纵然这是他与她曾经梦想过的家，但他不会再回来了。所以她怅然地看着他，看着如此相似的身影，浑不觉他整个人散发的戾气。

他只是冷笑："你还有脸提振嵘？"

她有些诧异地看着他，他是喝过酒，而且喝得并不少，离得这样远也能闻见他身上的酒气。上次他是喝醉了，她知道，可是今天他又喝醉了，为什么会出现在这里？仿佛是看透她的心思，他只说："把这房子的钥匙给我。"

她不知道自己又犯了什么错，只是本能地问："为什么？"

"为什么？你还有脸问为什么？"他嫌恶地用力一推，她几乎是跌跌撞撞退进了屋子里，外头走廊的光线投射进来，客厅里还乱七八糟放着新买的家具。看着他那样子，她不由自主又往后退了几步，差点绊在沙发上。他一步步逼近，还是那句话："把这房子的钥匙给我。"

"我不给。"她退无可退，腰抵在沙发扶手上，倔强地扬起脸，"这是我和振嵘的房子。"

【二十三】

胸中的焦躁又狠狠地汹涌而起，他咬牙切齿："别提振嵘，你不配！"他也不知道为什么自己语气会如此凶狠，几乎带着粉碎一切的恨意，"傍着了上官，行啊，那就把钥匙交出来。从今后你爱怎么就怎么，别再拉扯振嵘给你遮羞。"

话说得这样尖刻，她也只是被噎了噎："上官他就是送我回来，我又没跟他怎么样，你凭什么找我要钥匙？"

"是吗？敢做不敢认？你怎么这么贱，离了男人就活不了？你不是成天为了振嵘要死要活的，一转眼就跟别人打情骂俏，还有脸回这房子里来……"他轻蔑地笑了笑，"振嵘真是瞎了眼，才会看上你！"

他终于逼急了她，她说："你别用振嵘来指责我，我没有做对不起振嵘的事！我爱振嵘，我不会跟别人在一起，你也别想把钥匙拿走。"

她说的每一个字都像利剑般攒到他心里，无法可抑那勃发的怒意与汹涌而起的愤恨。并不是钥匙,并不是房子,到底是什么,他自己都不知道。只觉得厌恶与痛恨,就像想把眼前这个人碎尸万段,只有她立时就死了才好。他伸出手猝然掐住她的脖子,她奋力挣扎,想把手里的钥匙藏到身后去。她急切的呼吸拂在他脸上,他压抑着心中最深重的厌憎,一字一句地说:"你跟谁上床我不管,但从今以后,你别再妄想拉扯振嵘当幌子。"

她气得急了,连眼中都泛着泪光:"我没有对不起振嵘……"

他冷笑:"要哭了是不是?这一套用得多了,就没用了。一次次在我面前演戏,演得我都信了你了。杜晓苏,你别再提振嵘。你真是……贱!"

他的十指卡得她透不过气来,他呼吸中浓烈的酒气拂在她脸上,她听到他的骨指关节咯咯作响,他一定是真想掐死她了。这样不问情由不辨是非,就要置她于死地。许久以来积蓄的委屈与痛楚终于爆发,如果振嵘还在……如果振嵘知道,她怎么会被人这样辱骂,这样指责?他腾出一只手去折她的手臂,而她紧紧攥着钥匙,在涌出的泪水中奋力挣扎:"我就是贱又怎么样?我又没跟上官上床,我就只跟你上过床!你不就为这个恨我吗?你不就为这个讨厌我吗?那你为什么还要亲我?你喝醉了,你喝醉了为什么要亲我?"

她的话就像是一根针,挑开他心里最不可碰触的脓疮,那里面触目惊心的脓血,是他自己都不能看的。所有的气血似乎都要从太阳穴里涌出来,血管突突地跳着,他一反手狠狠将她抡在沙发里,她额头正好抵在扶手上,撞得她头晕眼花,半晌挣扎着想起来,他已经把钥匙夺走了。

她扑上去想抢回钥匙,被他狠狠一推又跌倒回沙发里,她的嘴唇哆嗦着——他知道她要说什么,他知道她又会说出谁的名字,他凶猛而厌憎地堵住她的嘴,不让她再发出任何声音,硬生生撬开她的唇,像是要把所有的痛恨都堵回去。

她像只小兽,绝望般呜咽,却不能发出完整的声音。他不知道自己在干什么,只是想将身下的这个人碎成齑粉,然后锉骨扬灰。只有她不在这世上了,他才可以安宁,只有她立时死了,他才可以安宁……这样痛……原来这样痛……原来她咬得他有这样痛。有血的腥气渗入齿间,但他就是不松开。她的手在他身上胡乱地抓挠,徒劳地想要反抗什么,但终究枉然。单薄的衣物阻止不了他激烈的撕扯,她只觉得自己也被他狠狠撕裂开来,成串的眼泪从眼角滑落下去,却发不出任何声音。

没有声音,没有光,屋子里一片黑暗,她还在喘息中呜咽,只是再无力反抗什么。隔了这么久,他发现自己竟然还记得,还记得她如初的每一分美好,然后贪婪地想要重温。就像是被卷入湍流的小舟,跌跌撞撞向着岩石碰去,哪怕是粉身碎骨,哪怕是片甲不留……时间仿佛是一条湍急的河,将一切都卷夹在其中。没有得到,没有失去,只有紧紧的拥有……心底渴望的焦躁终于被反反复复的温柔包容,他几乎满足地想要叹一口气,可是却贪婪地索取着更多……

那是世上最美的星光，碎在了恍惚的尽头，再没有迷离的方向。在最最失控的那一刹那，他几乎有一种眩晕的虚幻，仿佛连整个人都被投入未明的世界，带走一切的力量与感知，只余了空荡荡的失落。

不知道过了多久，他才渐渐清醒过来，并没有看她。她大约是在哭，或者并没有哭，隔很久才抽噎一下，像是小孩子哭得闭住了气，再缓不过来。

最后穿衣服的时候触到硬硬的东西，是钱夹，他就拿出来，里面大概有两千多现金，他全扔在了沙发上。这时他才发现自己手里还紧紧地攥着东西，原来是从杜晓苏手里抢过来的钥匙。他看着这串钥匙，猛然明白过来自己做了什么……他做了什么？渐渐有冷汗从背心渗出……只有他自己知道，不是为了钥匙，根本就不是，一切都是借口，荒谬可笑的借口。

他抬起眼睛，手上还有她抓出的血痕，她一直在流泪，而他从头到尾狠狠用唇堵着她的嘴。他知道如果可以说话，她要说什么，他知道如果她能发出声音，她就会呼叫谁的名字。所以他恨透了她，有多痛，他有多痛就要让她有多痛。他拼尽了全部力气，却做了这世上最龌龊的事，用了最卑劣的方式。如果说这世上还有公正的刑罚，那么他是唯一该死的人。

她本来伏在那里一动不动，突然间把那些钱全抓起来，狠狠向他脸上砸去。他没有躲闪，钞票像雪花一样洒落。只有他自己明白，他只是想要羞辱自己。而黑暗里她的眼睛盈盈地发着光，像是怒极了的

— 248 —

兽，绝望而凄凉。她慢慢地把衣服穿起来，他没有动，就远远站在那里。谁知她穿好了衣服，竟然像支小箭，飞快地冲出了门。

他追出去，被她抢先关上了电梯，他一路从楼梯追下去，却堪堪迟了一步，看着她冲出大堂。她跑得又急又快，就像拼尽了全力。他竟然追不上她，或者，他一直不敢追上她。他不知道她想去哪里，直到出了小区大门，她笔直地朝前冲去，仿佛早就已经有了目标，就朝着车流滚滚的主干道冲过去，他才知道她竟然是这样的打算。他拼尽全力终于追上她，拽住了她的手，她拼命挣扎，仍往前踉跄了好几步。他死也不放手，将她往回拖，她狠狠咬着他的手，痛极了他也不放。不过区区两三秒的事情，雪亮的灯光已然刺眼地袭来，他连眼睛都睁不开，耀眼的光线中只能看见她苍白而绝望的脸孔，他狠狠用力将她推开。

尖锐的刹车声响起，却避不开那声轰然巨响。远处响起此起彼伏的刹车的声音，车流终于暂时有了停顿，如激流溅上了岩石，不得不绕出湍急的涡旋。她的手肘在地上擦伤了，火辣辣地疼，回过头去只见血蜿蜒地弥漫开来。

司机已经下车来，连声音都在发抖，过了好一会儿才哆哆嗦嗦打电话报警。周围的人都下车来，有人胆小捂着眼睛不敢看，警笛的声音由远及近，救护车的声音也由远及近。

嘈杂的急诊部，嗡嗡的声音钻入耳中，就像很远的地方有人在说话。

"血压80/40，心率72。"

"脑后有明显外伤。"

"第六、第七根肋骨骨折。"

"血压80/20，心率下降……"

"CT片子出来了，颅内有出血。"

"脾脏破裂。"

"腹腔有大量积血……"

仪器突兀而短促地发出蜂鸣："嘀——"

"心跳骤停！"

"电击！"

"200J！"

"离开！"

"未见复苏！"

"再试一次电击除颤！"

……

"小姐，你是不是病人家属？这是手术同意书和病危通知单，麻烦你签字。

"现在情况紧急，如果你觉得无法签字，可否联络他的其他家人？

"这是病人的手机，你看看哪个号码是他家人的？"

杜晓苏终于接过了手机。她的手腕上还有血迹，在死神骤然袭来的刹那，他推开了她，自己却被撞倒。她的脑中一片空白，不知道自己在想什么，只是机械而麻木地调出那部手机的通讯录。第一个就是邵振嵘，她的手指微微发抖，下一个名字是雷宇涛，她按下拨出键。

雷宇涛在天亮之前赶到了医院。她不知道他是用的什么方法，虽然隔着一千多公里，但他来得非常快。他到的时候手术还没有结束，肇事司机和她一起坐在长椅上等待，两个人都像是木偶一样，脸色苍白，没有半分血色。

陪着雷宇涛一起来的还有几位外科权威。其实手术室里正在主刀的也是本市颇有声誉的外科一把刀，想必雷宇涛一接到电话，就辗转安排那位一把刀赶来医院了。这还是杜晓苏第一次见到雷宇涛，不过三十出头，却十分镇定，有一种不怒自威的沉着。

医院的主要领导也来了，迅速组成专家组简短地交换了意见，就进了手术室。这时候雷宇涛才似乎注意到了杜晓苏，她的样子既憔悴又木讷，就像还没有从惊吓中恢复过来。

他没有盘问她什么，只是招了招手，院方的人连忙过来，他说："安排一下房间，让她去休息。"

他语气平静和缓，但有一种不容置疑的力量，让人只能服从。

她也没有任何力气再思考什么，于是乖顺地跟随院方的人去了休息室。

那是一间很大的套间，关上门后非常安静。她身心俱疲，竟然昏沉沉地睡着了。

她梦到振嵘，就像无数次梦到的那样，他一个人困在车内，泥沙岩石倾泻下来,将他淹没,所有的一切都黑了,天与地寂静无声,他连挣扎都没有挣扎一下,就离开了这个世界。她哭得不能自抑,拼命地用手去扒那些土,明明知道来不及,明明知道不能够,但那底下埋着她的振嵘,她怎么可以不救他?她一边哭一边挖,最后终于看到了振嵘,他的脸上全是泥,她小心地用手去拭,那张脸却变成了雷宇峥。血弥漫开来,从整个视野中弥漫,就像她亲眼看到的那样,他倒在血泊里,然后再不会醒来。

她惊醒过来,才知道是做梦。

已经是黄昏时分,护士看到她苏醒过来似乎松了口气,对她说:"雷先生在等你。"

见着雷宇涛,她仍旧手足无措,有点慌乱。偌大的会客厅,只有他和她两个人。他的样貌与雷宇峥和邵振嵘并不相像,他也似乎在打量她,目光平静,锋芒内敛,看似温文无害,她却无缘无故觉得害怕。

最后,他把一杯茶推到她面前:"喝点水。"

她摇了摇头,是真的喝不下,胃里就像塞满了石头,硬邦邦的。他也并不勉强,反倒非常有风度地问:"我抽支烟,可以吗?"

她点点头。淡淡的烟雾升腾起来,将他整个人笼在其中。隔着烟雾,他似乎在思索着什么,又仿佛什么都没有想。他身子微微后仰,靠在沙发里,声音中透出一丝倦意:"到现在还没有醒,只怕过不了这二十四小时……"他随手又把烟掐了,"你去看看吧,还在ICU。"

她有点心惊肉跳,对这位大哥话里的平静与从容。他根本就没有问她什么话,也没有诧异她为何会在事发现场,他似乎已经知道了什么。最让她觉得难受的是,他也是邵振嵘的大哥,她不愿意他有任何的误解。

但他脸上看不出任何端倪,他只是有些疲惫地挥了挥手:"去吧。"

她麻木而盲从地跟着护士去了ICU,复杂的消毒过程,最后还要穿上无菌衣,戴上帽子和口罩,才能进入。

两个护士正在忙碌。躺在床上的人似乎没有了半分知觉,身上插满了管子,在氧气罩下,他的脸色苍白得像纸一样。她像个木偶人一样站在那里一动不动,看着那熟悉的眉与眼,那样像振嵘。周围的仪器在工作,发出轻微而单调的声音。她恍惚觉得床上的这个人就是振嵘,可是她又拼命地告诉自己,那不是振嵘,振嵘已经死了……可他明明又躺在这里。她神色恍惚,根本不知道那是振嵘,还是别人。

药水和血浆一滴滴滴落,他的脸庞在眼中渐渐模糊。死亡近在咫尺,他却推开了她,究竟他是怎么想的,在那一刹那?她一直觉得他是魔鬼,那天晚上他就是魔鬼,那样生硬而粗暴地肆掠,让自己痛不欲生,可是现在魔鬼也要死了。

她在ICU待了很久,护士们忙着自己的工作,根本就不来管她。有两次非常危急的抢救,仪器发出蜂鸣,好多医生冲进来围着病床进行最紧急的处理。她独自站在角落里,看着所有的人竭尽全力试图把

他从死神手中夺回来。

就像一场拔河，这头是生命，那头是死亡。她想，振嵘原来也是做着这样的工作，救死扶伤，与死神拼命搏斗，可是都没有人能救他。

最后一切重归平静，他仍旧无知无觉地躺在病床上。护士们换了一袋药水又一袋药水，时光仿佛凝固了一般，直到雷宇涛进来，她仍旧茫然地站在那里，看着他。

"跟他说话！"他的声音并不大，可是透着不可置疑的命令语气，"我不管你用什么法子，我要他活下来。小嵘已经死了，我不能再失去一个弟弟，我的父母不能再失去一个儿子，听到没有？"

她被他推了一个踉跄，重新站在了病床前，雷宇峥苍白的脸占据了整个视野。振嵘当时的脸色，就和他一样苍白，那个时候，振嵘已经死了，他也要死了吗？

过了很久以后，她才试探地伸出手指，轻轻落在他的手背上。滴注针头在最粗的静脉上，用胶带固定得很牢，他的手很冷，像是没有温度。她慢慢地摸了摸他手背的肌肤，他也没有任何反应。

一连三天，他就这样一动不动地躺在那里，仿佛一具没有任何意识的躯壳，任凭药水换了一袋又一袋，任凭护士换了一班又一班。每次都轮流有两个护士待在ICU里，只有她一动不动地守着，熬到深夜才去睡。刚睡了没一会儿，忽然又被敲门声惊醒。

她看着日光灯下雷宇涛苍白的脸色，不由得喃喃地问："他死了？"

"他醒了。"雷宇涛似乎并没有欣慰之色，语气里反倒更添了一丝凝重，"你去看看吧。"

雷宇峥还不能说话，氧气罩下的脸色仍旧白得像纸一样，他也不能动弹，但她一进ICU就发现他是真的清醒过来了。她虽然戴了帽子口罩，但他显然认出了她，眼珠微微转动，似乎凝睇了她两秒钟，然后眼皮就慢慢地合上了。

护士轻声说："睡着了，手术之后身体机能都透支到了极点，所以很容易昏睡。"

过了很久之后，雷宇涛才说："他怕我们骗他，刚才他一直以为你死了。"

她没有说话，如果可以，她宁可自己是死了的好。

【二十四】

　　雷宇涛在医院又多待了两天,直到雷宇峥转出了ICU,确认不再有危险,才决定返回。临走之前他似乎欲语又止,但最后终究只是对杜晓苏说:"照顾他。"

　　终归是救了自己一命,而且是振嵘的哥哥,经过这样的生死劫难,恨意似乎已经被短暂地冲淡,余下的只有怅然。振嵘走得那样急,哪怕是绝症,自己也可以伺候他一阵子,可是连这样的机会上天都吝啬得不肯给,那么现在也算是补偿的机会。

　　因为雷宇涛的那句嘱咐,她每天都待在医院。其实也没太多的事情,医院有专业的护士,又请了护工,脏活累活都轮不到她,不脏不累的活也轮不到她,她唯一的用处好像就是静静地坐在那里,让雷宇峥从昏睡或者伤口的疼痛中醒来的时候,一眼可以看到她。

　　大多数时候她不说话,雷宇峥也不说话,病房里的空气都显得格外静谧。护工替她削了个梨,她也就拿在手里,慢慢地啃一口,过了好几分钟,再啃一口,吃得无声无息。

这时候他想说话，可是却牵动了伤口，疼得满头大汗。她把梨搁下给护工帮忙，拧了热毛巾来给他擦脸。这么一场车祸，虽然捡回了一条命，但他瘦了很多，连眉骨都露出来了。她的手无意识地停在他的眉端，直到他的手臂似乎动了一下，她才醒悟过来。看着他望着茶几上那半个梨，于是问："想吃梨？"

他现在可以吃流质食品，听到他喉咙里哼了一声，她就洗手去削了两个梨，打成汁来喂给他。但只喝了一口，他又不喝了。她只好把杯子放回去，问："晚上吃什么呢？"

换来换去的花样也就是药粥，虎骨粥、野山参片粥、熊胆粥、鸽子粥……那味道她闻着就觉得作呕，也难怪他没胃口。据说这是某国宝级中医世家家传的方子，药材也是特意弄来的，听说都挺贵重，对伤口愈合非常有好处。每天都熬好了送来，但就是难吃，她看着他吃粥跟吃药似的。

也不知是不是他伤口还在疼，过了半晌，连语气都透着吃力，终于说了两个字："你煮。"

难得她觉得脸红："你都知道……我不会做饭。"

他额头上又疼出了细汗，语速很慢，几乎是一个字一个字往外蹦："白粥。水，大米，煮黏。"

好吧，白粥就白粥。杜晓苏去附近超市买了一斤大米，就在病房里的厨房，煮了一锅白粥。因为是天然气，又老担心开锅粥溢出来，所以她一直守在厨房里，等粥煮好了出来一看，雷宇峥已经又

睡着了。

她把粥碗放到一旁,坐在沙发里。黄昏时分窗帘拉着,又没有开灯,病房里光线晦暗。他的脸也显得模糊而朦胧,摘掉氧气罩后,他气色十分难看,又瘦了一圈,几乎让她认不出来了。幸好这几天慢慢调养,脸上才有了点血色。

用专家组老教授的话说:"年轻,底子好,抗得住,养一阵子就好了。"

那天晚上的白粥雷宇峥没吃到,他一直没有醒。她怕粥凉了又不便重新加热,就和护工两人分着把粥吃掉了。等他醒过来听说粥没有了,眼睛中便露出非常失望的神色。杜晓苏看他眼巴巴的样子,跟小孩子听说没有糖了一样,不由得"哧"地一笑。认识了这么久,她大概还是第一次在他面前这样笑出声来,他被她笑得莫名其妙,过了好一会儿才问:"笑什么?"

"这么大个人,还怕吃药。"

"不是。"他的声音闷闷的。他头上的绷带还没有拆,头发也因为手术的原因剃光了,连五官都瘦得轮廓分明,现在抿起嘴来,像个犯了嗔戒的小和尚。其实他已经是三十岁的人了,平常总见他凶巴巴的样子,杜晓苏却觉得重伤初愈的这个时候,他就像个小孩子,只会跟大人赌气。

等晚上的饭送来一看,是野山参粥,她高兴地把粥碗往他面前一搁:"是参粥。"熊胆粥最难吃,上次她使出十八般武艺,哄了他半天也只吃了小半碗。参粥还算好的,他能勉强吃完。但参粥有股很怪的气味,比参汤的味道冲多了,据说这才是正宗的野山参。看他跟吞苦药似的,皱着眉一小口一小口往下咽,她又觉得于心不忍:"还有点米,明天再煮点白粥给你,你偷偷吃好了。"

大概是"偷偷"两个字让他不高兴,他冷冷地说:"不用了。"

都伤成这样了,脾气还这样拗。本来杜晓苏觉得他受伤后跟变了个人似的,容易相处许多,听到这冷冰冰的三个字,才觉得他原来根本就没变。他还是那个雷宇峥,居高临下,颐指气使。

雷宇峥只住了一个多月院,等到能下地走路就坚持要出院。专家组拿他没办法,杜晓苏也拿他没办法,只好打电话给雷宇涛,雷宇涛的反应倒轻描淡写:"在家养着也行,好好照顾他。"

一句话把他又撂给了杜晓苏。杜晓苏也不好意思板起脸来,毕竟一个多月朝夕相处,看着他和刚出世的婴儿似的无助柔弱,到能开口说话,到可以吃东西,到可以走路……说到底,这场车祸还是因为她的缘故。

反正他的别墅够大,请了护士每天轮班,就住在别墅二楼的客房里。杜晓苏住在护士对面的房间,每天的事情倒比在医院还多。因为雷宇峥回家也是静养,所以管家每天有事都来问她:园艺要如何处理?草坪要不要更换?车库的门究竟改不改?地下游泳池的通风扇有噪音,是约厂家上门检修,还是干脆全换新的品牌……

起初杜晓苏根本就不管这些事:"问雷先生吧。"

"杜小姐帮忙问问,雷先生睡着了,待会儿他醒了,我又要去物业开会。"

渐渐地,杜晓苏发现他这只是借口,原因是雷宇峥现在的脾气格外不好,管家要是去问他,他一定会发火。杜晓苏越来越觉得在那场车祸后,这个男人就变成了个小孩子,喜怒无常,脾气执拗,还非常不好哄。可是看他有时候疼得满头大汗,又觉得心里发软,明明也只比邵振嵘大两岁,振嵘不在了,他又因为自己的缘故伤成这样子……这样一想,总是觉得内疚。

本来伤口复原得不错,就是因为曾经有颅内出血,所以留下了头疼的后遗症,医生也没有办法,只开止痛剂。他其实非常能忍耐,基本不碰止痛药。只有这种时候杜晓苏才觉得他骨子里仍旧是没有变,那样的疼痛,医生说过常人都无法忍受,他却有毅力忍着不用止痛剂。

有天半夜大概是疼得厉害了,他起床想开门,其实床头就有叫人铃,但他没有按。结果门没打开人却栽在了地上,幸好她睡得浅听见了动静,不放心跑过来看到了。他疼了一身汗也不让她去叫护士,她只好架着他一步步挪回床上去。短短一点路,几乎用了十几分钟,两个人都出了一身大汗。他疼得像个虾米佝偻着,只躺在那里一点点喘着气,狼狈得像是头受伤的兽。她拧了热毛巾来替他擦汗,他忽然抓住她的手,拉着她的胳膊将自己围住。他瘦到连肩胛骨都突出来,她忽然觉得很心酸,慢慢地抱紧了他。他的头埋在她胸口,人似乎还在疼痛中痉挛，热热的呼吸一点点喷在她的领口，她像哄孩子一样，慢慢拍着他的背心，他终于安静下来，慢慢地睡着了。

杜晓苏怕他头疼又发作，于是想等他睡得沉些再放手，结果她抱着他，就那样也睡着了。第二天醒过来的时候不由得猛然一惊，幸好他还没醒，本来睡着之前是她抱着他，最后却成了他抱着她，她的脖子枕着他的胳膊，他的另一只手还揽在她的腰间，而她整个人都缩在他怀里。她醒过来后几乎吓出了一身冷汗，趁他还没醒，轻手轻脚就回自己房间去了。幸好他没有觉察，起床后也再没提过，大概根本就不知道她在房里睡了一晚。

雷宇峥一天天好起来，杜晓苏才知道陪着一位病人也有这么多事，他又挑剔，从吃的喝的到用的穿的，所有的牌子所有的质地，错了哪一样都不行。单婉婷有时候也过来，拣重要的公事来向他汇报，或者签署重要的文件，见着杜晓苏礼貌地打招呼，似乎一点也不奇怪她会在这里。

熟悉起来还真的像亲人，有时候她都觉得发怔，因为雷宇峥瘦下来后更像振嵘。有时候她都怕叫错名字，虽然通常说话的时候她都不叫他的名字，就是"喂"一声，生气的时候还叫他"雷先生"，因为他惹人生气的时候太多了。

比如洗澡，因为他回家后曾经有一次昏倒在浴室里，雷宇峥又不许别人进浴室，所以后来他每次洗澡的时候，总要有一个人在外边等他，避免发生意外。这差事不知为什么就落在她头上了，每天晚上都得到主卧去，听"哗啦哗啦"的水声，等着美男出浴。还要帮他吹头发，吹的时候又嫌她笨手笨脚，真是吹毛求疵。其实他头发才刚长出来，怎么吹也吹不出什么发型，看上去就是短短的平头，像个小男生。杜晓苏总觉得像芋头，她说芋头就是这样子的，但她一叫他芋头他就生气，冷冷地看着她。

养个孩子大概就是这种感觉了，可哪有这么不听话这么让人操心的孩子？杜晓苏被气得狠了，第二天偷偷跑出去买了一罐痱子粉。这天晚上等他洗完澡出来往软榻上一坐，她就装模作样地拿吹风机，却偷偷地拿出粉扑，以迅雷不及掩耳之势给他扑了一脖子的痱子粉。他觉察过来，一下子转过头来抓住她拿粉扑的手，她还笑："乖，阿姨给你扑粉粉。"

这句话可把他给惹到了，跟炸了毛的猫似的，她都忘了他根本不是猫，而是狮子。他生气就来夺她的粉扑，她偏不给他，两个人抢来抢去，到最后不知道怎么回事，他已经抱住了她。她不由得一震，他的唇触下来的刹那，她几乎能感受到他唇上传来的滚烫与焦灼。这是他们在清醒状态下的第一次，清晰得可以听见对方的鼻息。

"不行……"她几乎虚弱地想要推开他，他的眼睛几乎占据了她的整个视野，那样像振嵘的眼睛。他没有再给她说话的机会，仿佛带着某种诱哄，缓慢而耐心地吻她。她捶着他的背，可又怕碰到他骨折的伤。他仍旧诱哄似的吻她，手却摸索着去解她的扣子，她一反抗他就加重唇上的力道，轻轻地咬啮，让她觉得战栗。他的技巧非常好，她那点可怜的浅薄经验全都被勾起来了，欲罢不能，在道德和自律的边缘垂死挣扎："雷宇峥！放开我！放开！"他将她抱得更紧，那天晚上令她觉得可怖的感觉再次袭来，她咬着牙用力捶打他，"我恨你！别让我再恨你一次！"

他如同喝醉了酒一般，眼睛里还泛着血丝，几乎是咬牙切齿："我知道你恨我，我也恨我自己，我恨我他妈为什么要这样爱你！"

终于还是说出来了，最不该说的一句话。她的手顿了一下，又捶得更用力，可是不能阻止他。他说了很多话，大多是模糊破碎的句子。起初因为她哭了，他喃喃地说着些哄她的话，她哭得厉害，听着他一句半句，重复的却都是从前她对他说过的话。她都不知道他竟然还记得，而且记得那样清楚，从第一次见面，她说过什么，做过什么……就像电影拷贝一样，被一幕幕存放在脑海最深处。如果他不拿出来，她永远也不会知道。

她哭泣着听他在耳边呢喃，夹杂在细碎的亲吻里，恍惚被硬生生拉进时光的洪流，如果一切回到原点，是不是会有不同的经历，会有不同的结果？他细致而妥帖地保管了这一切，却再也没有轻易让人偷窥。她错过他，他也错过她，然后兜兜转转，被命运的手重新拉回来。

她像只小鹿，湿漉漉的眼睫毛还贴在他脸上，让他觉得怀抱着的其实是种虚幻的幸福。这样久，他自己都不知道，原来已经这样久。如此的渴望，如此的期待，连他自己都不知道，从那样久远的过去，就已经开了头,像颗种子在心里萌了芽,一天天长,一天天长,最终破壳而出。他曾经那样枉然地阻止,到现在却不知道是因为手足还是因为嫉妒,嫉妒她那样若无其事地出现在自己面前,就像那一夜被遗忘得干干净净,彻彻底底。

这么多年,走了这么多路,可是命运竟然把她重新送回到他面前来。他才知道原来是她,原来是这样。

无论如何,他不会再次放开她。第一次他无知地放手,从此她成了陌生人;第二次他放手,差点就失去了自己的生命。这一次他无论如何不会再放手,她是他的,就是他的。

上一次是激烈的痛楚,这一次却是混乱的迷惘。还没有等他睡醒,杜晓苏就不声不响地离开了。她觉得自己又犯了错,上次不能反抗,这次能反抗她却没有反抗,明明是不能碰触的禁忌,明明他是振嵘的哥哥,明明她曾经铸成大错,如今却一错再错。道德让她觉得羞耻,良知更让她绝望。

她把自己关在房里一整天,无论谁来敲门,她都没有理会。雷宇峥大概怕她出事,找出房门钥匙进来,她只是静静躺在那里,闭着眼睛装睡。他在床前站了一会儿,又走了。

她下楼的时候他坐在楼梯口,手里还有一支烟,旁边地板上放着偌大一个烟灰缸,里面横七竖八全是烟头。看着柚木地板上那一层烟灰,也不知道他在这里坐了多久。

手术后医生让他忌烟,他也真的忌了,没想到今天又抽上了。

他把她的路完全挡住了,她沉住气:"让开。"

他往旁边挪了挪,她从他旁边走过去,一直走到楼梯底下,他也没有说话。

其实也没有地方可以去,她跌跌撞撞地走到湖边。湖里养了一群小鸭子,一位母亲带着孩子,在那里拿着面包一片一片地撕碎了喂小鸭子。因为小区管理很严,出入都有门禁,业主又不多,所以湖边就只有他们三个人。喂小鸭子的母女不由得回头看了她一眼。她一整天没有吃东西,觉得胃里直泛酸水,蹲下来要吐又吐不出来。那位太太似乎很关切,扶了她一把:"怎么了,要不要去医院?"

她有气无力地还了个笑容:"没事,就是胃痛。"

小女孩非常乖巧地叫了声:"阿姨。"又问自己的妈妈,"阿姨是不是要生小宝宝了?电视上都这么演。"

那位太太笑起来:"不是,阿姨是胃痛,去医院看看就好了。"

在那一刹那,杜晓苏脑海里闪过个非常可怕的念头,但没容她抓住,家务助理已经找来了,远远见着她就焦灼万分:"先生出事了……"

雷宇峥已经把房间里能摔的东西都摔了,护士也被他关在外头,管家见了她跟见了救星一样,把钥匙往她手里一塞。她只好打开房门进去,其实里面安静极了,窗帘拉着,又没有开灯,黑乎乎的什么都看不到。

她摸索着把灯打开,才发现他一个人蹲在墙角,因为剧烈的疼痛佝偻成一团,一米八几的大个子,竟然在发抖。

她蹲下来，试探地伸出手，他疼得全身都在痉挛，牙齿咬得紧紧的，已经这样了他还执拗地想要推开她。她觉得他在赌气，幸好疼痛让他没有了力气。她把他抱在怀里，他整个人还在发颤，但说不出话来。她耐心地哄他："打一针好不好？让护士进来给你打一针，好不好？"

【二十五】

他固执地摇头,如同之前的每一次那样,最近他的头疼本来已经发作得越来越少了,而且疼痛一次比一次要轻,不曾剧烈到这种程度。她心里明白是为什么,他一个人坐在楼梯口的时候,曾经眼巴巴看着她出来,就像那天听说粥没有了,就跟小孩子一样可怜。她却没有管他,她本来是打算走的,即使他说过那样的话,即使他已经很明白地让她知道,但她还是打算走的。

医生说过这种疼痛与情绪紧张有很大的关系,他一直疼得呕吐,然后昏厥过去。杜晓苏本来还以为他又睡着了,护士进来才发觉他是疼得昏过去了,于是给他注射了止痛剂。

她又觉得心软了,就是这样优柔,但总不能抛下他不管。可是心底那个隐秘的念头让她不安到了极点,她终于对自己最近的身体状况起了疑心,但总得想办法确认一下。如果真的出了问题,她只有悄悄地离开。

但目前她还是努力地维持现状,雷宇峥醒来后她极力让自己表现得更自然，甚至试图更接近他一点儿，但他却待她并不友善，甚至不再跟她说话。他变得暴躁，没有耐心，经常把自己关在房间里，她发现他竟然变本加厉地抽烟。管家愁眉苦脸，她只有自己去想办法。她把打火机和烟卷全都藏起来，他找不着，终于肯跟她说话了："拿出来！"

"给我点时间。"她似乎是心平气和地说，"你不能一下子要求我接受。"

他没有理会她，却没有再掘地三尺地找那些香烟。

这天天气好，她好不容易哄得他去阳台上晒太阳补钙，他却自顾自坐在藤椅上看报纸。秋天的日头很好，天高云淡，风里似乎有落叶的香气。她总叫他："别看了，伤眼睛。"他往大理石栏杆的阴影里避了避，继续看。

她指了指楼下的花园："你看，流浪猫。"

他果然把报纸搁下，往阳台下张望。花丛里的确有小动物，灌木的枝条都在轻微地摇动。但他一想就明白上了当，这样戒备森严的豪华别墅区，从哪儿来的流浪猫，恨不得连只苍蝇都飞不进小区大门。

果然那小东西钻出来一看，是隔壁邻居家新养的宠物狗，摇着尾巴冲他们"汪汪"狂叫。没一会儿邻居的家务助理就循声找来了，满脸堆笑对着管家赔礼："真不好意思，这小家伙，一眨眼竟然溜过来了。替我跟雷先生雷太太说一声，真是抱歉。"

他看她在阳台上看着人把小狗抱走，似乎很怅然的样子。最近她近乎是在讨好他了,虽然他不明白她的目的,但她看着那只狗的样子,让他想起很久之前,在那个遥远的海岛上,她曾经可怜兮兮地央求他,想要带走那只瘦骨嶙峋的小猫。那时候她的眸子雾蒙蒙的,就像总是有水汽,老是哭过的样子。

他不由自主地说:"要不养只吧。"

她只觉得头大如斗,现在的日子已经比上班还惨,要管着这偌大一所房子里所有乱七八糟的事,伺候这位大少爷,再加上一只狗……

"我不喜欢狗。"

"你就喜欢猫。"

她微微有点诧异:"你怎么知道?"

他哼了一声没说话。

黄昏的时候邻居家又特意派人送了一篮水果过来,还亲自写了张卡片,说是小狗才刚买来认生,所以才会出现这样的意外,深表歉意云云,很是客气。管家把水果收了,照例跟她说了一声,然后向她建议:"厨房刚烤了新鲜蛋糕,邻居家有小孩子,我们送份蛋糕过去,也是礼尚往来。"

她也挺赞成,本来偌大的地方才住了这么几十户人家,邻里和睦挺难得的。

过了几天她陪雷宇峥去复查,回来的时候正巧遇见邻居太太带着小孩也回来。司机去停车,母女两个特意过来跟他们打招呼,又道谢,原来就是那天在湖边喂小鸭子的那对母女。小女孩教养非常好,小小年纪就十分懂礼貌,先叫了叔叔阿姨,又甜甜笑:"谢谢阿姨那天送的蛋糕,比我妈妈烤的还好吃呢。"

邻居太太也笑:"上过几天烘焙班,回来烤蛋糕给她吃,她还不乐意尝,那天送了蛋糕过来,一个劲夸好吃,让我来跟雷太太学艺呢。"

杜晓苏怔了一下:"您误会了……"

"不是她烤的。"雷宇峥难得笑了笑,"蛋糕是我们家西点师傅烤的,回头我让他把配方抄了给您送去。"

"谢谢。"邻居太太笑容满面,又回过头来问杜晓苏,"那次在湖边遇上你,看到你很不舒服的样子,我要送你去医院,你又不肯。要不我介绍个老中医给你号个脉,他治胃病也挺在行的。"

不知为什么杜晓苏的脸色都变了,勉强笑了笑:"没事,现在好多了,就是老毛病。"

"还是得注意一下,看你那天的样子,说不定是胃酸过多。我有阵子就是那样,还以为是又有了小毛头,结果是虚惊一场。"又说了几句话,邻居太太才拉着女儿跟他们告别。

一进客厅用人就迎上来,给他们拿拖鞋,又接了雷宇峥的风衣。杜晓苏上楼回自己房间,谁知道雷宇峥也跟进来了。最近他对她总是爱理不理,今天的脸色更是沉郁,她不由得拦住房门:"我要睡午觉了。"

他没有说话,径直去翻抽屉,里面有些她的私人物品,所以她很愤怒:"你干什么?"

他仍旧不说话，又去拿她的包，她不让他动："你想干什么？"

他站在那里没有动，终于问："你不舒服，怎么不去医院？"

"小毛病去什么医院？"

"你哪儿不舒服？"

"你管不着。"

"那跟我去医院做检查。"

"才从医院回来又去医院干什么？"

"你在怕什么？"

"我怕什么？"

"对，你怕什么？"

她渐渐觉得呼吸有些急促。他看着她，这男人的目光跟箭一样毒，似乎就想找准了她的七寸扎下去，逼得人不得不拼死挣扎。她抓着手袋，十指不由自主地用力拧紧，声调冷冷的："让开。"

"你不把事情说清楚，别想出这个门。"

她满脸怒色，推开他的手就往外走。他手臂一紧就抱住她，不顾她的挣扎，狠狠地吻住她。她的背心抵在墙上，触着冰凉的壁纸，她觉得自己像是一块毡，被他揉弄挤压，几乎透不过气来。他的力道中似乎带着某种痛楚："告诉我。"

她紧闭着双唇，双手抗拒地抵在他胸口上，不管她怎么挣，都挣不开他如影随形的唇。他狠狠地吮吸，宛如在痛恨什么："告诉我！"他的呼吸夹杂着淡淡的药香，是他早上吃的熊胆粥，又苦又甘的一种奇异香气。她觉得熟悉的晨呕又涌上来,胃里犯酸,喉咙发紧。他强迫似的攥住她的腰,逼着她不得不对视他的眼睛,那样像振嵘的眼睛……

她推开他扑到洗手间去,终于吐出来。一直呕一直呕,像是要把胃液都呕出来。等她筋疲力尽地吐完,他递给她一杯温水,还有毛巾。她一挥手把杯子毛巾全打翻了,几乎是歇斯底里:"是!我就是怀孕了怎么样?你到底想干什么?你强暴了我,难道还要强迫我替你生孩子?你把我逼成了这样,你还想怎么样?"

两个人都狠狠地瞪着对方,他忍住将她撕成碎片的冲动,一字一顿:"杜晓苏,我知道你在想什么,我告诉你,你别想。"他忍不住咆哮,"你不要痴心妄想!"

他狠狠地摔上门,把管家叫来:"找人看着杜小姐,有什么闪失,我唯你是问。"

他搭了最快的一班航班回家去。北方的秋意明显比南方更甚,雷宇峥连风衣都忘了穿,扣上西服的扣子,走下舷梯的时候,意外地发现不远处的停机坪上,停着辆熟悉的汽车。

司机老远看见他,就下来替他打开了车门。见着雷宇涛的时候,他还是很平静:"哥,你怎么来了?"

"我来送客人,没想到接到你。"雷宇涛笑了笑,"你怎么回来了?"

"回来看看爸妈。"

"你运气不好，老爷子去河南了，咱妈也不在家。"

雷宇峥没有作声，雷宇涛拍了拍他的肩："走，我给你接风，吃点好的。看你这样子，瘦得都快跟振嵘原来一样了。"

兄弟三个里面，振嵘是最瘦的一个。提到他，兄弟两人都陷入了沉默，不再交谈。

雷宇涛挑的地方很安静，并不是所谓的私房菜馆子，而是原来食堂掌勺的谭爷爷的家里。老谭师傅去世十几年了，难得他儿子学了他七八成的手艺，但并不以此为业，更难得下厨。就是偶尔有旧友提前打了招呼，才炖上那么几锅，也不收钱，因为通常来吃的都是有几代交情的故人。谭家是清净的四合院，月洞门后种了两株洋槐，如今叶子都掉光了。从朝南的大玻璃窗子看出去，小院安静得寂无人声，偶尔一只麻雀飞落，在方砖地上一本正经地踱着方步，似乎在数着落叶。一阵风来，麻雀细白的羽毛都被吹得翻了起来，于是扑了扑翅膀，又飞走了。

小谭师傅亲自来上菜。说是小谭师傅，也是因着老谭师傅这么叫下来的，其实小谭师傅今年也过了五十岁了。他笑眯眯地一一替他们揭开碗盖，全是炖品，尤其一坛佛跳墙做得地道，闻着香就令人垂涎欲滴。

"前几天我馋了，特意打电话来让小谭师傅炖的，说是今天过来吃。"雷宇涛亲自替雷宇峥舀了一勺佛跳墙，"便宜了你。"

小谭师傅替他们带好门，就去前院忙活了。屋子里非常安静，四壁粉刷得雪白，已经看不出是原来的磨砖墙。家具什么的也没大改，老荸荠紫的八仙漆桌，椅子倒是后来配的，原来的条凳方凳，都被孩子们打打杀杀半拆半毁，全弄坏了。这是他们小时候常来的地方，来找谭爷爷玩，谭爷爷疼他们几个孩子，给他们做烂肉面，还喂了一只小白兔，专门送给他们玩儿。

佛跳墙很香，雷宇涛看了他一眼："你怎么不吃？"

"我想结婚。"

雷宇涛的表情非常平静，语气也非常平静，夹了块苏造肉吃了，问："你想跟谁结婚？"

他捏着冰凉的银筷头，碗里是雷宇涛刚给他舀的佛跳墙，香气诱人，如同这世上最大的诱惑，他没有办法克制自己，只能苦苦挣扎。就像一只蚁，被骤然滴下的松香裹住，拼命挣扎，明知道是挣不开，可是也要拼命挣扎。千年万年之后，凝成的琥珀里，人们仍旧可以观察到栩栩如生的命运最后的那份无力。但又能怎么样呢，谁不是命运的蝼蚁？

雷宇涛又问了一遍："你要跟谁结婚？"

他却不再作声。

雷宇涛把筷子往桌上一拍，冷笑："不敢说？我替你说了吧，杜晓苏是不是？"他好不容易压下去的怒火又再次不可抑制，"你是不是疯了你？你上次回来的时候，我大清早打电话到你那里，是那个女人接的电话，我就知道出了事。我起先还指望你是一时糊涂，那股鬼迷心窍的新鲜劲儿过去就好了，结果你竟然异想天开！你想活活气死咱爸咱妈？她是振嵘的未婚妻，就算振嵘不在了你也不能娶她！"

"是我先遇见她的。"

"雷宇峥，你不是三岁小孩，你自己心里明白，你娶谁都可以，杜晓苏是绝对不可能。你不要脸我们雷家还要脸！"雷宇涛气到极处，"亲戚全见过她，全都知道她是振嵘的未婚妻。你想想咱爸，他今年做了两次心脏搭桥，医生说过什么你一清二楚！你就算要死也给我忍着！我连你出事的消息都瞒得滴水不漏，你倒好，你打算亲自气死他是不是？"

"振嵘已经不在了，为什么我不能娶她？"

雷宇涛狠狠一巴掌就甩过来："你是不是疯了？"

雷宇峥没有躲，嘴角裂开来，他也不动。就和小时候挨父亲的打一样，不声不吭，也不求饶，就是看着他。

雷宇涛反而慢慢镇定下来："你要真疯了我也不拦你，可是有一条，你也是明白的，我有一千一万个法子让你彻底清醒。你要是不信，尽管试。"

早知道是绝境，其实也不过是垂死挣扎，又有什么用处？雷宇峥心灰意冷。能有多痛呢？总不过是撕裂掉胸腔里那一部分，从此之后，仍旧活着。失掉的不过是一颗心，又能有多痛？

"你别动她。"

雷宇涛笑了笑，安慰似的重新将筷子塞回他手里："我知道你是一时脑子糊涂了，好好休息一阵子，把伤养好。别让爸妈知道那些乱七八糟的事，省得他们担心。"又给他舀了一勺肉，"趁热吃，我知道你还有事得赶回去安排。"

还是雷宇涛把他送到的机场，看着他上飞机。偌大的停机坪上只有他一个人孤零零地站在车前，雷宇峥想起很久以前——其实也没有多久，他抱着振嵘回来，大哥也是这样孤零零站在那里等他，那时候笼罩在全家人心头的，是绝望一般的伤心。

那是父母最疼爱的小儿子，他们已经承受了一次丧子之痛，余下的岁月里，他和大哥都竭力避免父母再想起来，再想起那白发人送黑发人的悲哀。

他们希冀用时光去医治伤痛，希望父母能够淡忘。如果他固执地将杜晓苏带回家去，那么重要的不是流言蜚语，重要的是，父母的余生里，都会因为她而时时刻刻想起振嵘。

他是真的疯了，才会痴心妄想，所以雷宇涛专门等在那里，等着把他挡回去，等着把他一巴掌打醒，让他不再做梦。

下了飞机后，司机来接他，他打了个电话问管家："上飞机前你说杜小姐睡了，现在起来了吗？"

"起来了。"管家说，"刚才说要去医院拿药，司机送她去了。"

他心一沉，勃然大怒："我不是让你看着她？"

管家吓得战战兢兢："我专门让司机陪她去，她说她不舒服……"

"哪家医院？"

听到地址后他就把电话摔了，告诉司机："把车给我，你自己先回去。"

【二十六】

杜晓苏觉得自己在发抖，医院虽然是私人的，看上去也挺正规，交了钱就去三楼手术室。电梯里就她一个人，她紧紧捏着手里的包，四壁的镜子映着她苍白的手指，短短十几秒钟，却像是半辈子那么久。终于到了三楼，她出了电梯，忽然听到楼梯那里的门"砰"地一响，本能地回头看了一眼，却看到最最不可能出现在这里的人。

他脸色阴霾，朝她一步步走近，胸膛还在微微起伏，似乎是因为一路上楼梯太急。她无恸无怨，只是看着他。

他什么话也没说，就是抓住她的胳膊，将她往外拖。

"你干什么？"重新见到这个人，才知道原来自己只是不愿意再看他，不愿意再见到和振嵘如此肖似的脸孔，不愿意再想起与他有关的那些事情。只要牵涉到他，她就是一错再错，错得令她自己都深深地厌憎自己。已经有护士好奇地探头张望，他捏得她很痛，可是她就是挣不开。

"信不信？"他脸色平静，声音更是，"你要是不跟我走，我有

法子把这里拆了。"

她不寒而栗,她绝对相信,他是地狱九重中最恶的魔,不惮犯下滔天大罪,只为他一念之间。她绝望地扑打着他,抓破了他的脸,他毫不闪避,只是把她弄下楼去。他的车就停在医院大门前,他把她塞进去,然后绑好安全带。

所有的车门都被他锁上了,车子在马路上飞驰。其实她一点也不想死,她一直想好好活着,但他总有办法逼迫她,让她觉得绝望。她去抢方向盘,他毫不留情,回手就扇了她一巴掌,打得她倒在车窗边,半晌捂着脸缓不过来。他慢慢地一字一字:"杜晓苏,你别逼急了我,逼急了我会杀人的。"

他连眼睛都是红的。不知道他是如何赶到这里来的,她知道他不是在恐吓,他根本就不是人,而是丧心病狂的魔鬼,什么事情都做得出来。他开车的样子像是不要命,一路遇上的却全是绿灯。她知道再也逃不掉了,一直到最后车停在别墅前,他才下车,拖着她往屋子里去。

她又踢又咬,冲他又打又踹,可是他索性将她整个人抱起来,进了屋子一直上楼,到主卧室里将她狠狠扔到床上。就像扔一袋米,或者什么别的东西,粗鲁而毫无怜惜。她喘息地伏在那里看着他,他也喘息地看着她,两个人的胸膛都在剧烈起伏。他伸出手,卡住她的脖子,就像那天一样,咬牙切齿:"你要死就死得远远的,不要让我知道!"

— 278 —

他的手背上全是暴起的青筋，她一动不动，就像是想任由他这样掐死自己。可是他终究没有再使力，整个手臂反而垂了下去，只是定定地看着她。

她嘴角渐渐浮起微笑："你不是走了吗？你真觉得关得住我？只要我想，总可以弄出点儿意外来。"

他的牙齿咯咯作响，被触到逆鳞般地咆哮："你敢！你竟然敢！"

"哦，你还在生气我事先没告诉你？"她有些散漫地转开脸去，避免他的呼吸喷在自己脸上，"说了又有什么用，难道你突发奇想打算养个私生子？"

他在失控的边缘，这女人永远有本事让他有杀人的冲动："别逼我动手揍你。"

"你刚才不是打了吗？"她笑了笑，脸上兀自还有他的指痕，红肿起来，半边脸都变了形。他整个心脏都抽搐起来，像是被人捏住了一般，只觉得难受。伸手想要去抚摸她红肿的脸颊，但她本能地往后缩了缩，他的手指定在了那里，他怔怔地看着她，而她黑寂似无星之夜的眼中，无怒亦无嗔，仿佛连心都死了。

他的声音很低："对不起。"

"不敢当。"她慢慢坐起来，整理了下衣服，"麻烦你还是送我去医院，拖久了就更麻烦了。"

她这突兀的平静让他更觉得无措，就像下楼时一脚踏空，心里空荡荡的，说不出的难受。他近乎吃力地说："我们——能不能谈一谈?"

"有什么好谈的。"她轻描淡写地说,"我知道那天晚上你喝醉了,我就当被疯狗咬了一口。"她甚至冲他笑了笑,"把你比疯狗了,别生气。"

他看着她,想起许多事情来。他想起邵振嵘带她回家的时候,自己看到她的第一眼,是在想什么呢?他一次一次把她捡回家,那样可怜,是在想什么呢?在那个孤岛上,重新看到她的睡颜,又是在想什么呢?从伤痛中醒来的时候,他以为她已经死了,他固执地睁着眼睛看着雷宇涛,旁边的人一样样地猜,猜他是什么意思,最后还是雷宇涛猜到了,才带了她来见他。看到她安然无恙的那一刹那,自己又是在想什么呢?一点也记不起来了。他从什么时候爱上她,他自己都不知道,他为什么会爱上她,他自己都不知道。就像不知道一朵花为什么会开,就像不知道彩虹为什么会出现在雨后的天空,就像不知道婴儿为什么会微笑……等他知道的时候,却已经晚了。只记得那天晚上,她在自己身下颤抖着哭泣。所有的幸福早就被他一手斩断了,连他自己都明白。

最开始绝望的一个,其实是他。

他以为有机会弥补,在出了车祸之后,在她陪伴自己的时候,在她开始温柔地对自己笑的时候,在她用她的双臂抱紧自己的时候。在她虽然拒绝,但是没有反抗的时候。可是她提都不提,她刻意忘记,她就只痛恨他强迫她的那一次。就像车祸后的一切不曾发生,就像之前她只是可怜他——她就只是可怜他。

他挣扎了那样久，拼尽了全部的力气，却没有挣开这结果。她就在他面前了，可是隔得太远，再触不到。

他没有生气，只是她如此抗拒的姿态令他觉得无法忍受。

他已明白，终究是无路可退。

她的神色已经略有不耐："雷先生……"

"晓苏，"他第一次叫她的名字，这样亲昵的两个字，可是隔着千山万水，连梦里都吝啬得不曾出现，他茫然地看着她，听到自己喃喃的声音，"能不能把这孩子留下来？"

"生下来？"她几近讥讽地嘲弄，"您还没结婚呢，像您这样的人，一定会娶一位名门闺秀。像我这样的人，怎么配给您生孩子？"

结婚两个字狠狠地抽中了他的心，他曾经垂死挣扎过，只有他自己知道。其实明知道不可能，所以才会在雷宇涛面前说破。正如借了雷宇涛的手来绝了自己最后一分残存的念想。就像是被癌症的痛苦折磨得太久的绝症病人，最后辗转哭号，只求安乐一死。他曾经那样忍耐，连头疼欲裂的时候他仍旧可以忍耐，但却忍不住这种绝望，终究还是逼她说一句话来让自己不再做梦。

他松开手，如释重负地看着她，终于笑了笑："那换家好点的医院吧，小医院做手术不安全。"

她不明白他怎么突然就松了口，但他脸色很平静："我来安排，你放心。"

他离开了房间,她精疲力竭,像是浑身的力气都在瞬间被抽得一干二净,躺在那里一动也不动。枕头软软的在脸颊旁,棉质细密而温柔的触感,她竟然就那样沉沉睡去。

她睡到天黑才醒,睁开眼睛后许久不知道自己是在哪里。床对面是从天到地的落地窗帘,房间里又黑又静,就像是没有人。

她渐渐想起之前的事,起身找到自己的鞋。楼下空荡荡的,门关着她出不去,她穿过客厅走到后院,看到一个人坐在院子里。夜幕四垂,远远可以看见天角城市的红光,仿佛微晕的醉意。他没有喝酒,非常清醒,也非常警醒,回过头来看着她。

最后还是他先说话:"医院已经安排好了,明天我陪你去。"

她几近嘲讽:"谢谢。"

他没有被她激怒,反倒是淡淡的:"我做错了事,我收拾残局。"

陌生而疏离,却重复着虚伪的礼貌,她压抑住心中汹涌的恨意。她做错了事,却付出了一生为代价。这个男人,这个男人以近乎轻蔑的方式,硬生生将她逼到了绝路上去。

如果给她一把刀,她或许就扑上去了,但她冷静而理智地站在那里,隐约有桂花的香气,浮动在夜色中。这里看不见桂花树,却仿佛有千朵万朵细黄的小花正在盛开。那香气甜得似蜜,浸到每一个毛孔里,仿佛是血的腥香。

他联络的仍旧是家私人医院,不过因为是外资,规模看起来并不小。所有应诊皆有预约,所以偌大的医院里显得很安静,没有患儿的哭闹，没有排队的嘈杂，所有的医护人员都带着一种职业的笑容，将他们引进单独的诊室。

预约好的是位日本籍的妇产医生，能说流利的英语，口音稍重。杜晓苏听得有些吃力，大部分还是听懂了。其实也就问了问日期，便去验血，然后做B超。

验血只是为了预防手术意外。陪同她抽血的护士，能够说简单的中文，大约看出她的紧张，微笑着安慰她："手术非常安全，会用局部的麻醉，半个小时就结束。"

做完B超后她走出检查室，因为脚步很轻，几乎没有惊动任何人。雷宇峥本来坐在休息室的沙发上等她，手里还拿着她的包，仿佛在想什么。她很少从这个角度看他，微低的脸，看不清他的神色。

他抬起头来，她一时来不及收回目光，于是坦然转开脸。医生先看了B超报告，然后向她解释各种手术意外，因为说的是英语，所以特别的慢。手术同意书也是英文的，她一项项看过，然后签字。医生向她一一介绍麻醉师和护士，都是非常有经验的专业人士。这时验血的报告单也出来了，检查室的护士送过来给医生，医生看了一眼，忽然对雷宇峥说了句话。

因为是英文又说得很快，杜晓苏也没听清楚他说的是什么。雷宇峥很明显地怔了一下，然后对她说："我跟医生谈谈，马上就回来。"

医生和他都去了办公室，护士给她倒了杯水来，她心里渐渐觉得不安，仿佛是预感到了什么。不出所料，几分钟后雷宇峥从医生办公

室里出来，拉起她就往外走。

她本能地想要挣脱："干什么？"

他的声音冷淡得可怕："回家去。"

"为什么？"她用力想挣脱他的手，"为什么不做手术了？"

"回家！"

"我不跟你走！你这个骗子！出尔反尔！"她被他拖得跟跟跄跄，最后拉住门框，他去掰她的手指，她胡乱反抗，捶打着他的肩膀。终究敌不过他的力气。她情急之下就用手里的包往他头上砸去，那包是牛皮的，上头又有金属的装饰，她这一下子不轻。他似乎"哼"了一声，本能地伸手捂住头，血从指缝里漏出来。原来是砸着他头上的伤口，结痂又再次迸裂。并不觉得有多疼，可是却再次感到眩晕，恶心从胃底泛起，他挣扎着腾出手来拉杜晓苏。她看见血了才呆了一呆，他强忍着天旋地转的眩晕："跟我走。"

"我不走！"她几乎觉得绝望，"你答应过我。"

他的手指终于松开了，她看着他，他的身子晃了两下，最后就倒下去了。

她都已经傻了，看着倒在地上的他，一动也不动。

医生最先反应过来，冲过去按住他颈间，数他的脉搏，然后用日语大声说了句什么，护士急匆匆出去，不一会儿更多人涌进来，领头的明显是外科医生，非常专业地做了简单的处理，然后同医护人员一起，将他抬到了推床上。

- 284 -

后面全是应急的各项检查，杜晓苏看着走马灯似的人，走马灯似的各项仪器，推过来，又推过去。最后终于有人来到她面前，说一口流利的中文，非常耐心地问她："雷太太，雷先生之前受过脑外伤，能不能告诉我们他接受治疗的医院？我们可能需要借阅他的诊断报告和住院病历。"

她抬起眼睛，看着那和蔼的外籍老人，喃喃地问："他会死吗？"

"不会。"他宽慰她，"应该只是上次外伤的后遗症，如果没有意外，他马上就会苏醒。"停了停又问，"你的脸色很不好，需要通知家里其他人吗？我们可以借给你电话。"

仿佛是验证他的话，护士快步走过来，告诉他们："He woke up."

他还插着氧气，所以气色看上去很差。医生让他留院观察几个小时，所以一时也走不了。

她问："为什么出尔反尔？"

他看上去很累，终究还是回答了她："我想再考虑一下。"

"这是我的事，我已经考虑好了。"

他没有理会她的咄咄逼人，只是告诉她："你是RH阴性血型。"

"我知道。"

"医生告诉我，如果不要这个孩子，将来再怀孕的话母婴会血型不合，新生儿溶血的比率非常高，或者再没有生育的机会。"

她没有任何表情："我知道，我将来不打算再生孩子。"

这句话说出来平淡如水，却像一把刀，狠狠地砍到他。他一辈子

没有这种近乎狼狈的语气:"你将来总还要……"

"我将来不想嫁人,也不生孩子。"她很安静地看着他,"我这一辈子,就这样了。"

"我送你到国外去,Wellesley、Mount Holyoke、Columbia University……随便挑一间学校,然后把孩子生下来……"

她唇角露出一丝笑意:"雷先生,类似的话你很早以前对我说过,你记得吗?"

那还是因为邵振嵘,在他的办公室里,他曾经那样问过她,她可否愿意离开振嵘。作为交换,他可以让她出国去读书,在各所名校中挑一间。

那时候的他与她,都还没有今天的面目可憎。短短几个月,仿佛已经是半生般疲惫,再没力气抗衡。

"我不出国。"她说,"我也不会生这孩子。"

"我给你钱,你开个价。"

想到那两千块的屈辱,她被成功地激怒了:"钱?雷先生,那么你认为值多少钱?你把这世上的金山都捧到我面前来,我也不会看一眼。我不会生这孩子,因为它不折不扣是个孽种!"

说得这样难听,他脸上波澜不兴,没有任何表情:"你要敢动他,我就让你的父母家人都给他陪葬。"

两个人对峙,中间不过是半张病床,但她却只能抑制住自己扑上去的冲动。他的声音还是听不出任何情绪:"我送你去国外,你把孩子生下来，如果不愿意带，就交给我，从此你可以不看他一眼，就当没有生过他。如果你愿意带大他，我每个月付给你和孩子生活费，保证你们母子在国外的生活。如果孩子归我，我不会告诉他他的生母是谁，如果孩子归你，你也有权不告诉他他的父亲是谁。"

"你别做梦了！我不会给你生孩子。"

短暂的静默之后，他说："你告诉孩子他的父亲早就死了，他就是你一个人的，我保证不会去看他一眼。"

她嘲讽般地笑起来："为什么你非要这个私生子？为什么？"

"因为我想要。"他的眉目间渐渐恢复了那种清冷的毅决，"你说过，我有钱，我有地位，我什么都有，所以我想要的东西我一定要得到。这孩子我想要，所以你非得把他生下来。如果你想尝试，我会不择手段，到时候你和所有被你连累的人，都会死得很难看。"

她忍不住："雷宇峥，总有一天我要杀了你！"

"等你有那本事再说。"

两个人都狠狠地瞪着对方，仿佛想要置对方于死地，咻咻的鼻息渐渐使呼吸都显得粗重。

他忽然往后靠在床头，说："如果你肯去国外，把这孩子生下来，我不会再打扰你的生活，永远也不会。"

"永远"这两个字让她略微有些松动，本来已经是陷在绝境里，就这样永无天日，原以为将来仍挣脱不了和他的纠葛，却因为他的许诺而有一丝希望。她半信半疑地看着他，却仍旧说："我不会相信你。"

他说:"孩子可以姓邵。"

她明白他话里的意思,震动地看着他。

他说:"只要你愿意,我可以是孩子的伯父,也可以是陌生人。我说过,从今后我不会再打扰你的生活,永远也不会。"

她已经有些软弱,但声音仍旧执拗:"我不会再相信你。"

"你说你不会再爱别人,也不会跟别人结婚,如果有个孩子陪着你,也许你会觉得不一样。"他慢慢地说,"你会很快地忘记我,我将来会跟别人结婚。这件事情不会再有任何人知道,孩子永远也不会知道。他可以在国外出生,你可以和他一起安静地过日子,不会有人打扰你们。"他仿佛筋疲力尽,"如果你答应,我可以马上安排送你走。"

尾声

繁花一梦

蒙古高压所吹出的西北气流形成寒冷的季风，夹裹着细绵如针的小雨吹拂过海面，砭骨的寒气透过冲锋衣领的缝隙灌进来。船顶上有沙沙的轻响，掌舵的船老大说："下雪了。"

　　是真的下雪了，初冬的第一场雪，朵朵晶莹的雪花沿着无边无际的天幕撒下来。在大海上才能见着这样的奇景，天与海都被隔在一层蒙蒙的细白雪烟里，仿佛笼着轻纱。视线所及的小岛，远远看去，像是小小的山头，浮在雪与风的海面上。最后船还是走了大半个小时才靠岸，码头上空无一人，船老大搭着跳板。

　　他拿出钱，船老大却死活不肯收，还对他说："邵医生，你要是明天回去，我就开船来接你，不要你的钱。"他诧异地抬头，船老大憨憨地笑，"我那个老二，就在这岛上念书，老早就给我看过你和杜小姐的照片。"又问，"杜小姐怎么没有来？"

　　"她出国读书去了。"

　　船老大怔了一下，又笑着说："读书好，邵医生，你怎么没跟她一起去?"

他没有回答,拎起沉甸甸的登山包,里面全是带给孩子们的书和文具,转过身来冲船老大挥了挥手:"麻烦您在这里等一会儿,我上去看看孩子们,今天就走。"

"哎,好!"

岛上只有一条路,倒不会走错。爬到半山腰已经听到琅琅的书声,稚气的童音清脆入耳,他抬头看了看,教室屋檐上方飘拂的那面红旗,在纷飞的雪花中显得格外醒目。

小孙老师见着他简直像见到了外星人,孩子们可高兴坏了,围着他叽叽喳喳,问个不停。孩子们听说晓苏姐姐没有来,都非常失望。他把书和文具都拿出来,孩子们才兴奋起来。然后拉他去看画,很大的一幅,就贴在学生们睡觉的那间屋子里,画的是所有的孩子和小孙老师围着他和杜晓苏。

"小邵叔叔,这个像你吗?"

"像!"他夸奖,"真像!"

"是我画的!"

"我也画了!"

"我画了晓苏姐姐的头发!"

"我画了晓苏姐姐的眼睛!"

孩子们七嘴八舌地说起来,他在童音的包围中看着那幅画,孩子们画着他和杜晓苏手牵着手,并肩笑着,就像没有什么可以把他

们分开。

"这幅画可以送给小邵叔叔吗?"

"当然可以!"

"本来就想送给晓苏姐姐看!"

几个孩子兴奋地拿了水来,慢慢去揭墙上的画,小孙老师也来帮忙,完好无缺地揭下来,交到他手里。他细心地卷好,小孙老师又找了两张报纸来,帮他包裹。

有毛茸茸的尾巴从脚面上扫过,低头一看,原来是那只瘦得可怜的小猫。过了这么久,似乎都没长大多少,仍旧瘦得皮包骨头似的,抬起尖尖的猫脸,冲他"喵喵"叫。

他把小猫抱起来,问:"这猫也可以送给我吗?"

"可以啊。"小孙老师挠了挠头,"岛上没什么吃的,也没人喂它,你抱走吧。"

海上的雪,似乎越下越大。最后渡船离开的时候,孩子们仍旧送他到码头,跟他道别:"小邵叔叔!下次和晓苏姐姐一起来看我们!"

所有的小手都在拼命地挥着,渐去渐远,渐渐地再也看不清,就像生命最初那段美好的记忆,渐渐隐去在漫天的风雪里,不再拾起。

他几乎一整夜没有睡,终于赶回上海,然后又赶往机场。远远看到杜晓苏,这才松了口气,匆忙叫住她,把那卷画给她:"孩子们送你的。"

她怔了一下,才知道是岛上的孩子们,眼睛不由得晶莹:"孩子们怎么会知道?"

"我去岛上拿的,我什么都没告诉他们,你放心。"他抬头看了看腕表,"快登机了吧?你早点进去,到休息室坐一会儿。下了飞机就有人接你,自己注意安全。"

她终于说:"谢谢。"

他仿佛是笑了笑:"快进去吧。"

从机场出来,天气还是阴沉沉的。他系上安全带,毛茸茸的小东西悄无声息地从后座跳出来,"喵"地叫了一声,然后蜷缩在副驾驶位上。

他从来没有开过这么长时间的车,1262公里,全封闭的高速公路,一路只是向北。漫长而单调的车道,视野前方只有无限延伸的路面。超越一辆又一辆的长途运输货车,沿线的护栏仿佛银色的带子,飞速地从车窗外掠过。车内安静得听得到小猫睡着的呼噜声,渐渐觉得难过。

就像是锋利的刀,刺中之后,总要很久才可以反应过来,原来伤口在汩汩地流着血。

进河北境内的时候天已经全黑了,天气很不好,开着大灯也照不了多远。小猫饿得醒了,蹲在座椅上朝他"喵喵"叫。他把车开进下一个服务站,买了一听鲮鱼。小猫狼吞虎咽地吃完,等他回头看时,已经又躺在座椅上睡着了。

终于回到熟悉的城市,满天的灯光扑面而来,漫长的行车令他筋疲力尽，从黑暗到光明，从寂寞到繁华，仿佛只是瞬息间的事。

他把车停在院墙下，小猫还没有醒，呼噜呼噜地睡着。他把车门锁好，抬头看了看那堵墙，借着墙外那株叶子都落光的槐树，很快翻了进去。

没有带合用的工具，只随手从车后备厢拿了把起子，好在初冬的土壤还没有冻上。他挖了很久，非常耐心，上次把盒子挖出来后，又把土填回去，所以现在还算松软好挖。

最后起子"叮"一响，撞在铁皮的盒盖上。

他把浮土拨开，把盒子拿出来。

盒盖上生了锈，有泥土淡淡的气息，他把盒盖打开，里面一张张的纸条，只有他知道那上面写着什么。

从童年到少年，从少年到如今，曾经有过的许多美好记忆，都在这里面。

当时和邵振嵘一起埋下去的时候，振嵘说："等老了我们一起再拿出来。"

可是他却先走了。

他把盒子拿到湖边，一张一张把纸条都抛进水里。路灯被树木掩去大半，只能隐约看见那些纸条，或浮或沉，都漂在水中。

"妈妈喜欢小嵘，爸爸喜欢大哥。"

"姥姥，我想你。"

"小嵘，生日快乐！"

"我不愿意读四中。"

"长大了我要做自己想做的事。"

"秦老师,谢谢您!"

……

手里拿着一张纸条,上面是她的字迹:"芋头芋头快起床!"

那还是他刚出院的时候,有天早晨要去医院复诊,她来叫他起床。他困得很,她叫了好几声他也没动。最后醒来的时候发现她写了这么张纸条,就贴在他脑门上。

她的字迹有些潦草,他的字其实也歪歪扭扭,那时候骨折还没有好,他拿笔也不利索:"芋头爱晓苏。"

因为位置不够,他把字写得很小,如今他自己也看不清楚了。而今,他倒宁愿自己没有做过这样的傻事,幸好这纸条从没让她看到。

他把这张纸条也扔进水中。

所有的纸条都尽数被抛进了湖里,渐渐沉到了水底,那上头所有的字,都会被湮没不见吧?也许这是最好的结尾,再不会有人来问,他曾经藏起过什么。

最后,他把手心里捏着的那枚指环,也扔进了湖心。

凌晨时分他终于抱着小猫,敲开那两扇黑漆的院门。赵妈妈被吵醒了,披着衣服起来开门,一见是他猛吃了一惊,往他脸上一看,更是吓了一跳:"这是怎么了,大半夜的怎么来了?"

他又困又乏,把小猫放在地上:"赵妈妈,我累了。"

赵妈妈没再问第二句,只是说:"孩子,去东厢房里睡,我给你铺床。"拉着他的手,就像在他很小的时候,有天跟着大哥跑出去玩,最后却不小心找不见大哥了,结果一个人穿行在偌大的院子里,跟迷宫似的,找不着回家的路。小小的孩子心里,只觉得这是世上最可怕的事,只觉得再也见不着父母了。哭了又哭,最后还是赵妈妈寻来,把他抱回家去了。

他身心俱疲地倒在床上,还知道赵妈妈在给自己脱掉皮鞋,听她絮絮的声音:"这是怎么了?你看看你这样子,跟害了场大病似的。"她用手背触了触他的额头,"怕不是发烧了吧?"

其实小时候一直是赵妈妈带着他,在心底最深处,这才是自己真正的母亲。他在最困顿的时候回到家,回到母亲身边,于是觉得一切都可以暂且放下,迷迷糊糊:"妈,我没事。"

"唉,你这孩子真让人操心。"赵妈妈的声音渐渐显得远了,显得淡了,遥遥得似乎再听不清楚,"前几天巴巴儿地来把戒指拿走,我还在心里琢磨,你是真要领个姑娘回来让我看看……"她把他额上的乱发都捋得顺了,让他睡得更舒服些,爱怜地看着他睡着的样子,又叹了口气,"睡醒了就好了。"

睡醒了就好了,就像小时候感冒发着高烧,只要睡醒了,病就已经好了。

他模模糊糊睡过去,梦到下着雪的大海,无数雪花朝着海面落下来,海上漂浮着一朵朵雪白的花朵。其实那不是花朵,那是他过去

— 296 —

二十余年，写下的那一张张纸条。

　　他本来以为会有一个人来，分享这二十余载的时光，分享这二十余载的记忆，分享这二十余载的幸福。

　　他等了又等，却没有等到。

　　就像是一场梦，梦里轻盈的雪花一朵朵落下，无声无息，消失在海面上。所谓繁花不过是一场梦，如同那枚戒指，飘飘坠坠，最后无声地沉入水底。

　　今生今世，相见无期。

【全文终】

图书在版编目（CIP）数据

佳期如梦之海上繁花 / 匪我思存著. —北京：九州出版社，2023.10
ISBN 978-7-5225-1992-0

Ⅰ.①佳… Ⅱ.①匪… Ⅲ.①长篇小说－中国－当代 Ⅳ.①I247.5

中国国家版本馆CIP数据核字（2023）第140185号

佳期如梦之海上繁花

作　　者	匪我思存　著
责任编辑	张皖莉
出版发行	九州出版社
地　　址	北京市西城区阜外大街甲35号（100037）
发行电话	（010）68992190/3/5/6
网　　址	www.jiuzhoupress.com
印　　刷	三河市中晟雅豪印务有限公司
开　　本	880毫米×1230毫米　32开
印　　张	9.5
字　　数	190千字
版　　次	2023年10月第1版
印　　次	2024年10月第1次印刷
书　　号	ISBN 978-7-5225-1992-0
定　　价	42.00元

★ 版权所有　侵权必究 ★